六畳間のピアノマン

安藤祐介

角川文庫
22509

目次

第一章　無敵社員

もう七年も前のことだが、あの夏のことは今でも鮮明に憶《おぼ》えている。

蒸し暑い深夜二時。外回りから戻ると、事務所の床に同期の死体が転がっていた。

俺は照明がほとんど消えた薄暗い事務所の奥へと進んだ。すると、死体だった夏野《なつの》がむくりと上体を起こした。

「大友《おおとも》、売れたか？」

俺は夏野の問いかけには答えず、言い返した。

「まだ二時だぞ。死体になってないで、家に帰って寝ればいいだろう」

俺たちは事務所の床に転がって眠ることを「死体になる」と呼んだ。

「帰ったら眠る時間が短くなる。明日も早いからさ」

汗でワイシャツが身体に張り付くような、不快な夜だった。Tシャツと短パンに着替えた夏野の姿が涼しげに見えた。

株式会社ハッピーインベストメントの一日は長い。朝から夜は投資用マンションの電話営業及び法人への飛び込み営業。そして民家への飛び込み営業は敢《あ》えて深夜と早朝に行われた。

〈夜討ち朝駆け作戦〉

専務取締役クソ営業本部長の上河内《かみごうち》が俺たちのために企画してくださった、新入社員強化プロジェクトだ。

深夜か早朝ならば、客はほとんど家にいる。そこへ突入せよと。

ビジネスチャンスは二十四時間三百六十五日、至るところに転がっていると教えられた。営業マンは会社のルールにより皆GPS付き携帯電話を自腹で購入。管理職の人間は俺たちの居場所や行動を常にチェックすることができた。

すがすがしいまでの奴隷労働だった。

「売れたか？」

再び夏野に訊《き》かれて俺はしぶしぶ答えた。

「水が売れた。一件だけ」

俺たちはマンションと併せて副業でウォーターサーバーの訪問営業もしていた。

メーカーと取次店契約を結び、申し込みを得た分だけ手数料が入る仕組みになっていた。マンションが売れなくてもタダでは帰ってくるなというわけだ。

「すごいなあ。どうやったら売れるんだよ。教えてくれ」

夏野は泣きそうな声で言いながら、再び床に寝転がった。

「ご教示できるようなもんじゃねえよ」

深夜零時頃に練馬《ねりま》の一軒家のインターホンを押し、老婦人を泣き落としてウォーターサーバーの契約を取った。

〈夜中に押し売りをやらせるような会社は辞めなさい〉

押し掛けた俺をそんな風に優しく諭す、人の好《よ》い婦人だった。婦人は「私にも同じくらいの歳の孫がいるもんでね……」としみじみ呟《つぶや》いた。俺は情に訴えた。今夜中に一本契約を取らないと今月分の給料すら出ないと泣き付いて、ウォーターサーバーの申込書にサインさせた。

泣き落とし。また新しい一線を越えてしまった。

「夏野は、売れたの？」

訊《たず》ねると夏野は天井を睨《にら》んだまま「全然ダメ……」と答えた。頬がげっそりとこけている。入社時から三ヵ月で七キロ痩《や》せたと自虐的に笑っていた。

俺も五キロ痩せた。朝飯と晩飯は五分、昼飯は三分で済ませろという意味不明の掟《おきて》により、ロクなものを食べていなかった。

食事はハンバーガーやコンビニのおにぎりやサンドイッチなどを胃袋へ流し込むだけ。会社から離れても俺たちはGPSで常に行動を監視されていた。一ヵ所に留《とど》まってゆっくり食事していると、すぐに本部長の上河内から電話がかかってくる。

「大友はすごいな。売れたのか……。俺も頑張らないとなあ」

「どんぐりのせいくらべだ。俺も同じようなもんだよ」

俺と夏野の営業成績は新入社員の中でも最下位を争うレベルだった。

卑劣な策を弄《ろう》してわずかばかりの売上を得た俺と、誠実で正直なまま売上を得られない夏野。どちらが正しいのか俺には分からなくなっていた。

小声で話していた夏野と俺の背後で、受話器を上げる音がした。

さっきまで机の上に突っ伏して寝ていた同期の村沢《むらさわ》が、取り憑《つ》かれたように電話機のボタンを押していた。

「もしも〜し、ノムラさんの携帯電話ですか？　やっと電話に出てくださいましたね」

「あいつ、何やってんだ？」

俺が訊くと夏野は寝返りを打ちながら諦《あきら》め口調で言った。

「さっきからずっと、十分おきぐらいで同じ人に電話かけてるみたい。『やり過ぎだよ』って止めたんだけど……」

夏野が止めても村沢は聞かないのだという。

「ノムラさ〜ん、あなた『結構です』っておっしゃったじゃないですか。え？　おっしゃいましたよね、私が『職場に伺ってお話を』と申し上げたら『結構です』ってはっきりと」

〈「結構です」は承諾の言葉である〉

これは「営業の鬼」だと自任する上河内が編み出した裏テクニックのひとつで、気の弱そうな年配の会社員に狙いを定めて職場に押し掛ける手口だ。

ハッピーインベストメントの事務所には大企業の社員名簿が山ほどあった。

まずは知り合いを装って職場に電話をかけ、本人が出たら投資用マンションの案内を始める。相手は当然断るわけだが、そこで「結構です」と言うのを待つ。

その言葉尻《じり》を捉《とら》えて職場へ押し掛け「約束したでしょう？」と迫る。それから譲歩案として勤務終了後に喫茶店などで話す約束を取り付けるという段取りだ。

外で一対一になればあとは攻めるのみ。断ろうとする相手にいわゆる逆ギレで恐怖を植え付け、かと思えば「投資に対する先見の明」を褒め殺す。気の弱い相手は次第に心を支配され、その場で契約書にサインすることもあるらしい。

新入社員には酷な高等テクニックだ。実行に移すにはある種の覚悟が必要になる。

「ノムラさん、あなた『結構です』っていう言葉の意味はご存じですよね？　私は約束を守ってノムラさんの職場までわざわざ出向いたわけですよ」

村沢の口調がますます攻撃的になってゆく。俺は村沢の手から受話器をひったくり、電話機の上に戻した。

「この時間に電話するのはさすがにアウトだろ……」

「何がアウトだ！　このノムラっていう奴は昨日のアポをすっぽかしたんだぞ」

アポと言っても、はっきり断れない相手を狙って一方的に押し掛けているだけだ。

それなのにもはや自分のほうが正しいと思い込んでいる。村沢は入社当初から盲信的な男だった。上河内を心から尊敬し、教え込まれた営業手法を実践していた。

「もう今日は止めとけって」

「十分後にまたかけてやる。地の果てまで追いかけてやるからな」

村沢は憤然と吐き捨て、また机に突っ伏した。

俺は掛ける言葉を失い、押し黙った。夜中に人様の家に押し掛けて泣き落としを使った俺も五十歩百歩だ。この時の俺たちは法外なノルマと上司からの罵倒《ばとう》で精神的に追い込まれ、人様の迷惑を顧みる余裕すらなかった。

「大友、疲れてるだろうけど、飯はちゃんと食べたほうがいいぞ」

夏野はそう言ってまた目を閉じた。

「上河内大明神にお供えするブツを作ってからだ……」

「ちょっと鼻声じゃないか？　無理しないほうがいい」

「大丈夫だ。俺は風邪なんかひいてないぞ。ただひたすら眠いだけだ」

「そうか、風邪じゃないなら、よかった」

夏野には同期の体調をいちいち気遣う妙な習慣があった。社員の心が荒《すさ》み切ったこの職場で「無理するな」とか「風邪ひくぞ」などという気遣いは、優しさを通り越して滑《こっ》稽《けい》にも映った。しかも、その気遣いはいつも的外れで、なおさら滑稽だった。

俺は社用のノートパソコンで日報を作成した。どんなに遅くなろうとも必ず会社に戻り、日報を作成しなければならない。ファイルをメールで送り、併せて紙で印刷したものを上河内の机上に置く決まりになっていた。

合理的な理由などない。上河内の命令だからだ。サボれば朝礼で吊《つ》るし上げられる。

俺は訪問件数を二割ほど水増しした日報を書き上げた。

夏野は暑さで寝付けないのか、床の上で何度も寝返りを繰り返していた。俺は夏野の目が開いたのを確認し、声を掛けた。

「夏野、紙を借りるぞ」

「返してくれた例《ため》しがないじゃん」

「今度まとめて返すよ」

コピー機やプリンターにはいつも用紙が入っていなかった。自腹で買った用紙を印刷の都度トレーに入れて使っていた。

仕事で使う文房具も営業中の交通費も、あらゆるものが社員の自腹で賄われた。経営陣の皆々様方は、社員一人一人のコスト意識を高めるための自己投資だとおっしゃる。

一方、事務所には簡易シャワーがあり、近所にはコインランドリーがある。ご丁寧に、帰宅できなくても存分に働けるような環境だけは整っていた。

俺は日報を印刷して上河内の机に置くと、簡易シャワーを浴びてジャージに着替えた。昼から何も食べていなかったが、空腹よりも疲労が勝り、早く横になりたかった。夏用の寝袋にくるまって床に身体を横たえると、夏野が声を掛けてきた。

「大友、風邪は大丈夫か」

「だから、大丈夫だってば。風邪なんかひいてないから」

「だったら、ちょっと飲みに行かないか？」

俺は「正気か？」と訊き返した。時刻はもう二時半を回っていた。

朝は五時半から訪問営業に出なければ、目覚まし代わりにGPS携帯から上河内の怒鳴り声を聞く羽目になる。

「ほんの少し、寝酒だよ。身体は疲れてるのに、なぜだか全然眠れないんだ」

その感覚は俺にもよく分かった。

極限状態で身体の統制機能が壊れていたのかもしれない。眠りたくてたまらないはずなのに、身体を横たえると眠れないということがしばしばあった。

「しょうがねえな、いくか」

「村沢、駅前の『酒樽屋《さかだるや》』あたりにいるから気が向いたら来てよ」

夏野は机に伏している村沢の背中に声を掛けた。

「暑いと思うけど、扇風機をつけたまま眠ると、身体に良くないぞ」

よく見ると、電話機の隣で小さな卓上扇風機が蒸し暑い空気をかき回し、村沢の首から肩のあたりに風を送っていた。

村沢は「はい、はい」と面倒臭そうに答えながら机に伏せた顔を少し上げ、卓上扇風機の電源ボタンを押した。

　俺と夏野は事務所を出て駅に向かって歩いた。眠りについた商店街を抜けると、始発を待つ西武池袋《せいぶいけぶくろ》線の線路に突き当たる。暗い線路沿いの夜道を三分ほど歩き、駅前に辿《たど》り着いた。深夜の駅周辺は人影もなく、閑散としていた。

　駅前の小さなバスロータリー沿いに並ぶ雑居ビルに、三軒のチェーン居酒屋が入っていた。俺たちはその中でも一番安いチェーン店『酒樽屋』に入った。

　深夜二時半過ぎ、がらがらの店内には有線放送の洋楽が流れていた。

「うほー、居酒屋だ！　久しぶりだな～！」

　夏野が高く裏返った声ではしゃいだ。俺は「初めて海を見た子供かよ」とくたびれた突っ込みを入れた。

　そう言う俺も心が躍るのを抑えきれず、席につくなり店員を呼んだ。

「おい夏野、生でいいか？　生ふたつ！」

　生ビールを注文する俺の声は図らずも弾んでいた。

「居酒屋で飲むなんて、会社に入ってから初めてかもしれない」

　夏野はおしぼりで顔を拭《ふ》き、ふーっと大きく息を吐いた。

　俺も入社以来三ヵ月間で休日はゼロ。毎日早朝から深夜まで働き、居酒屋で飲んでいる時間などなかった。

「お待たせ致しました」

店員がテーブルに運んできた生ビールを見て、俺たちは歓声を上げた。

アサヒスーパードライの生中ジョッキ。キンキンに冷えてうっすら凍ったジョッキの縁から、白い泡が表面張力で盛り上がっていた。

「乾杯」

この時俺たちは何に乾杯したのだろう。

とにかく互いのジョッキを勢いよくかち合わせ、表面に漲《みなぎ》る泡を吸いながら最初のひと口を喉《のど》に流し込んだ。

夏野が「くーっ、沁《し》みるなあ！」と叫び、大きく息を吐いた。

乾いた細胞のひとつひとつにまでアルコールが沁み渡るような心地がした。

「ふう、ぐらんぐらん回るなあ」

そう言いながら俺はまた勢いよくジョッキを傾けた。喉から胃袋へと流れ込む冷たいビールを、身体全体がスポンジのように吸収していった。

「すぐに酔っ払いそうだなあ。つい何ヵ月か前まで、死ぬほど飲んでも大丈夫だったのにな」

夏野がしみじみと呟いた。

「今の疲れ切った状態で学生の頃と同じ飲み方したら、本当に死ぬぜ」

「しかしこのビール美味《うま》いなあ……。今まで生きてきた中で一番美味い」

「間違いない。冗談抜きで、一番美味い」

安いチェーン店の居酒屋で飲んだこのアサヒスーパードライの生中ジョッキが、間違いなく人生で一番美味いビールだった。

その記憶は七年経った今でも変わらない。

「大友は一生この会社にいると思う？」

夏野の問いに俺は「そんなわけねえだろ」と笑って答えた。

四月当初、二十人以上いた同期入社は三ヵ月間で九人に減っていた。

みんなボロ雑巾《ぞうきん》のようになって辞めていった。残った俺たちは優秀だったというわけではなく、ただ少しだけ頑丈なボロ雑巾だったというだけのことだ。

大量採用、大量離職。無料配布の求人誌には常にハッピーインベストメントの求人広告が掲載されていた。

「せめて一年間は苦行だと思って粘る。それだけだ」

「一年か……。なんで一年なの？」

「特に理由なんてないよ」

入社当初は三年だけ粘ろうと思っていた。理由も根拠もない。ただ履歴書の経歴欄に、大卒後初めての会社でとりあえず三年間は頑張りましたと書きたかっただけだ。

しかし三年は無理だと思い直し、自分の中で目標を一年に下方修正した。

「夏野はどうなんだよ」

「俺？　俺は三年だな。なんとか三年。石の上にも三年って言うだろう」

夏野の言葉を俺は「結構な心掛けだ」と笑って流した。

三年以上在籍している社員などほとんどいなかった。あらゆる手段を使って成果を上げている面々だけが残っていた。

「ここで三年頑張れたら、無敵になれるような気がする。どんなところでもやっていけるんじゃないかな」

「確かに、ここで三年も粘れたら無敵になれるかもしれない」

大学卒業間際、新卒募集をかけていたこの会社になんとか滑り込んだ。夏野も村沢も同じタイミングで応募していた。つまり三人とも就活失敗組だった。

社員七十名ほどのハッピーインベストメントは典型的なモーレツ営業会社。勧誘の手口は強引で、インターネットで検索すれば続々と悪評が出てきた。

俺は実家の両親や友人たちの反対を押し切って入社した。なんでもいいから、まずは就職してキャリアを積もうと考えた。

インターネット上の悪口にも誹謗《ひぼう》中傷が交じっているはずだと思っていた。

ところが、現実は想像を遥《はる》かに超えた生き地獄だった。

すぐに辞めたいと思ったが、辞められなかった。周りの反対を押し切って入社した故の意地や、あまり早く辞めたら情けないというプライド。そんなものに引きずられ「なんとか一年間は」と自分に言い聞かせていた。

それに夏野と同じく、こんな地獄のような日々を耐えれば、どこへ行っても通用するのではないかという思いもあった。

「お、あいつなら十年は頑張れるかも」

夏野が入口のほうを指差した。村沢が入ってきた。

「サイボーグ村沢の登場だ」

村沢はいかにも「来てやったぞ」という素振りで、だるそうに席に座った。

村沢の分の生ビールを追加で注文し、改めて乾杯した。追加で届いたビールも、ジョッキの表面が凍っていた。

「どうだ、美味いだろう」

夏野が村沢に訊いた。

「ふえ～、うめえなあ！」

村沢が美味そうに飲むのを見ると、また一段とビールが美味く感じられた。三人でひたすら「美味い」「美味い」と唸《うな》りながら、あまりの美味さに少し涙ぐんだ。

「テレビなんて久しぶりに観たなあ……」

村沢がボソリと呟いた。三人で店のテレビを見上げた。虫よけスプレーのＣＭが流れていた。

「久しぶりに人間に戻ったなあ」

夏野がテレビを見つめながらしみじみと言った。俺は「さっきから『久しぶり』ばっかり言ってるな」と突っ込んだ。

ぼーっとテレビを眺めるという何気ない時間がやけに幸せで、ありがたかった。鉄の仮面を被《かぶ》っていた村沢も、人間の顔に戻って笑っていた。

「くどいようだけど、お前は最近ちょっとやり過ぎだよ」

俺は改めて村沢をたしなめた。すると村沢はムキになって言い返してきた。

「上河内さんが言ってただろう。眠っているカネを活《い》きたカネにするには多少の荒療治が必要だって」

村沢は同期の誰よりも上河内に洗脳されていた。

入社当初、俺と夏野と村沢は新人研修で一緒のチームだった。新人研修といっても座学やグループディスカッションといった類《たぐい》のものではない。

街ゆく人を捕まえて名刺を二百枚集めるまで帰れないという、厳しい実地訓練だった。

もちろん、ただ名刺交換をすることが目的ではない。かき集めた名刺の連絡先に後日、怒《ど》濤《とう》の営業電話をかけまくるのだ。

入社初日から営業職の新入社員は一斉に都内各地のビジネス街へ送り込まれた。俺たち三人は池袋エリア担当だった。

「村沢が百二十枚ぐらい集めてきたから、なんとか日付が変わる前に帰れたんだよな」

物凄《ものすご》い馬力で淡々と名刺を集め続ける村沢を、俺と夏野は「サイボーグ村沢」と呼ぶようになった。この時ばかりは俺も夏野も、村沢のパワーに救われた。他の同期は翌朝まで名刺集めに奔走してノルマを達成できず、朝礼で罵倒され、土下座させられた。

「最後は大友が酔っぱらいのおじさんたちから五、六枚名刺を稼いだっけなあ」

村沢が言った。そうだ、俺は気のいいおじさんたちに「新人研修中なんです！」と好青年ぶって近付き、名刺交換してもらったのだった。

「俺はあの時、三十枚も集められなかった。悪かったなあ」

夏野が笑いながら言った。

「あの後、なぜか夏野のアパートに行って三人で飲んだな」

村沢が懐かしそうに言った。たった三ヵ月前のことなのに、遠い昔のように思えた。

「ああ、あの汚いボロアパートか」

三人の中では夏野の家が会社から一番近かった。男の一人暮らしを絵に描いたような六畳一間だった。

コンビニで買い込んだ缶ビールやチューハイを飲みながら、夏野は自作のデスクトップパソコンの性能について嬉《うれ》しそうに語った。

三人ともパソコン好きで、話が弾んだ。

夏野は学生時代、シンセサイザーで既存の有名曲を面白可笑《おか》しくアレンジして弾く動画を、動画投稿サイト『マイチューブ』に投稿していたという。

夏野は遠慮がちに自分の演奏動画を見せてくれた。

ネットの世界で夏野は『ピアノマン』と名乗り、『六畳間のピアノマン』というタイトルで動画を投稿していた。ホルダーにハーモニカをセットし、毎回オープニングでビリー・ジョエルの名曲『ピアノ・マン』のイントロを演奏、その後、アレンジした曲を披露するという構成だった。

五歳からピアノを習っていたという夏野の演奏技術は相当なものだった。『ドナドナ』をスイングジャズのリズムと音使いで弾くと全然悲しそうに聞こえない、ビートルズの『シー・ラヴズ・ユー』にディープ・パープルの『スモーク・オン・ザ・ウォーター』のリフを重ねると微妙な味わいになる、など、奇抜なアレンジの演奏がたくさんあった。

「三人で夏野の動画を眺めながら飲んだなあ。あれからもう三ヵ月経ったのか……」

村沢がしみじみと呟いた。

俺は『六畳間のピアノマン』を更新しないのか訊ねたが、夏野は「就職してから一度も楽器に触ってないよ」と笑った。愚問だった。ロクに寝る間もない生活の中で楽器を弾く時間などあるはずもない。

「もったいないなあ。『六畳間のピアノマン』は相当なレベルだと思うぞ。夏野の腕ならプロにだってなれたんじゃないのか」

村沢が真顔で夏野に言った。俺も同感だった。左手と右手で別のメロディを同時に弾きこなす夏野の演奏は、常人離れしていた。

「プロなんて到底無理だったよ。音大に行きたかったけど、周りの受験生たちとあまりにレベルが違い過ぎて、もう先が見えちゃってさ……。高校二年の時に諦めた。ずっと追いかけていた夢を諦めたら、自分がひどくつまらない人間になった気がしたよ」

「そうか……嫌なこと聞いて、悪かったな」

「でも大学生になってから趣味で『六畳間のピアノマン』を始めて、救われたんだ」

沈んだ表情から一転、夏野は目を輝かせた。

「新しい演奏動画を公開する度に、いつも『面白い』ってコメントを書き込んでくれる女の子がいて。『上手《うま》い』とかじゃなく『面白い』っていう言葉がすごく力になってさ……」

夏野は興奮気味にスマートフォンを操作し『六畳間のピアノマン』に寄せられた過去のコメントを表示させた。彼女自身もキーボードの弾き語りをしているらしく、コメントの最後にいつも「ピアノガールより」と記されていた。

コメント欄には、ピアノガールと夏野ことピアノマンの交流の跡が残されていた。

「へえ、女性ファンがいるんだ。なかなかやるじゃん」

冷やかす俺をよそに、夏野は「落ち着いたらまた動画を投稿したいなあ」と呟いた。

店内のBGMが次の曲に切り替わると、夏野が「あ！」と声を上げた。折しも、洋楽専門らしき有線放送でビリー・ジョエルの『ピアノ・マン』が流れ始めていた。

「嘘だろう？　すごいタイミングで『ピアノ・マン』が来たな」

あまりの偶然に三人で「ピアノマン」「ピアノマン」と大はしゃぎし、揃って二杯目のビールを注文した。

すぐに店員が三人分の生ビールを持ってきた。やはりジョッキの表面が凍った、冷え過ぎの生ビールだった。俺たちはつまみもロクに食べず、むさぼるように飲んだ。美味い、美味い、人生で一番美味い。俺たちは何度も唸った。冷え過ぎの生ビールは俺たちにとって、乾いた砂漠に降る恵みの雨のようだった。

「なんでこんなに美味いんだろうなあ!」

夏野が裏返った声で叫び、俺たちはまた訳もなく歓声を上げながらジョッキを掲げた。

その時、店内の有線放送のボリュームが急に上がり、『ピアノ・マン』が爆音で流れ出した。サビを高らかに歌い上げるビリー・ジョエルの声が、暴力的な音量で店内に響き渡った。機械の不調だったのだろうか、こんなアクシデントも楽しいことのように思えた。音楽に耳を傾けること自体が、贅沢《ぜいたく》に感じられた。

俺たちはきっと、人間らしい生活を思い出し、懐かしく思っていたのだ。

今思えば本能が俺たちに「戻れ」「逃げろ」と警告を発していたのかもしれない。

履歴書に一年ないし三年の経歴を刻むためだけに留まり続けるには、あまりにも過酷な状況だった。

いずれにせよこの時の俺たちには「今すぐ辞める」、いや「逃げ出す」という選択肢はなかった。「逃げ出す」ことに対する漠然とした罪悪感や恐怖感によって、最も自分に正直な選択肢から目をそむけていたのだと思う。

「まあ、時々こんな風に三人で飲めたらいいなあ。こんなところで会ったのも何かの縁だからさ」

夏野が言った。いい奴だと思った。しかしこの会社において、いい奴であることは何の意味も持たなかった。

一時間だけ飲んで、俺たちは会社に戻って仮眠を取った。三人それぞれ自前の寝袋にくるまり、床に転がって眠った。たった二時間弱の仮眠だったが深く眠れて目覚めもよかった。

あの夜、俺たちは束の間、人間に戻っていたのだと思う。

翌朝、五時半から民家を訪ね歩いた。

新入社員総出で西武池袋線沿線のエリアを攻める。俺は五十軒以上のインターホンを押したが、全く成果なしだった。

八時半にいったん帰社すると、いつも通りの地獄の朝礼が始まった。

日報の束を手にした上河内が社員たちの前に立つ。優に百八十センチを超える巨体は、そこにいるだけで見る者を威圧するかのようだ。

上河内は攻撃的な眼で社員たちをギロリと見回した。

「村沢、前へ出ろ」

村沢が呼ばれた。ここのところ成果の出ていない村沢は、駆け足で皆の前へ進み出た。

「そのクソ真面目なツラで頑張ってるふりか。虫唾《むしず》が走るな、あ？　会社に金を入れられねえ奴はクズなんだよ。申し訳ないと思わないのか」

「申し訳ございません！」

「俺には全てが見える。だからお前みたいなクズでも売れるように指導してやってんだよ。それでも売れないのはなぜか。サボってるからだよ。真面目にやってまーす、っていうアピールだけで、裏ではサボってんだろう、卑怯《ひきょう》者が。お前はクズの中でも最低のクズだよ」

自分の言う通りに働いていれば売れないはずがない。上河内の言葉はいつも、万能な自分が無能な人間を導いてやっているという確信に満ちていた。

上河内の罵倒がしばらく続いた後、次は懺悔《ざんげ》タイムだ。

「この失態はひとえに私の努力や能力、使命感が圧倒的に不足していることによるものであります！　能力のない者は会社にとって必要のない者、給料泥棒であり、皆様に対して申し開きの言葉もございません、きっと今日からはまた……」

村沢が顔を紅潮させながら懺悔の言葉を叫ぶ。述べるのではない。叫ぶのだ。大声で叫ばなければ何度でもやり直しさせられる。恐ろしいことに、慣れてしまうと自らを貶《おとし》める言葉がすらすらと出てくるようになる。

「大変申し訳ございませんでした！」

村沢は深々と頭を下げ、駆け足で自席に戻った。

昨夜ビールを飲みながら見せた穏やかな表情は消え、思い詰めた眼差《まなざ》しで一点を見つめていた。このままでは何をしでかすか分からないような危うさを感じた。

「次に大友！　前へ出ろ」

　俺はこれから浴びせられるであろう罵詈《ばり》雑言を想像しながら、早足で前へ進み出た。

「大友は昨夜、年配のご婦人の家を訪問し、ウォーターサーバーの契約を一件獲得したらしい。たったの一件！」

　来た。身構えた。

「しかしこの一件、我々ハッピーインベストメントにとって非常に価値のある一件だ！」

　身構えていた俺は、肩すかしを食った。上河内は俺の日報を手に取った。

「大友はご婦人と玄関口で何気ない世間話をしていた。すると、ご婦人がお孫さんの話を始めた。自分のお孫さんと大友を重ねたそのご婦人は『あなたから買ったお水を毎日飲みたい』とおっしゃったそうだ」

　俺の日報に、大幅な脚色が加えられている。

「ご婦人は水を飲む度に大友のことを思い出すだろう。孫と同年代のあの営業マンは頑張っているだろうか、美味《おい》しい水をありがとう、と」

　綺麗事《きれいごと》をぬかすな。心の中で毒づいたのとは裏腹に、ふと涙腺《るいせん》が緩んだ。

　上河内はごく稀《まれ》に朝礼で特定の社員を激賞することがあった。アメとムチなどという生易しいものではない。

　これこそが洗脳の手口だった。

普段は千の罵声を浴びせ続ける権威者から唐突に投げかけられる労《ねぎら》いや称賛の一言。その威力は強烈だ。

「ご婦人は大友との出会いをきっかけに、ひとつ幸せな投資をした。ハッピーインベストメントだ！　素晴らしい！　全員、大友に拍手！」

一斉に拍手が鳴り出す。

上河内が右手を差し出してきた。俺はその手を握り返した。

「大友、やればできるじゃないか。頑張れ。期待してるぞ」

危ない、戻れ。戻ってこい。俺の中の本能が叫んだ。しかし抗《あらが》えない。

「ありがとうございます」

そう答えた俺の声は涙で震えていた。

朝礼の締めはいつもの通り。企業理念を全員で唱和する。

目覚めよ、眠れる日本の金融資産たち
土地の縁、人々の住まう家々の営みに
幸ある投資と健やかなる歓《よろこ》びあれ
我らはその先駆けとならん
その我らこそハッピーインベストメント
いざ励まん、人々の幸せのために

こんな偽りだらけの大義名分を毎朝、大声で読み上げていた。理由はふたつ。

ひとつは真面目に唱和しなければ懲罰を食らうという恐怖感に追い立てられていたから。そしてもうひとつは……心のどこかに、自分のやっている仕事が何かの役に立っていてほしいという願望があったからだと思う。

村沢のことを言えた義理ではなかった。俺も自分自身を洗脳していたのだ。

その日の朝は百件ほどの電話営業を掛けたが全て空振り。昼前から外回りに出てみたものの、ひどく情緒不安定だった。

昨夜のビールのせいだ。

腐れ縁の同期と三人で、ジョッキを片手にほんの束の間でも人間に戻ったからだ。自分が誰かと語り、笑い、時にはビールを飲んだりする〝人間〟だったことを思い出した。

入社以来の三ヵ月余、他の誰かと人間らしい会話をしたことがなかった。営業電話を掛けても当然ほとんど切られる。時には辛辣《しんらつ》な言葉で断られ、逆ギレで応戦。訪問営業でも同じような有様だった。

来る日も来る日も営業で拒まれ続け、会社で罵《ののし》られ、精神が麻痺《まひ》していた。

しかし人間だったことを思い出した俺の目には、電車の中や街の中の何気ない光景がきらきらと輝いて見えた。

うだるように暑い正午過ぎ、池袋の街を歩いていると、オフィスビルから俺と同年代の男女が何人かで連れだってランチへ出掛けてゆく。その様子はまるで遠い別世界の光景のように感じられた。

どうしようもなく寂しくなり、歩きながら大学時代の同級生たちにメールを送った。

俺たち新入社員は昔の友人と連絡を取ることを禁じられていた。「何もできないクズ同然の新入社員に遊んでいる暇などない」という上河内からの戒めがあった。しかしもう限界だった。外の世界の誰かと繋《つな》がりたかった。

ゼミやスキーサークルの仲間たち、男女問わず電話帳に登録されている同級生に今晩飲まないかとメールを送った。

間もなく断りのメールが何通か入った。

〈久しぶり！　悪い、今日は会社の暑気払いだ。また今度！〉

〈今日は厳しいな。また近いうちにいつものメンバーで集まると思うから、その時に会おう！〉

雑踏を抜け、ビル街の路地に立ち止まってメールに返信しながら、俺は少し泣いた。外の世界の誰かとごく普通の会話ができただけでたまらなく嬉しかった。

その後また外回りを続けるも、何ら成果を得られぬまま日が暮れ、夜になった。

深夜零時、営業の場をオフィス街から住宅街に移して彷徨《さまよ》い歩いた。

迷惑なのは百も承知だ。いくら精神的に追い込まれていても、深夜零時に見知らぬ人の家のインターホンを押すということがどういうことか、分かっていたつもりだ。

それでも俺は深夜の家々を訪ね歩き、インターホンを押し続けた。

「夜分に失礼致します。ご自宅で飲める美味しいお水のご紹介をしております。少しお時間をいただけないでしょうか」

金額が小さい水の話から入って、それからマンションの話をしようと考えた。

〈こんな遅くにどちらさまですか〉

インターホン越しに年配の女性の声。

相手がドアを開けない限り、こちらからは社名を名乗らない。

〈あなたね、もう十二時過ぎですよ。分かってます？　警察を呼びますよ〉

通報されかけたことは一度や二度ではない。最初は「警察」と聞いただけで震えあがったが、いつしか慣れてしまっていた。

「夜分に申し訳ございませんでした」

俺はできる限り丁重に言い残してその場を立ち去った。

コンビニでおにぎりを買い、公園のベンチに座って食べた。

その時、携帯電話が震えた。もしかしたら友人の誰かかもしれない。ポンと心が弾み、番号通知の確認もせず咄嗟《とっさ》に通話ボタンを押した。

〈大友、調子はどうだ〉

声の主は友人ではなく、上河内だった。ひどく酔った口調で、電話の後ろではガヤガヤと騒がしい音がしていた。

「はい、引き続き営業中です。飛び込めそうな家を探しているところです」

公園で休んでいますとは言えず、咄嗟に答えた。いくら上河内でもこんな泥酔状態の中、GPSで俺の居場所を確認するようなことはないだろうと、タカをくっていた。

ところが上河内は言った。

〈そうか、営業中か。じゃあこのまま電話を切らずに今すぐ、一番近くの家のインターホンを押してみろ〉

「少々お待ちください」

〈あ？　今すぐ押してみろって言ってんだろうが！〉

俺は慌てて駆け出し、近くに民家がないか探した。

〈どうした。さてはお前、サボってんな〉

「いえ、すぐ近くには手頃な家が見当たらないもので……」

〈バカ野郎！　だからお前はクズのまんまなんだよ。少し褒めてやったぐらいで調子に乗ってんじゃねえぞ〉

「申し訳ありません」

〈ありませんじゃねえだろ！　ございませんだろ？　働かざるもの、食うべからず〉

電話の向こうからユーロビート調の騒々しい音楽が聞こえていた。いやだ、上河内さんチョー厳し過ぎ、かわいそう。媚《こ》びるような女の声が聞こえる。

どのような店で痛飲しているか、すぐに分かった。

〈下手な鉄砲はなあ、数撃たねえと当たらねえんだ。百発でも千発でも、寝ないで撃て〉

女たちの嬌声《きょうせい》の中、電話は切られた。

褒めた後に突き放す、小賢《こざか》しい人心掌握術でも弄したつもりか。

こういうクソ野郎たちのメシの種、贅沢のためにこき使われている。そう思うと、アホらしくて笑いすら込み上げてきた。

前の晩に飲んだビールのおかげだ。

あの一杯のビールがなかったら俺は上河内の術中にはまり、ずるずると飼い馴《な》らされていたかもしれない。

しかし悪夢から覚めた俺はこの時はっきりと決めた。

早くここから逃げ出そうと。

だがこの会社、残るも地獄、辞めるも地獄。上河内はじめ役員連中から罵られ「裏切り者」や「人間のクズ」といった烙印《らくいん》を押されて去ってゆくことになる。

辞めていった同期たちは皆、廃人のようになって会社を去っていった。

俺はここから無事に脱出したい。堂々と脱《ぬ》け出したいと思った。

その一歩を踏み出すべくコンビニのＡＴＭで一万円を下ろし、二十四時間営業の大型ディスカウントショップへ入った。

目当ての品は家電コーナーの一角に陳列されていた。

しかし急に臆病《おくびょう》風に吹かれ、いったん陳列棚を離れた。

会社の誰かに見られていないか不安になり、あたりを見回した。会社の人間がこんなところにいるはずもないのに、どうしても気になる。挙動不審になっているのが自分自身でも分かった。

〈おい、そんなものを買って、何に使うんだ？〉

上河内に後ろから肩を摑《つか》まれないか。そんなことあるはずがない。そうだ、仮に見つかったとしても「商談で相手の言質《げんち》を取るためです」と答えればいい。

家電売り場のフロアを何周も歩き回りながら、夏野の言葉が頭の中をぐるぐると回っていた。

〈ここで三年頑張れたら、無敵になれるような気がする〉

残念ながら俺は無敵にはなれない。でもこの生き地獄を堂々と脱け出すことができれば、少しは無敵に近付けるかもしれない。

意を決して目当ての品が並ぶ陳列棚へ向かい、商品見本を摑んでレジへ向かった。

自腹で買ったＩＣレコーダー、八千円。崖《がけ》っぷちの〝自己投資〟だった。

翌朝、俺はスーツの左側の内ポケットにＩＣレコーダーを忍ばせて朝礼に臨んだ。

「山倉《やまくら》、前へ出ろ！」

同期の一人が呼び出された。

今だ。俺は内ポケットへ意識を向けた。しかしその瞬間、金縛りに遭ったかのように全身が硬直し、脂汗が滲《にじ》み出した。心臓の鼓動が速くなり、呼吸が荒くなる。

ほんの一瞬だけ内ポケットに右手を差し入れて録音ボタンを押せばいいだけだ。携帯の電源を切るふりでもすればいい。

だが、たったそれだけのことができない。

「おい、ナマクラ！　いやボンクラか。お前はいつまでタダ飯食ってんだ？　タダ飯食いは人間のクズだ。あ？　分かってんのか？」

上河内が山倉を罵倒する。

その後、何度も左の内ポケットへ意識を向けたが、どうしても身体が動かなかった。

次の日はトイレで録音ボタンを押してから朝礼に臨もうと試みたが、それさえもできなかった。万が一見つかった場合に何を言われるか、何をされるか分からない。見つかった時の恐怖ばかりに囚《とら》われる。

来る日も来る日もＩＣレコーダーの中身は空っぽのまま、時ばかりが過ぎた。

七月下旬に差し掛かると、新入社員強化プロジェクトはますます激化した。俺も夏野もますます痩せ、村沢はセールスの手口を過激化させていった。

朝礼では毎日誰かが見せしめのために血祭りに上げられた。

特に村沢に対する罵詈雑言は苛烈《かれつ》さを増していた。愚直に営業をかけながらも成果の上がらない村沢の様子が、かえって上河内の癇《かん》に障ったのだろう。

三日続けて毎朝、村沢は全社員の前で罵倒された。村沢の目から人間の色が失われていくのがはっきりと分かった。

心を蝕《むしば》まれ、病んでゆく村沢に、俺は何もしてやれなかった。

標的にされて四日目の朝、村沢はとうとう皆の前で泣き崩れた。

「皆様、申し訳ございません……！　私はどうすれば許していただけるでしょうか」

床に額を付け、慟哭《どうこく》する村沢に、上河内の怒声が降った。

「お前を見てると虫唾が走るんだよ！」

村沢はゆっくりと顔を上げ、上河内を見上げた。

「見れば見るほどむかつくツラだな。真面目に頑張ってますアピールしてりゃ、許してもらえると思ってんだろう。クソ真面目なのに無能な奴ほどこの世で無駄なもんはねえなあ。お前、生きてる価値あんのか？　あ？」

「生きている価値がないのなら、私はどうすればいいでしょうか……」

「知るか。死んでみたらどうだ」

「死んでお詫《わ》びすればいいでしょうか……」

村沢、戻ってこい。俺は心の中で念じた。

「誰も止めねえし、死んだって誰も悲しまねえよ。その代わり、見えないところで勝手に死ね」

許されざる行為が繰り広げられていることを、頭では理解できていた。だが恐怖で全身が金縛りに遭ったかのように硬直し、何もできなかった。

出掛け際、村沢の背中には異様な静けさが漂っていた。本当に変な気を起こす予感がした。何か声を掛けなければ。そう思う一方で、掛ける言葉が見つからなかった。

その時、夏野が村沢を呼び止めた。

「村沢、お願いがあるんだけど」

夏野は村沢に一枚のメモを差し出した。俺は横からそれを覗《のぞ》き込んだ。訪問先と約束の日時が書かれていた。

「昨日、珍しくアポイントが取れたんだ。このアポ、村沢に行ってもらいたいんだけど、いいかな。今日の正午から、そこに書いてある場所で待ち合わせることになってる」

夏野の説明によれば、退職金の資産運用を検討中の年配会社員と、昼休みの時間を使って喫茶店で会うことになっているという。

「夏野は体調を崩して行けなくなったので代わりに村沢という者が伺います、と伝えておくから」

「変な同情は止めてくれ」

村沢は、床の一点を見つめながら力なく答えた。

「同情ではないよ。村沢が会いに行ったほうが、成約する確率が高いと思うから。せっかく取れたアポだから、村沢に託したい」

夏野は「譲る」とか「あげる」とは決して言わなかった。自分が会っても契約まで至る可能性は低いから、馬力のある村沢に託すのだと主張する。

だが村沢を助けるための申し出であることは明白だった。

「お人好しにも程があるんじゃないか」

「いやいや、お人好しではないよ。貸しはいつか返してもらうつもりだから」

この言い回しも夏野の気遣いだったのだろう。

「夏野、ありがとうな」

村沢は泣きそうな声で夏野に礼を言うと、夏野の手からメモを受け取った。それから夏野は、はにかんだような笑顔で、こう言ったのだった。

「村沢が死んだら、俺は悲しいよ」

シンプルな言葉だった。生き地獄のような光景を見た後にこんな言葉を口にできる夏野を、優しい男だと思った。強い男だと思った。

夏野の代わりに年配会社員と会った村沢は、翌日の朝礼で一定の成果を報告した。さいたま市郊外の中古マンションを提案し、検討してもらえることになったという。

見込み客を獲得した村沢は、朝礼で上河内の激賞を受けた。「本気になればできる人間だと信じていた」「辛《つら》く当たって悪かった」「有望な人間を鍛えるための鞭《むち》だった」と。

その言葉に村沢は号泣し、上河内を崇《あが》め奉るかのように何度も感謝の言葉を述べた。

そして、村沢に代わってターゲットにされたのは、夏野だった。

おい、サンパイ。

八月最初の朝礼で、上河内の呼び出しに夏野が「はい！」と返事をした。夏野は上河内から「サンパイ」と呼ばれるようになっていた。

サンパイ。産業廃棄物だ。

「無駄に飯食ってクソするだけのサンパイだもんな。救いようがねえや。どういう飯を食って育ったらお前みたいな無能な人間が出来上がるんだろうなあ」

「申し訳ございません、食べ物に罪はございません。全ては私が……」

恐怖に萎縮《いしゅく》しながらも滑稽な夏野の反応を、上河内はせせら笑った。

「あ、無能な人間、と言ったのは悪かった。訂正する。お前、人間じゃねえもんな。サンパイだった、失礼、失礼」

もはや人間が人間に対して投げかける言葉とは思えなかった。

夏野がいたぶられるのをただ見ているだけで、何もできない自分が情けなかった。

せめてもの報いとして、俺はスーツの内ポケットに潜ませたICレコーダーの録音ボタンを押した。やっと押すことができた。逃げ出すための準備だ。相手は辞めていく人間をボロボロになるまで追い込む輩《やから》だ。逃げ出すためには相当なエネルギーを要する。録《と》り溜《た》めた音声が、この生き地獄から逃げ出す時のお守りになると思った。

夏野と村沢を連れて、一刻も早く逃げ出したかった。

戦う必要などない。とにかく逃げるのだ。

雨の日の早朝、俺は外回りに出掛ける夏野の後を追って事務所を出た。駅までの道すがら、夏野を呼び止めて開口一番言った。

「俺は来月末までに辞める」

自らの意志を言葉にして、言霊《ことだま》を宿したかったのかもしれない。

「来月？　それはずい分と唐突だなあ」

「唐突じゃない。入社初日から考えていた。三年で辞めよう、いややっぱり一年で辞めよう、って具合に。それが来月に早まっただけだ」

　それから俺は夏野に訊いた。

「お前もそう思ってるんじゃないのか？」

「いや、そりゃ一生いることはないだろうなっていう話はしたけどさ……」

　俺は自分を鼓舞するかのように語気を強めた。

「一緒に辞めないか。さっさと逃げ出そう。一日も早く」

　しかしこの時点ではまだ心のどこかで「今日すぐに辞めたら周りに迷惑がかかる」などと悠長なことを考えていた。

　全くもって生温《なまぬる》い考えだった。

　もっと自らの直感に従って、すぐにでも逃げ出すべきだった。夏野や村沢に逃げろと強く促していればよかった。そう思うと、返す返す悔やまれるのだ。

　八月最初の日曜の午後、都内の貸会議室で投資説明会が開かれた。

退職金の資産運用にマンション投資をという触れ込みで、定年間近の中金持ちを一堂に集めた。

上河内はいつもどおり、万能感に裏付けされた持論を展開した。何も考えず私の見込みどおりに投資していただければ、資産運用に疎い方でも必ず利益が上がるから安心して欲しいと。

説明会に参加した初老の男性たちは後日、上河内から恐怖の営業を受けることになる。

そんな説明会に俺は上河内のアシスタントとして立ち会っていた。

アシスタントといっても、説明の合間に質疑を促して質問者にマイクを回すだけの役だ。上河内が喋《しゃべ》っている間、俺は会場の隅に立っていた。

ところが説明会の半ば、ふいに気を失い、膝《ひざ》がカクリと折れた。慌てて姿勢を正して取り繕ったが、一部の参加者には気付かれていた。

立ったまま居眠りをしていたのだ。

その後も何度も意識を失いかけては体勢を崩し、やがては十秒とまともに立っていられなくなっていた。

過去にも、電車の中で吊革につかまったまま寝落ちすることならあった。しかしこれほどまでに立っていられないのは初めてだった。

俺は仕方なく会場の外へ出ようと、出口へ向かって歩き始めた。

すると、一歩進む度に身体が沈むような感覚に囚われた。

一瞬、何が起こっているか分からなかった。はっと我に返り、体勢を立て直してから気付いた。下りエスカレーターを真似たパントマイムのように、だんだんと身体が沈み込んでいたのだ。つまり、歩きながら寝落ちしていた。

人間は疲労が極限に達すると歩きながらでも眠ろうとするのだ。生命を守るための防衛本能なのかもしれない。

もはやちょっとした臨死体験だった。

こんなにも危機的な状況に直面し、俺はようやくはっきりと自覚した。

このままでは、死ぬ。

這《は》うようにして会場外のロビーまで出ると、ソファに腰を沈めてこんこんと眠った。いや、半分死んでいたのだと思う。

頭に激しい痛みを感じて目覚めた。上河内の顔が目の前にあった。前髪を鷲掴《わしづか》みにされ、引っ張り上げられた。そのまま説明会終了後の誰もいない会議室に引きずり込まれた。

上河内は平手で俺の頰を軽く叩《たた》きながら言った。

「お前は生きてんのか死んでんのか分からねえなあ。え？　死んでんじゃねえのか」

俺は朦朧《もうろう》とする意識の中で答えた。

「ええ、おっしゃる通りです。死んでるようなもんですよ」

上河内は「ほお」と声のトーンを下げ、再び俺の前髪をつかんで頭を揺さぶった。

「お前、いま口答えしたよな」

「はい」

その瞬間、俺の左頬に上河内の分厚い掌《てのひら》が叩きつけられた。

鼓膜がぶち破れるような衝撃と共に俺の身体は横へ吹っ飛んだ。

上河内は床にうずくまる俺の背中に何か捨て台詞《ぜりふ》を投げて去っていったが、よく聞こえなかった。口の中に血の味が広がっていった。


張り倒された翌日も、俺は出社した。

その日の朝礼は凄惨《せいさん》を極めた。

前日のセミナーで俺が失態を晒《さら》したせいで、上河内の機嫌はすこぶる悪かった。まずはその原因の張本人である俺が血祭りに上げられた。

常人が一生かけても浴びきれないほどの罵詈雑言を、二十分足らずの間に浴びた。

社長、総務部長、企画部長。お偉い皆々様方が眉《まゆ》ひとつ動かさずそれを聞いていた。

もう何も感じなかった。よくぞここまでえげつない言葉を次から次へと思い付くものだと感心すらする。

吼《ほ》えろ。吼えれば吼えるほどお前の首を絞めることになる。内ポケットに潜ませたICレコーダーが、全てを記録している。

牙《きば》を隠しながら俺は従順を装う。最後に自分がどれだけ無能で怠惰な人間であるかを祝詞《のりと》のように淀《よど》みなく、声高らかに述べた。

「次、サンパイ、前へ出ろ！」

　俺の次に、夏野が狙われた。

「おい、面白いことやってみろ」

「はい？」

　夏野はほうけたような声を出した。

「日本語も分からねえのか？　お前はつまらねえんだよ。つまらないから役に立たない、つまらないからサンパイなんだよ。そうだろ？」

「はい、申し訳ございません！」

　夏野は直立したまま叫んだ。

「謝る必要はない。俺はなんか面白いことをやってみろと言ってるんだ。笑えるようなことをよ」

　上河内に急《せ》かされ、夏野は思い詰めたような表情で固く目を閉じた。

「少々お待ちください！」

　夏野は何を思ったか近くのデスクにあった黒の油性マーカーを手に取り、机の陰に隠れた。

顔に落書きでもしようというのか。

次の瞬間、俺は目を疑った。夏野は靴を脱ぎ、デスクの上に立った。それから、ためらうことなくズボンとパンツを下ろした。

「アフリカゾウ！」

窓枠を震わせるような絶叫と共に、夏野はマーカーで細工を施した部分を指差した。

救いようのない沈黙が流れた。

「アフリカゾウ！」

「え〜と……高度過ぎてよく分からないなあ、何ですか、それ」

上河内は、まるで虫ケラをいたぶって遊ぶかのように言った。

「ですから、ここがゾウの鼻に当たる部分でございまして……アフリカゾウ！」

「はい、では聞いてみよう。面白いか？」

上河内がせせら笑いながら皆に訊ねる。笑えるわけがないだろう。俺は腿《もも》の横で右《みぎ》拳《こぶし》を握りしめた。

「やっぱり圧倒的につまらねえ人間だな。さっさとしまえよ、露出狂」

おちょくるような口調で言う上河内。

「それにしても、うすぎたねえアフリカゾウだなあ。そもそも、そんな粗末なモノをぶら下げて、ゾウと言うのはおこがましいんじゃねえか、なあ？」

俺は確信した。こいつは人間ではない。人間の皮を被った鬼畜だ。

朝礼が終わるまでの間、俺は夏野にどんな言葉を掛ければよいか思いを巡らせたが、適切な言葉が見つからなかった。

だが朝礼の後、夏野のほうから声を掛けてきた。

「大友、大丈夫だったか」

人の心配をしている場合ではないのに、夏野は疲れた顔で笑った。

「平気だよ。今の俺は無敵だから。お前のほうこそ大丈夫か？」

俺はできるだけ陽気な調子で訊ねた。夏野は力なく頷《うなず》いた。俺と夏野の横を村沢が肩を怒らせながら通り過ぎていった。

「もう少しの辛抱だ。もうすぐ俺たちみんな解放されるから」

今の俺は無敵だから。もう少しの辛抱だ。この言葉の意味をもっと詳しく話したかった。でも敵を欺くにはまず味方からという言葉もある。

「大友、俺はつまらない人間なのかな」

「あんな奴の言うことなんか、気にするな」

もうじき上河内は地べたに這いつくばることになる。

「仕事で役に立ってないのを責められるのは耐えられるけど、つまらない人間って言われるのは、どうしてだろう、辛いもんだなあ」

そう言って夏野は力なく笑った。

「つまらない人間なんかじゃない。六畳間から世界を楽しませる『ピアノマン』だろう」

気休めやお世辞ではなく、心からそう思った。こんな薄汚い世界を脱け出し、再びピアノマンになって変幻自在にメロディを奏でればよい。

「ありがとう」

夏野はそれだけ言い残すと、足早に出掛けていった。

オフィスの中ではすでに怒濤の電話営業が始まっていた。

俺は上河内の前へまっすぐに進み出た。そして白い封筒を差し出した。

「本日付けで退職させていただきます」

退職願ではなく、退職届だ。上河内は肘掛《ひじかけ》椅子に深く腰掛けて足を組み、背もたれに身体を預けながら言った。

「誰が勝手に辞めていいって言った。一人採用して育てるのにどれだけコストがかかるか考えたことあるか？」

育てられた憶えなどない。俺は言葉を飲み込んだ。それから訊き返した。

「今までだって何人も辞めているじゃないですか」

上河内は嘲笑《あざわら》いながら溜息を吐いた。

「そうだよ、軟弱な奴らがどんどん辞めるからまた代わりのコマを探す手間に追われる。世の中みんな根性のある奴だったら、うちだってこんなに苦労しねえんだよ。ヘラヘラと裏切る奴らはタダでは解放しねえからな」

「裏切る？　というのは……」

「裏切りだろう。お前は散々タダ飯食わせてもらった会社を簡単に裏切れるような卑怯者だ。どこに行ったって使いものにならねえよ」

「なんとでもおっしゃってください」

「まともに転職なんかさせねえぞ。お前が転職しようとする先々で、お前が会社に対してはたらいた不義理を言いふらしてやるよ。お前の人生滅茶苦茶にしてやるからな」

「どうぞご自由に」

俺は慇懃《いんぎん》無礼に言い残し、踵《きびす》を返した。

「おい！　逃がさねえぞ、まだ終わってねえんだよ」

上河内が追ってこようとする。

俺は全速力で逃げた。オフィスビルの階段を駆け下り、外へ飛び出し、わき目もふらず逃げた。走りながら大笑いした。

空の色が変わって見えた。

失うものは何もなく、これからただ新しい毎日が始まる。

あとは夏野や村沢を解放するだけだ。

無敵になれた気がした。最後の戦いに備えるべく、俺は家路を急いだ。

アパートの一室に帰り、じっくりと時間をかけて、入念に準備を整えた。

翌朝、俺はいつも通り朝五時前に目覚め、作戦決行のためパソコンに向かっていた。

すると携帯に夏野からのメールが入った。

〈件名：明日天気になあれ〉

〈本文：てるてる坊主、楽しんでいただければ幸いです〉

宛先欄には複数のアドレスが表示されていた。

本文の下に長いURLが貼ってあった。不審に思ってそのURLをクリックすると、動画サイト『マイチューブ』のページが表示された。

そのページは『六畳間のピアノマン』だった。

再生画面の上にはタイトルらしき文字が記されていた。

〈六畳間のピアノマン、特別生放送企画『てるてる坊主』〉

もしかしたら夏野はピアノマンとしての活動を再開したのかもしれない。期待が頭をよぎった。

画面に映し出されていたのはアパートかマンションの一室。カメラは部屋の中からベランダのほうを映していた。虚《うつ》ろな目をした男がカメラの真正面、座卓の向こうにあぐらをかいて座っていた。

夏野だった。座卓には小型のキーボードが置かれ、畳の床に、アサヒスーパードライの三五〇ミリリットル缶が何本も転がっていた。

夏野は荘厳なパイプオルガンの音色で『てるてる坊主』のメロディを奏でたが、酒に酔っているせいか、ミスタッチだらけのひどい演奏だった。

「私は、ピアノマンです。つまらない人間では、ありません」

夏野は、うわごとのように呟いた。

それから夏野はカメラに向かって一礼するとバリカンの電源を入れ、髪の毛を刈り始めた。黒い髪が畳の上に次々と落ち、頭の地肌が露《あら》わになってゆく。

もう一度、ベランダのほうに注目すると、物干し台に白いロープがくくりつけられ、ロープの先は、輪になっていた。

てるてる坊主。

曲名と夏野の行動が頭の中で繋がった瞬間、恐怖と戦慄《せんりつ》で全身の肌が粟立《あわだ》った。

事実、コメント欄には「死ぬ死ぬ詐欺か」「早く死ね」といった傍観者たちのコメントが並んでいた。

俺は動画サイトへの接続を切り、夏野の携帯に電話をかけた。だが何度呼び出しても夏野は応答しない。留守番電話にも切り替わらない。

電話を切り、今度は震える手で一一〇番を押した。

友人が自殺を図っているので助けてください。気が動転して一方的にまくし立てた。

住所を問われるが番地が分からない。ベランダ越しに特徴的な名前の病院の看板が見えたのを思い出した。

「西東京《にしとうきょう》市の逆瀬《さかせ》川《がわ》小児科医院の前のアパートです！」

電話を切り、全身の震えを抑えながら家の外へ飛び出し、最寄りの大通りまで走り、タクシーを拾った。夏野のアパートは三駅離れた住宅街。俺は運転手に「西東京市の逆瀬川小児科医院まで」と告げた。

　道が空いていても二十分以上はかかる。

〈今すぐそっちに行くから待ってろ〉

　タクシーの中から夏野へメールを入れた。

　それからもう一度動画サイトのＵＲＬにアクセスした。夏野はもうベランダに立ち、白いロープに手を掛けていた。

「急いでください！」

　年配の運転手は「かしこまりました」と気のない返事をした。説明して分かってもらえるような事態ではない。俺は運転手の目の前に携帯電話を差し出した。

「助けてください、ここに映っている男は友達です」

　年配の運転手はまだ事態をはっきりとは理解できていないようだった。それでも「裏道を通りましょう」と答え、車のスピードを上げてくれた。

　動画のコメント欄には「どうした死ぬ死ぬ詐欺」「やってみろよ」と傍観者たちの言葉が書き込まれてゆく。俺は嫌悪感を抱く一方、本当に冗談であって欲しいと願った。

　そんな中ひとつだけ、一筋の光のような言葉が現れた。

〈止めて。まずはビールを飲むのを止めて、少し落ち着いて　ピアノガールより〉

〈ピアノマンは本当に死ぬ気です。みんなで止めなきゃ　ピアノガールより〉

いつも動画に「面白い」とコメントを寄せて夏野を勇気づけていた、ピアノガールの言葉だ。傍観者ではない、切なる願いが感じられた。

もしかしたら夏野がもう一度携帯を見るかもしれない。俺は動画へのアクセスを切り、夏野にメールを送り続けた。

戻ってこいと願いながら、なるべく他愛もないことばかりを書いて送った。

今晩酒樽屋で飲もう。俺、会社辞めたよ。退職祝いしてくれよ。辞めたらせいせいするぞ。借りた分のコピー用紙は今度必ず返すから。退職届、俺が代わりに書いてやるよ。辞めたら一緒に合コンにでも行こう。

車は狭い道を縫って住宅街の奥へと入り、逆瀬川小児科医院の前に到着した。古いアパートの前にパトカーと救急車が停まっていた。

俺はコンソールボックスの上に五千円札を置いてタクシーから飛び出した。

アパートの二階と一階のベランダがブルーシートで覆われていた。

外階段の前に若い警察官が立っていた。

「夏野は、夏野はどこですか！」

俺は夏野の友人であることを警察官に告げ、外階段を駆け上がろうとしたが、警察官は首を横に振って止めた。

「彼女が第一発見者です」

警察官の足元には、制服を着た女子高生が座っていた。ブロック塀にもたれかかり、宙を見つめたまま放心状態で泣いていた。

「夏野は殺されたんです」

俺は警察官に訴えた。昨日の朝礼のことや、入社から四ヵ月間のことをできる限り話した。

「お気持ちは分かりますが……」

警察官は深々と頭を下げた。それから、最後に夏野と会った時、変わった様子はなかったかと訊かれた。

連日、上河内の標的にされて集中砲火を浴びた夏野は、確かに疲弊していた。疲れた笑みを浮かべながらも、思い詰めた様子はなかった。

最後に会った時、夏野と交わした言葉に、ひとつだけ引っ掛かる点があった。

〈俺はつまらない人間なのかな〉

〈仕事で役に立ってないのを責められるのは耐えられるけど、つまらない人間って言われるのは、どうしてだろう、辛いもんだなあ〉

夏野は「つまらない人間」という言葉に執着していた。

居酒屋で飲んだ夜、夏野は音大への夢を諦めた時のことを振り返って「自分がひどくつまらない人間になった気がした」と語っていた。だが『六畳間のピアノマン』を始めて、〝ピアノガール〟からの「面白い」という言葉に救われたと言った。

面白いという言葉が、過去に大きな挫《ざ》折《せつ》を経験した夏野にとっての救いだった。

夏野からのメールを思い出す。

〈てるてる坊主、楽しんでいただければ幸いです〉

これは「つまらない人間」という人格否定に対する抗議だったのではないだろうか。

もしかすると、初めは本当に死ぬ気はなかったのではないか。驚かそうとしただけなのに、引くに引けなくなってビールを大量に飲み、やってしまったのではないか。

夏野は生きたかったのではないか。勝手な願望も頭をよぎった。

どんなに推し量ったところで、夏野が最期に何を思ったのかはもう分からない。いや、本人にも分かっていなかったのではないか。

あれこれ知ろうとするのは残された人間のエゴなのかもしれない。そして、何を推察しても全てが無に帰す。それでも、ひとつだけ問いたい。

なぜ生きなかった。

なぜ生きなかったのか。

あの夜、夏野も気付いたはずだ。ふと我に返って外の世界へ目を向けたあの夜、ビールが最高に美味くて、なんでもないテレビＣＭが妙に楽しくて、ああ、こっちの世界に戻りたいと強く願った。

もう少しの辛抱だったのに……。

俺は若い警察官の質問に上の空で答えた後、家に戻った。

それから俺はもう一度だけあの会社へ向かうことにした。

事務所に入ると、上河内は普通に仕事をしていた。

営業チームが怒濤の電話攻勢をかけている。電話の声が混ざり合ってひどく騒々しい。

上河内は本部長席で扇子を使って襟元を扇《あお》ぎながら、奴隷を使役する番人のように営業マンたちの仕事ぶりを監視していた。

俺は「おはようございます、上河内さん」と呼び掛け、本部長席へと歩を進めた。

上河内は俺の姿に気付くと「何しに来た。もう辞めるのが怖くなって戻ってきたか」と冷ややかに笑った。

「上河内さん、夏野が自殺しました。ハッピーインベストメントにも警察から連絡が入ってますよね？」

「あ？　ああ、なんか電話が来たけど」

上河内が面倒臭そうに答えた。平静を装いながらも、明らかに動揺している。頬に浮かんだうすら笑いは虚勢に満ちていた。

「上河内さん、あなた人殺しですよ。そうでしょう、ねえ、上河内さん」

俺は執拗《しつよう》に上河内の名を呼んだ。

「なんのことだ」

「上河内さん、自分の胸に聞いてみたらどうですか」

「社員が死亡事故を起こして面倒を被るのは会社のほうだ。こっちは被害者だよ」

「事故？」

俺は煮えたぎる怒りを抑えながら拳を握った。

「全員に聞いてみたが、昨日、夏野に何か変わった様子はなかったらしい。なあ！」

上河内は電話営業をしている社員たちに大声で訊ねた。みな脅《おび》えた表情で頷いた。

それから上河内は淡々と言い放った。

「社員が一人、不慮の事故で死んだ。そういうことだ。以上」

「上河内さん、もし事故だと言うなら、あなたと出会ったことによる事故死だ」

「知るかよ。仕事が辛いから首吊って死んじゃいましたってか？　笑わせんな。この世の中、どっちにしろそんな弱い人間は生きていけねえよ」

俺は改めて確信した。こいつはやはり人間ではなかった。

ポケットに忍ばせたＩＣレコーダーが鬼畜の肉声を余さず拾っている。

デスクのほうへ目を遣《や》ると、村沢が鬼気迫った表情で電話を掛け続けていた。俺は村沢の後ろへ歩み寄り、声を掛けた。

「村沢、聞いただろう。あいつは社員を殺しておいて、なんとも思わないような人間だ。早く逃げ出さないとお前も殺されるぞ」

「辞めてどうしろって言うんだよ。行く場所なんかない」

「そう思い込んでるだけだ。行く場所はいくらでもある」

支配され、洗脳され、追い詰められる毎日の中でいつの間にか、この狭苦しい生き地獄だけが世界の全てになっていた。

広い広い外の世界へ目を向けることを忘れ、自らを隔離していた。

「村沢！　なにそんな奴とコソコソ喋ってんだ。お前も裏切り者か！」

上河内の怒声が飛ぶ。

「申し訳ございません！」

村沢は上河内に向かって叫ぶと、すぐに次の電話を掛けた。

もはや説得は不可能だ。

全てを終わらせるしかない。何と言われようが、せめて村沢だけでもこの地獄から救出しようと決めた。

「おい！　営業妨害してんじゃねえぞ！　お前、辞めたいんだろう？　いいよ。とりあえず逃がしてやるから、さっさと消えろ。早く出てけよ」

上河内は俺に向かって叫び、手で追い払う素振りを見せた。

言われなくても出て行くさ。

電話で話し続ける村沢に「必ず助け出すよ」と言い残し、俺はハッピーインベストメントのフロアを後にした。

自宅に戻り、すぐにノートパソコンを開いた。個人向けレンタルサーバーにアップロードした自作の特設サイトにアクセスする。

サイトのタイトルにはこう記してある。

〈株式会社ハッピーインベストメント　地獄の朝礼〉

録音しておいた朝礼の音声ファイルが十個に分割されて並んでいる。

最後にICレコーダーから先ほどの上河内の肉声をノートパソコンに取り込み、追加でアップロードした。

こいつを匿名のインターネット掲示板に晒せば炎上騒ぎになることは目に見えていた。

役員以外の社員の名前は全てノイズを被せて消してある。

投稿ボタンにカーソルを合わせ、人差し指をマウスの左ボタンにかける。

そして六畳一間の静寂の中、俺は小さく呟いた。

「死ね」

カチリという乾いた音と共に、あのおぞましい会社が木っ端みじんに吹っ飛ぶ音が確かに聞こえた。

夏野の仇《かたき》を討った。そう思いたかったのかもしれない。

しかしボタンを押した後に湧いてきたのは無力感ばかりだった。

あの会社ひとつ吹っ飛ばしたところで、何も変わらない。

上河内のような輩は世の中のそこかしこに跋扈《ばっこ》し続け、のうのうと生きてゆくだろう。

そして夏野のように誠実な人間を「弱者」と嘲笑い、村沢のように愚直な人間をボロ雑巾の如く使い潰《つぶ》しながら、滅びることはないだろう。

強大な闇は滅びない。

逃げるが勝ちだ。俺たちにできることは、全力で逃げ出すことだけだった。

夏野の死から三日後、俺は夜逃げのように荷物をまとめて名古屋《なごや》の実家へ帰った。

※

七年前、まだブラック企業なんていう言葉が現在ほど世の中に浸透していなかった頃の話だ。

揺るぎない証拠音源をインターネット上に晒されたあの会社は世間の袋叩きに遭い、間もなく営業不能となって消滅した。

村沢には何度も連絡を取ろうと試みたが通じず、音信不通のままだ。どこかで元気にやっていて欲しいと願うことしかできない。

俺はその後、アルバイトを含めていくつもの職を転々とした。「ゆとり」だの「無気力」だのと言われたこともあったが、どうでもいい。妙なプライドを捨てると、それでも生きてゆけた。情けないとも思わない。

そんな中で自分なりにプログラミングを覚え、今はスマートフォン向けのアプリを作る会社でエンジニアとして働いている。

楽ではないが、必死に仕事をした分だけ得るものがある。仲間とチームで仕事をする歓びや、モノを作り上げてゆく達成感。ささやかだが、誇りに思っている。

アプリのリリースを終えて一段落つき、この土日は久しぶりにゆっくりできる。

よく晴れた土曜の午後だ。陽炎《かげろう》が揺れている。俺は妻と二人で公園の木陰のベンチに腰掛け、まだ危なっかしい足どりで歩く二歳の娘を見守っていた。

水分補給のため、娘をいったん木陰に退避させた。

「あんまんま、あんまんま」

娘が俺のスマートフォンを指差して言った。

妻が水筒からコップに麦茶を注いで娘に与えている間に、俺はベンチでスマートフォンから動画サイト『マイチューブ』にアクセスし、夏野がインターネット上に遺《のこ》した『六畳間のピアノマン』を表示させた。

てるてる坊主の回だけは削除され、他の演奏はそのまま遺されている。

ピアノマンこと夏野誠《まこと》は、インターネット上で呼び出せば今も陽気に音楽を奏でてくれる。『アンパンマンのマーチ』にディズニーランドのエレクトリカルパレードの音楽を掛け合わせた演奏は、娘のお気に入りだ。

再生ボタンを押すと、夏野は『ピアノ・マン』のイントロを披露する。それから身体を揺らし、軽快でより賑《にぎ》やかな『アンパンマンのマーチ』を奏で始める。

「あんまんま、あんまんま」

娘は満面の笑みで手を叩いてはしゃぐ。

夏野が遺した『六畳間のピアノマン』は、死後も再生回数を伸ばし続けている。最新のコメント欄には「ＳＯ　ＣＯＯＬ！」。海外の視聴者からも好反応だ。生きていればシンセサイザーを駆使したマイチューバーとして、人気を博していたかもしれない。そんな想像が頭をよぎる。

夏野、お前は決してつまらない人間などではなかった。

上空でジェット機のエンジン音が聞こえ、娘は空を見上げた。

「あった！」

ジェット機が青いカンバスに白墨を引くように、ヒコーキ雲をたなびかせながら南の空へと飛んでゆく。

真っ青な空のど真ん中、夏の太陽がギラギラと燃えている。

なあ夏野、なぜ生きなかった。

無敵になるんじゃなかったのか。

返せなかったコピー用紙や、あの夜飲んだ生ビール。そんなものと一緒に思い出す。

死ぬ気になれたお前なら、本当に無敵になれたんじゃないのか。

今頃あの生き地獄を笑い話にしながら、また一緒にビールを飲めたかもしれない。

明日は夏野の七回目の命日。

夏野が生きられなかった時間を、俺は相変わらず生きている。

第二章　詩的社員

午前三時三十二分、下半身をさらけ出した男が路地の向こうから全速力で走ってきた。

俺はパイプ椅子に座ったまま、そいつを横目で確認し、左手に持ったカウンターのボタンに親指を掛ける。

男は両手でロングコートの両裾《りょうすそ》をつかみ、バンザイの姿勢で俺の目の前を駆け抜けていった。俺はボタンをカチリと一回押した。

違和感を覚えたが、さほど気にはならなかった。少しおかしな通行人が通り過ぎただけの話だ。

あとは次の誰かが通り過ぎるまで、ただ座っていればいい。

だが男は踵《きびす》を返し、戻ってきた。大柄な中年の男だ。俺の正面で立ち止まった。俺はもう一度カウンターのボタンを押した。

頭上から野太い声が降ってきた。「おい、クズ野郎」と。

「ここで何をしてる？」

その言葉、どちらかといえば俺の台詞《せりふ》だろう。

「通行量調査ですが」

「誰が許可した？　俺の道で勝手なことをするな」

「区画整理の調査請負会社のアルバイトですよ。それに、ここは市道です。あなたの道ではありません」

男は俺の真正面に立ち、イチモツをさらけ出したままだ。正視するに堪えず、俺は視線の位置を男の額のあたりに合わせ、固定した。

男の顔を見上げる形になった。見開かれた目に狂気の色が滲《にじ》む。

警察に通報するのが善良な市民の義務だが、面倒なことには関わりたくなかった。

そもそも、俺の仕事は時給千円でここに座り続けること。今日から三日間この場所で、深夜零時から翌朝八時まで、人が通るごとにカウンターのボタンを押すだけだ。

面倒なことに関わって持ち場を離れてしまっては、時給はパーになる。俺は迷わず、善良な市民としての義務より目先の日銭を選ぶ。

「お前はクズだ！　俺は宇宙だ！」

男は目を血走らせ、唐突に叫んだ。

自称・宇宙の下半身露出男。大変な奴に絡まれたものだ。変なクスリでもキメているのだろうか。完全にイカれている。

「俺は何人目だ」

「あなたは今夜、延べ三人目の通行者です」

零時以降、この路地を通ったのは三時間半でたったの延べ三人。しかも延べ人数だから、俺の目の前を二回通過したこのオッサンが、三人のうちの二人ということになる。

どこの誰が何の目的でこんな調査を依頼しているのか、理由は分からない。知りたいとも思わない。

「あなたこそ、ここで何をしていらっしゃるんですか」

一応、つい三ヵ月前まで接客業の第一線でプロとして働いてきた身だ。言葉遣いはあくまでも丁寧に。

男は俺の問いには答えず、百メートルを十一秒台で走るとか貯金の三千万を全部使い果たしたとか、凄《すご》いのか凄くないのかよく分からない自慢話を始めた。

「お前はクズだ！　俺は宇宙だ！」

退屈極まりない仕事が一転、モロ出しの変態野郎にクズ呼ばわりされるという想定外の展開だ。

男は初対面の俺を頭ごなしに罵倒《ばとう》する。まるで防衛態勢を取る間もなくいきなりタコ殴りにされたような感覚だ。

俗に言うところの「バカにする」といった生易しいものではない。「罵倒する」と表現するほかない口ぶりだ。

お前のようなクズにはクズみたいな仕事しか回ってこない。三人しか通らない道の通行量調査などクズのやることだと罵《ののし》る。

「あなたこそ何をやっているんですか、警察に通報しますよ、いいんですか？」

通報する気などさらさらないが、脅しのために言ってみた。男が立ち去ることを心から祈りつつ「通報しますよ、いいですね？」ともう一度問うた。訊《たず》ねたが男は答えない。

「俺にはできる。この道を、この格好で走れるのは俺だけだ。誰にもできないことを俺はできる。俺は宇宙だからだ。俺が宇宙！　俺こそが宇宙！」

血走った眼、支離滅裂な言葉、さらけ出されたイチモツ。この男には何ひとつ正常な点が見当たらない。正真正銘、完全無欠の異常者だ。コートのポケットに刃物でも潜ませてはいないだろうか。

身の危険を感じながらも、俺はあくまで無関心を決め込む。

下手に動いて逃げ出したりするほうが危険であるように思えた。俺はパイプ椅子に座ったまま、仁王立ちの下半身露出男と向き合っている。

「お前のようなクズには、絶対に真似できない。俺は宇宙、宇宙は俺だ！」

どういう心理状態か分からないが、このモロ出し変態野郎は自分のことを〝宇宙〟だと思い込んでいるらしい。

宇宙は血走った眼で勝ち誇っている。

「お前には一生かかってもできない」

「ええ、できません。やりたくもありません。お前が百メートルを何秒で走るか当ててやろう。百秒だ！　クズはだいたい百秒だ！」

今の俺にはこのイカれたクソ野郎の話し相手ぐらいがちょうどいい仕事だ。

適当に相槌《あいづち》を打っていると、宇宙はいくらでも話した。支離滅裂な武勇伝の中、合いの手のように「お前はクズだ」と「俺は宇宙だ」が入る。

花や草木に罵声を浴びせ続けると、しおれたり枯れたりするという。俺みたいな抜け殻に等しい無気力男でも、続けざまにクズ呼ばわりされれば多少は心が荒《すさ》む。

いや、無気力を気取っていただけなのかもしれない。

こんなモロ出しの変態野郎にクズ呼ばわりされるほど、俺のやってきたことはくだらないことだったのか。

「黙ってりゃいい気になってほざいてんじゃねえぞ、この変態野郎」

俺は初めて反撃に転じた。

「どうせモロ出しで走り回るなら、こんなところでコソコソやってねえで、派手にやってみたらどうだよ、え？」

侮蔑《ぶべつ》の言葉にも、宇宙は一切反応しない。なぜなら、宇宙は俺の話すことなどまるで聞いていないからだ。

「おいクズ、お前今まで何をしていた。なんでクズになった？　俺は宇宙だ！」

答えたところでどうせロクに聞きもせず「クズ」と罵るくせに、宇宙は訊ねてくる。

いや、むしろ俺を「クズ」と罵るためだけに訊ねているのかもしれない。

適当に流せばいいだけの話だ。

だが俺は「何をしていた」と聞かれ、色をなした。男は今ここで何をしているか、ではなく、今まで何をしていたか、と問うたのだ。

やり場のない怒りがふつふつと湧いてきた。

「居酒屋だよ、悪いかよ。悪いか。何が悪い、答えろ、この異常性癖者」

胸くそが悪い。話してやるよ。

俺は、正義をふりかざす輩《やから》から〝不当な使役に苦しむ労働者〟として勝手に弱者呼ばわりされ、勝手に憐《あわ》れまれ、勝手に〝救出〟された。

「おい、変態野郎、ビール飲んだことあるか」

俺は宇宙に問うた。宇宙は当然答えない。俺は構わず、宇宙に向かって話す。

「確かに俺はクズだったよ。だがクズが出したビールでも、美味《うま》いもんは美味い」

宇宙は俺の話など聞く様子もなく、ただ一方的に俺がクズであることを力説する。俺も一方的に話す。

「エイト、イヤーズ、アゴー」

何の変哲もない一杯の生ビールが人生を大きく変えることもある。そう多くはないかもしれないが、俺は紛れもなくその一例だ。

八年前の、あの夏の夜が俺の原点だった。

それまでの俺は間違いなく〝クズ〟だっただろう。

東京で遊んでみたいという薄っぺらい夢と希望を胸にしたクソガキは三流大学への入学を口実に、まんまと群馬の片田舎から上京を果たした。親のスネをかじりながら大学にもほとんど通わず、『酒樽屋』というチェーンの居酒屋で四年間アルバイトしていた。

東京都西部と埼玉県の南部に十数店舗を展開する中堅チェーンだ。

俺は西武池袋線の小さな駅の前にある店舗に勤めていた。その店は客の入りも悪く、深夜のシフトは俺とギニア人のワッカナイという男の二人で回していた。

日本語の拙いワッカナイは主に厨房《ちゅうぼう》担当、俺は主にホール担当だった。

数えるほどしか客の入らない深夜帯だ。仕事は楽勝。店が潰《つぶ》れないかということが唯一の心配事だった。

安さを売りにするチェーン店だけに、仕事は手間暇がかからないようマニュアル化されていた。料理は冷凍パッケージされていて、レンジやナベやフライパンに放り込めば、もれなく同じ味に仕上がるようになっていた。日本の料理をロクに知らないワッカナイが作っても、等しく同じ味に仕上がった。

客の質も悪く、飲み過ぎて終電を逃したサラリーマンや、前後不覚になった学生の集団が多かった。

俺は客のことを〝お客様〟として敬ったことなど一度もなかった。

むかつく酔客がいると、床に落とした揚げ物を特別サービスで追加提供してやった。床に転がし、足で軽く蹴《け》飛《と》ばしてから拾い上げ、皿に載せて出した。美味そうに食べる酔客の顔を見ながら笑いをこらえた。

そういうクズみたいな所業をスタッフルームで武勇伝のように語る、まさにクズみたいな学生だった。

クズみたいな学生は何の目的もないまま三流大学を卒業し、バイトリーダーとしてその店に居座った。

社員にならないかと誘われたこともあったが、断った。

責任ばかり重くなる雇われ店長など割に合わない。バイトの頂点にいるほうが単純に居心地が良いと踏んでいたからだ。

定職に就いて仕事漬けの人生を送るなど、マゾヒストの業だと心底思っていた。

その店は俺の空間だった。チェーン店の多くは一人か二人の社員と、その他大勢のアルバイトで店舗の運営を回している。バイトは多数派、社員は少数派だ。

バイトの仲間内では〝知っている者〟や〝熟練者〟が自《おの》ずと影響力を持つようになる。バイトの人間は皆、定期的に人事異動で入れ替わる正社員の店長よりも、その店の勝手を知り尽くした俺の言うことを聞いた。

俺の世界はバイト先の居酒屋で完結していた。

アパートと店の往復、時折店のバイト仲間と遊び、ほどよいコミュニティでぬくぬくと毎日を送った。

付き合った女も全員、店で手をつけた大学生やフリーターの女だった。動物の本能みたいなものだろうか。凡庸でルックスも並以下の俺が、店の狭い世界の中に限っては、サル山のボス猿のように女を惹《ひ》き付けた。学生バイトの多くは一年ぐらいで辞めていくため、後腐れがなかった。

居心地が良かった。社員の目を盗んでは手を抜き、手の抜き方を後輩のバイトに教え、更なる尊敬を集めた。

店長のいない時間帯は、やりたい放題。俺は自分の音楽プレイヤーを店のスピーカーに接続して、店内のＢＧＭに自分の好きな洋楽を流した。趣味といえば洋楽を聴くことぐらいだった俺の音楽プレイヤーには、五千曲以上の曲が収録されていた。

俺の空間と化した店では、ますます手抜きが横行した。暇な時間帯には厨房で店の料理やドリンクに手をつけるなど、内部窃盗まがいのことも平気でやった。

バイトが幅を利かせる店舗型のサービス業では店長よりもバイトリーダーの色がはっきりと反映される。まんまと俺の色に染まったその店は、表向きはソツなく接客しながら裏で手抜きに精を出す、手抜き推奨店舗となった。

そんな中、ギニア人のワッカナイだけは「明るく陽気に前向きに」を地で行くような熱苦しい店員だった。

〈うまれはあふりか、なまえは〝わっかない〟です〉

ミミズの這《は》ったような汚い字で書いた名札を付け、時折ホールに出ると、間違いだらけの敬語を駆使して、嬉《うれ》しそうに客をもてなした。

　ワッカナイは、厨房でも余計な工夫を施し、俺をいらつかせた。

　誰が作っても同じ料理なのに味付けを変えてみたり、盛り付けを変えてみたり。「余計なことをするな」と叱っても「オキャクサンチョーヨロコビナサル」と勝手に工夫を施そうとする。味付けに失敗して客のクレームを招くことすらあった。

　ワッカナイはめげる様子もなく、ドリンクの提供にも工夫を凝らした。夏場になると、空のジョッキを冷凍庫の空きスペースに入れて冷やそうと言い出した。

〈ジョッキヒヤシテオク、オキャクサンチョーヨロコビナサル〉

　俺は、このアイデアだけは快く採用した。だがお客様のためなんかではなく、あくまでも自分のためだった。ジョッキだけとはいわず、予《あらかじ》めビールを注いで何杯分か作り溜《だ》めして冷凍庫に突っ込んでおけば手っ取り早く、自分の省力化になる。

時間が経てば気が抜けて不味《まず》くなることぐらい理解していたが、俺にはどうでもよいことだった。どうせ味などロクに分からない酔客相手だ。

　こうして、生ビールは作り溜めして冷凍庫にぶち込まれるようになった。

そんな八年前の夏の夜。

深夜二時半頃、がらがらの店内に二人組の男が入ってきた。

居酒屋で飲むなんて久しぶりだとか言い合いながら、やけにはしゃいでいた。

年代は俺と同じぐらいで、深夜帯としては珍しい、シラフの客だった。

厨房の冷凍庫を開け、中ジョッキの生ビールを二つ取り出した。ジョッキには氷の膜ができていた。さすがに冷やし過ぎたかと、かすかな反省の念が頭をよぎったが、そのままテーブルへ運ぶことにした。

人気のない店内では話し声も筒抜けで、男たちの会話は嫌でも耳に入ってきた。

会社を抜け出して飲みに来たようだった。毎日深夜まで電話と訪問の飛び込み営業を強制され、会社に寝泊まりしているらしい。まだ〝ブラック企業〟などという言葉が流行する前のことだが、間違いなくそれに当たるものだった。

男たちは会社での奴隷のような生活を、まるで思い出話のように語り合っていた。

それを聞いて俺は、密《ひそ》かに溜飲《りゅういん》を下げた。

勝ったと思った。

馬車馬のようにこき使われながら正社員の椅子にしがみついている男たちを蔑《さげす》んだ。

やはり定職に就くなどマゾヒストの業だと、改めて確信した。

俺は「お待たせ致しました」と作り笑いを浮かべ、中ジョッキの生ビールをテーブルに置いた。

ビールを見ると男たちは大げさな歓声を発した。乾杯し、バカみたいに「美味い美味い」と、唸《うな》るような声で繰り返す。

〈今まで生きてきた中で一番美味い〉

俺は失笑をこらえた。仕事漬けのあまり、よほど久しぶりの酒だったらしく「狂喜」と言うにふさわしい喜びかただった。普段の生活があまりに酷《ひど》いと、こんなにも幸福の基準値が低くなるものかと、憐れみの情すら湧いた。

少し経つともう一人の男がやってきて、追加のビールを注文した。

三人とも同期入社らしい。遅れてきた三人目の男は深夜二時にセールス先の客に電話を掛けたり、かなり悪質な手法に手を染めているようだった。

他の二人から「やり過ぎだ」と忠告されても聞き入れようとせず、追い詰められたような表情で俯《うつむ》いていた。

俺は三人目の男にも、冷え過ぎたジョッキビールを出した。

三人とも、目にうっすらと涙を浮かべながら「美味い」「美味い」と喜ぶ。俺は次第に、失笑するのを通りこして薄気味悪くなってきた。

同時に、ある興味が湧いてきた。

なぜ、たかが生ビール一杯でこんなにもバカみたいに歓《よろこ》ぶのか。

俺はホールの隅で待機しているふりをしながら、男たちの会話に密かに耳を傾けた。

投資用マンションの営業と、ついでにウォーターサーバーの訪問営業をやっている。

営業社員は皆、GPS携帯を自腹で持たされ、常に行動を監視されている。

断片的な会話を聞いただけでも、俺は戦慄《せんりつ》した。俺と同年代の三人の男たちは、ボロ雑巾《ぞうきん》のようになるまでこき使われているようだった。

日本国憲法で「基本的人権」というものが保障されていることぐらい、俺でも知っていた。

三人の男たちは明らかにその最低限の保障すら奪われていた。

彼らが話す仕事での逸話のひとつひとつは俺にとって、いずれも想像を絶するものだった。あまりの惨状に、自分の中に侮蔑や優越感では処理できない、別の感情が生まれていることに気付いた。

怒りだ。

同年代の三人をこれほどまで追い詰める何者かへの怒りが沸いていた。

辞めようにも、易々とは辞めさせてもらえないらしい。三人の中の一人は「三年間は頑張りたい」と、疲れ果てた顔で宣言していた。

〈ここで三年頑張れたら、無敵になれるような気がする〉

まるで自らに言い聞かせているかのようだった。

逃げたくても逃げられないという感覚が俺には分からなかった。なぜ逃げ出さないのか。もどかしさが募った。

だが一方で、俺は思った。

彼らがこうして飲みに来たのは、束の間の脱獄のようなものだったのだろう。

　会社で暮らすような毎日、彼らは友人と飲む時間すらなく、心の悲鳴に導かれるかのようにして同期三人で連れだって、安い居酒屋に来た。

　たかが生ビールでも、彼らにとっては、ようやくありついた特別な生ビールだ。

　ならば、大げさに歓ぶのも、ある程度は理解できる。

　そして手抜き店員の俺が出した冷え過ぎの生ビールを歓喜して飲む様子に、若干の後ろめたさを感じた。同時に、冷え過ぎていたからこそ、よかったのかもしれないとも思えた。

　やがて彼らの会話に「ピアノマン」という言葉が頻繁に聞こえてくるようになった。俺の音楽プレイヤーには、ビリー・ジョエルのベストアルバムも収録されていた。俺は厨房の裏手に回って音楽プレイヤーを操作し、店のBGMを『ピアノ・マン』に変えた。

　すると間もなく三人は歓声を上げた。彼らは俺の仕掛けた〝偶然〟に大歓びしながら、二杯目のビールを揃って注文した。

　俺はまた冷凍庫から生ビールを取り出した。泡の部分が少なくなっていた。サーバーから泡を注ぎ足して出した。

　ジョッキをテーブルに置くと、三人の中で一番気の小さそうな男が、俺に向かってはにかんだような笑顔で「ありがとうございます」と言った。

　客から「ありがとう」と言われることなど稀《まれ》な上、その男の表情があまりに嬉しそうで、俺は面食らった。曖昧《あいまい》な笑みを浮かべて目礼を返すのが精一杯だった。

男たちは地獄のような仕事話の合間に、うんざりするほど「美味い」「美味い」と唸った。

〈キンキンに冷えてるな〉

〈いやあ、今まで生きてきた中で一番美味い〉

男たちの中の一人が、もう一度言った。

今まで生きてきた中で一番。その表現が決して嘘ではないということが、はっきりと分かった。

〈誇張抜きに、人生で一番美味い〉

また一人が絞り出すような声で言った。

美味い、美味い、美味い。男たちは何度も、しみじみと繰り返す。

急に眼球の裏側が熱くなり、視界が滲んだ。こらえる間もなく、熱いものが頬を伝ってこぼれ落ちた。

気がおかしくなったのかと思った。

俺は厨房の裏手に駆け込み、声を殺して泣いた。嗚咽《おえつ》を抑えきれず、放送機器の前にしゃがんでＢＧＭのボリュームを上げた。ビリー・ジョエルの『ピアノ・マン』が大音量で店内に流れ、俺の嗚咽をかき消した。

理屈では説明できない。五臓六腑《ごぞうろっぷ》からほとばしるような涙を、抑えることができなかった。

〈シンジサン、ナゼナイテラッシャル〉

ワッカナイに問われた俺は、答えられなかった。

すぐにホールから呼び出しのベルが聞こえたからだ。俺はなんとか嗚咽を押し殺し、制服の半袖《はんそで》で涙を拭《ぬぐ》い、笑顔でホールへと出た。

〈お待たせしました、お客様。ご注文でしょうか〉

そう呼び掛けた俺の声色は、はっきりと変わっていた。

男たちの追加注文は、やはりビールだった。

三杯目はおそらく、キンキンに冷えたものより、そこそこ冷えた程度のほうがよい。

俺はサーバーから直接ビールを注いで出した。

俺の勝手な〝おもてなしの心〟に彼らが気付いたかどうかは分からないが、相変わらず美味そうに飲んだ。

三人の男は、ビールを三杯ずつ飲むと、すがすがしい顔で会計を済ませて帰った。

〈ありがとうございました、またお越しくださいませ〉

それまで自動音声装置のように条件反射で発していた言葉が、初めて熱を帯びた。俺はその三人の〝お客様〟に心から感謝した。

また美味いビールを飲みに来て欲しいと、心から思った。

残念ながらその後、彼らに会うことは二度となかった。

だが俺はあの夏の夜のことを一生忘れることはないだろう。

たった一杯の、何の変哲もない生ビールが、時に底知れぬ力を発揮する。

俺はその可能性を、確かにこの目で見た。

三人の男に出会った翌日、俺は社員への登用を願い出た。以前から声を掛けられていたこともあり、間もなく正規採用となり、俺は酒樽屋フード株式会社の社員となった。まずは『酒樽屋』というごく普通の居酒屋チェーン店で、飲食サービスの基礎から学ぼうと考え、あれほど忌み嫌っていた「定職」に就いた。

池袋駅前の店舗に店長代理として配属された俺は、店の改革に乗り出した。

まずはアルバイトの指導だ。俺がバイトリーダーの頃にやっていたクズみたいな手抜き仕事は、反面教師として大いに役立った。過去の経験を活《い》かし、不誠実な仕事をするアルバイトには自ら乗り出して指導した。

自分には、問題行動を起こすアルバイトの気持ちが分かった。手抜きや不正行為が、彼ら彼女らの自己表現だからだ。

そのような自己表現がどれほど格好悪いことであるかを諭し、時にはあの夏の夜のビールの話をした。ある者は改心し、ある者は辞めていった。

アルバイトの採用には特に力を入れた。

それも全て、誰かの〝特別な一杯〟をより居心地のよい場所で、美味《おい》しく提供するためだ。

そして俺はスタッフ強化の一環として、西東京の店からワッカナイを呼び寄せた。

〈シンジサンノケライハイヤダナ〉

そんな悪態を吐きながら、ワッカナイは喜んで店を移ってくれた。

陽気で仕事熱心なギニア人。学生アルバイトからも慕われてムードメーカーとなり、『酒樽屋』池袋駅前店は一気に活気づいた。

チェーンの店舗としては珍しく、多くのお得意様が付いた。

リピーターのお客様はスタッフと顔なじみになり、言葉を交わすようになる。

そこには、商売を超えた繋《つな》がりと、幸福感があった。

ありふれた居酒屋でも、毎日のそこかしこに〝特別な一杯〟が垣間見《かいまみ》られた。

大きな仕事の打ち上げで乾杯し、解放感に浸るお客様。久しぶりの再会を祝して乾杯するお客様。俺たちは日々、誰かの〝特別な一杯〟を運んだ。

だがあの夏の夜に出会った三人の男たちほど幸せそうにビールを飲むお客様はいなかった。

店長代理で半年間ほど店舗運営の経験を積んだ後、俺は店長に昇格した。

夢や希望といった大層なものはなかったが、店長として、目の前の仕事に夢中だった。アルバイトの欠勤で十数時間連続で店に立つこともあったが、くたくたになりながらも、楽しかった。

生きているという実感があった。

そんな毎日の傍ら俺は、いつか自分の店を出そうと心に決めた。

わずかな余暇の時間を見繕っては本を読み、酒のこと、料理のこと、サービスのことについて学んだ。誰に強制されるわけでもなく自ら何かを学ぼうとしたことなど、それまでの俺の人生ではなかったことだ。

独学でバーテンダーやソムリエの勉強をしてみたりもした。通の客を相手に、いい酒を、ちょっとしたストーリーを添えて出す仕事の奥深さに食指が動いた。

だがこれら他業種の勉強については、長続きはしなかった。

きっと原点が違ったのだろう。

原点はやはり、あの夏の夜に何気なく出した生ビールだった。

少し冷やし過ぎただけの、何の変哲もない中ジョッキの生ビールが、誰かを泣くほど歓ばせたという事実が俺の心を捉《とら》えて離さなかった。

あの時の感情を目に見える形にしたくて、ある日の深夜、俺は店のスタッフルームの壁に、こっそりと一枚の紙を貼り出した。

〈一杯入魂、我々にとっては何万分の一杯のビールでも、そのお客様にとっては特別なビールかもしれない〉

三畳ほどの狭いスタッフルームの壁に、青臭い即席ポエムを掲げたのだ。

若干の気恥ずかしさもあった。

アルバイトの誰かに冷やかされたり、落書きされたりするかもしれない。そんな想いも抱きながら店を後にした。

だが想像とは全く逆のことが起きた。

翌日の店長研修を経て翌々日、昼に出勤してスタッフルームを見ると、壁には俺が貼った即席ポエムの他に、もう一枚の紙が貼られていた。

〈お客様とのご縁！　仲間とのご縁！〉

前日に勤務していたアルバイトの誰かが貼ったものであることは間違いなかった。

ひとつの落書きが別の落書きを呼ぶ、連鎖反応のようなものだ。軽い気持ちで貼ったのかもしれない。

それでも俺は嬉しかった。嬉しくて泣いた。

お客様だけではなく、一緒に仕事をする仲間がいる。

恥じらいもなく〈ありがとう、素晴らしき仲間〉と貼り返した。

次の日には、もう一枚の下手くそなポエムが壁に追加されていた。

〈おきゃくさまよろこぶ、おれたちよろこぶ、おきゃくさまがまたよろこぶ、おれたちもっとよろこぶ〉

ひと目でワッカナイが書いたと分かる、汚い字だった。

ワッカナイに「お前が書いたろう」と指摘すると「バレタカ」とおどけた。

その後はポエムがポエムを呼び、スタッフルームの壁は従業員たちの書いたポエムでいっぱいになりいつしかポエムの壁と呼ばれるようになった。

〈忘れたい人、はしゃぎたい人。私たちは飲みたい人の心に寄り添う〉

〈この店を選んでくださったお客様に、ささやかな幸せを持ち帰っていただこう〉
〈ホールは厨房のために、厨房はホールのために。我々が楽しく仕事すると、店が楽しくなる。店が楽しくなると、お客様も楽しくなる〉

酒樽屋池袋駅前店は、チェーン全店の中でも類を見ない〝詩的な店舗〟となった。

心地よい熱狂の渦の中にいるようだった。

熱狂から覚めた今思えば、集団陶酔のような状態に入り込んでいたのかもしれない。まるでポエムの壁に宿った言霊《ことだま》が、店全体を飛び交っているようだった。

最高の仲間と、最高のおもてなしをする。俺たちは、時には目に涙を浮かべながらホールへ、厨房へ、〝戦友〟たちと共に〝出撃〟した。

こうして俺は詩的居酒屋店長となった。

その当時『居酒屋ジャパンカップ』という、全国規模のコンテストがあった。挨拶《あいさつ》や接客、厨房での調理や泥酔者対応のロールプレイングなど、様々な観点でサービスの質を競い合う。

コンテストの場で、俺たちはスタッフルームに貼り出された自作の詩を皆で読み上げた。全員号泣しながら、声を合わせて拙い詩を読み上げた。

最後はワッカナイが滑稽《こっけい》な詩を読み、泣き笑いで終わるというオチも付いた。

俺たち酒樽屋池袋駅前店は、三度目の居酒屋ジャパンカップ出場で念願の優勝を果たした。

店の売り文句に〝居酒屋ジャパンカップ優勝〟の文字が加わり、チェーン居酒屋の一店舗は、一躍人気店舗となった。

時を同じくして居酒屋ジャパンカップの様子がメディアで取り上げられるようになった。当初は、一生懸命仕事に取り組む若者たちの横顔を追った〝美談〟として取り上げられていた。

しかし持ち上げる人間がいれば、貶《おとし》める人間も必ず出てくる。

すぐに世間から「気持ち悪い」「変な宗教みたいだ」「洗脳だ」と軽蔑の声が上がった。

だが、外野のそんな雑音も気にならなかった。

きっと、俺にはあの夏の夜の生ビールがあったからだと思う。

身体はきつかったが、力溢《あふ》れ、充実した日々だった。

だが俺は今、四時間で延べ三人しか通らない深夜の路地の通行量調査をしながら、モロ出しの変態野郎から罵倒されている。

「一応、日本一の居酒屋店長だ。まあ〝宇宙〟を自任するお方には及びませんがね」

きっと何らかの作用で頭がイカれたと思われるこの男、未《いま》だ下半身モロ出しのまま俺の真正面に仁王立ちし、勝ち誇っている。

お前はクズだ、俺は宇宙だ。

俺が一方的に喋《しゃべ》っている間、宇宙もまた一方的に「俺は宇宙だ」とわめき続けていた。

「日本一の居酒屋店長が、なぜ今こんなところに座っているか、知りたいか」

知りたいわけないか。

宇宙は頑《かたく》なに、俺がどれほどクズで自分がどれほど宇宙であるかを支離滅裂な言葉で主張する。

「消え失《う》せろ。二度とここに足を踏み入れるな、このクズ野郎」

宇宙は気が済んだのか、俺の前を立ち去り、路地の向こうへと消えていった。

俺は再び、深夜の路地の静けさの中、一人になった。

宇宙が現れる前までは時間が経つのが異様に遅く感じられ、何度も腕時計に目を遣《や》っていた。

だが宇宙が立ち去った後、時間の流れが急に速く感じられるようになった。

誰も通ることのない住宅街の市道に座りながら、俺の頭の中で熱狂し続けていたあの頃の記憶がぐるぐると巡った。そして渦巻く記憶は結局その原点である八年前の夏の夜へと収束し、吸い込まれていくのだった。

朝の六時を過ぎた頃から、少しずつ人が通り始めた。

思いを巡らせているうちに、気が付けば朝の八時になっていた。俺は調査票の七〜八時の欄に「5」と記入して、持ち場を離れ、帰宅の途に就いた。

午後四時、携帯電話の着信音で目覚めた。万年床で寝返りをうち、枕元の携帯電話に手を伸ばす。応答するや否や、受話口から陽気なギニア人の声。

〈シンジサン、ヒマデスカ？　アハハ、ヒマデショウ！〉

ここ何日か、頻繁に電話をよこす。飲みに行こうと誘われるが、あれこれと理由を付けて断ってきた。

退職して以来三ヵ月、人と会って話をしようという気分になれなかった。

だが今日は会ってみようと思った。

俺の原点を知っている陽気なギニア人に、今日は話したいことがたくさんあるような気がした。

西武池袋線の保谷《ほうや》駅近くの喫茶店で待ち合わせた。

店内に入るや否や、すぐに聞き慣れた声がした。

「ヤア、シンジサン、コッチダヨ！　アイカワラズイケメンダネ」

店の奥のほうの席で、ワッカナイが真っ黒な顔とは対照的な白い歯を見せ、こちらに向かって手を振ってくる。

長い付き合いだが、シラフの時の俺は未だにこのテンションに付いていけない。

ワッカナイの隣には、佐山絵里名《さやまえりな》も一緒だ。池袋駅前店で、俺の即席ポエムの隣に、初めて詩を貼ってくれたフリーターだ。

〈お客様とのご縁！　仲間とのご縁！〉

彼女の詩は俺の背中を押してくれた。情に厚く、泣いたり笑ったりと忙しい女の子で、居酒屋ジャパンカップでも真っ先に感極まって泣き出したのは彼女だった。

俺は飾り気のない彼女に密かな好意を抱いていた。だが店長とアルバイトの関係だから、慎むべきだと自らに言い聞かせていた。

「店長、お久しぶりです」

絵里名は屈託のない笑顔で手を振る。

「もう店長じゃないよ」

店長。その響きに胸の奥が締め付けられる。

俺が退職した後、アルバイトの従業員は散り散りバラバラになった。辞めた者、店を移った者、様々だ。皆とはロクにお別れもしていなかった。

「二人とも、店を移ったのか」

後ろめたさを誤魔化したい気持ちもあり、ぶっきらぼうな口調になる。

「いいえ、辞めました」

「二人とも？」

訊ねるとワッカナイは絵里名と微笑み合ってから切り出した。

「オレタチケッコンスルヨ」

質問の答えになっていない。だが、そのことに対する不満よりも、唐突に飛び出した結婚話への驚きのほうが大きい。

ワッカナイとはずい分親しげだったが、まさか結婚とは。

俺は密かな嫉妬《しっと》をかみ殺しながら「そうなんだ、おめでとう。ワッカナイ絵里名になるのか」と素っ気なく言った。

「店長、今何してるんですか？」

もう店長じゃないよ、ともう一度かぶりを振ってから答えた。

「通行量調査だよ」

「ああ、人が通ったらカチカチってボタンを押すやつですか」

「カチカチやるほど人は通らない。その代わり、どえらい奴が通ったよ」

俺は宇宙の話をした。

下半身を露出させながら深夜の路地を人知れず全力疾走する男の話をするのは多少憚《はばか》られたが、仕方ない。俺は宇宙だ、お前はクズだと三十分間にわたり罵倒され続けた珍体験を語った。これが本題ではないのだが、本題に入るためには話しておく必要があった。

「ソノオジサン、オモシロイネ！　オレハウチュウダ～！」

「あはは！　『俺は宇宙だ～』」

絵里名がワッカナイに腕を絡ませながら大笑いする。

「宇宙は俺に聞いた。お前は何をしていた、って」

「それで、店長はなんて答えたんですか」

絵里名が身を乗り出してくる。もう〝店長〟でいいやと諦《あきら》めながら、俺は答える。

「居酒屋だよ、悪いかよって」

ワッカナイと絵里名が「かっこいい〜」と声を合わせて言う。

「『何をしていた』と聞かれて、無性に腹が立って、ムキになって喋ったよ。振り返れば、怒《ど》濤《とう》のような毎日だったな」

俺は溜息と共に言った。急にしんみりとした気持ちになる。

ポエムの壁のこと。冷やかされるかとびくびくしていたら、皆が続いてくれたこと。

居酒屋ジャパンカップのこと、常連のお客様たちのこと。

いらっしゃいませ、ありがとうございました、またお越しくださいませ。お客様に笑われるぐらい大声で「気持ちよ伝われ」と声を張り上げた毎日。

あの頃の昂揚《こうよう》感がまた蘇《よみがえ》ってくる。

俺の話にワッカナイは楽しげに相槌を打ち、絵里名は涙ぐんでいる。

しばしの沈黙の後、絵里名が改まった様子でバッグから何かを取り出した。

「これ、池袋駅前店のみんなからです」

絵里名が取り出した色紙には、俺に対する感謝や労《ねぎら》いの言葉がびっしりと書き込まれていた。

〈この店で学んだことは、一生忘れません〉

〈店長、ありがとうございました。お身体大丈夫ですか？　またどこかで日本一のお店を作ってください！〉

〈居酒屋ジャパンカップ、一生の思い出です〉

〈小遣い稼ぎで始めたアルバイトなのに、大事なことをたくさん勉強させてもらいました。ありがとうございました〉

色紙の言葉を読みながら、俺は久しぶりに泣いた。

ワッカナイが「ナイタ、ナイタ」と冷やかしながら涙ぐんでいる。

絵里名が、メッセージのひとつひとつを指しながら、スタッフたちの今後について教えてくれる。誰それは就職活動のため辞め、誰それは別のアルバイトを始めた。

皆、頑張っていて何よりだ。

たとえ一時の集団陶酔だったとしても、彼ら彼女らと仕事ができてよかったという気持ちは真実だ。

俺は、俺たちは、確かに満ち足りていた。

黒だと決め付けたのは誰だ。

「ヤッパリ、シンジサン、ニッポンイチノイザカヤテンチョー、カワラナイネ」

ワッカナイは絵里名と目を合わせ、嬉しそうに笑う。

「ダケド、オモイデバナシバカリジャ、ヨクナイネ。マエヲムカナイト」

何か企《たくら》んでいる様子だ。ワッカナイは視線を俺に戻して言った。

「シンジサン、ミセ、ヤラナイカ」

「店をやるって、お前が店を出すのか。お前、ほとんど料理できないだろう」

「ダイジョウブ、モンダイゴザリマセーン」

「何が大丈夫だ。スナック菓子でも出すつもりか」

俺が笑うと、ワッカナイは絵里名の肩を抱いて、ポンポンと叩《たた》いた。

「あ、まさか……」

「エリナノリョウリ、チョーウマイ」

やはり思った通り、料理のことは絵里名頼《だの》みだ。

料理研究家を自任する絵里名は、趣味で個人の料理ブログを開設している。かなりのアクセス数を稼いでいるらしい。

「エリナ、テンサイ、ゼッタイアンシンダヨ」

ノロケなのかビジネスへの自信なのか分からない。

「そんな軽い乗りで店なんか始めたら、失敗するぞ」

「シッパイ、ソシタラ、ヤリナオセバイイヨ。ワッキャナイドゥー！」

「ただ何の計算もなく始めるわけじゃありませんよ」

絵里名は持論を語った。

多店舗展開のチェーン店は看板の知名度と安くて均質なサービスによって、集客力で優位に立っていた。だがインターネットで個人経営の美味い店が簡単に見つけられる時代、チェーン店の優位性はなくなる。

特色のない店は淘汰《とうた》され、特色ある真に美味い店が口コミで生き残る時代だと。

「私が頑張ってきたのは、この時のためですから」

料理ブログの広告収入でコツコツ貯めていた金を開業資金に充てるという。

「ギニアノワッカナイガツクル、ニッポンイチノイザカヤダヨ」

「その店を手伝えと？」

「シンジサン、ハナシテタ。イツカジブンノミセヲダスッテ」

そういえば俺も、いつか自分の店を出そうと決めていたのだった。

「ジブンノミセダスマエニ、イッショニヤラナイカ。レンシュウダトオモッテ」

ワッカナイはいつになく真剣な表情で言った。

思えば俺の転機にはいつもワッカナイがいた。三人の男、冷え過ぎた生ビール、たまたま同じシフトに入った陽気なギニア人。

「いいお返事待ってます。私たちは洗脳なんかされていない。好きで仕事してただけ。同情されて救出されるようなかわいそうな人間ではないって、証明してやりましょうよ」

絵里名が笑顔で言った。彼女もまた、転機を作ってくれた一人だ。彼女が壁に貼ってくれたもう一枚の詩がなければ、詩的居酒屋店長もいなかったし、居酒屋ジャパンカップで優勝を果たすこともなかっただろう。

「店長、今日もその通行量調査の仕事に行くんですか？」

「ああ、夜中の十二時から明日の朝八時まで」

「私たちも見に行こうか」

「イイネ、ウチュウオジサン、オレモミタイ」

「絶対に付いてくるな」

俺は呆《あき》れて言い返した。

「オレハウチュウダ！」

「俺は宇宙だ～！」

二人して笑いながら「俺は宇宙だ」と言い合っている。

悔しいが、この二人はいい夫婦になりそうだと思った。

ワッカナイや絵里名と別れた後、深夜零時、俺はまたあの路地にパイプ椅子を広げて座った。

その夜は午前三時までの三時間に五人が路地を通った。昨夜より通行量が多い。

午前三時三十分頃、宇宙は再び現れた。

「おい、クズ野郎」

生まれてこの方、人を敬ったことなど一度もないといった口調だ。

「またお前か。俺の道で何をしている」

「それは昨日説明したはず。何をしていたかも話した」

宇宙は当然、俺の話など聞こうとしない。

「俺は宇宙だ！」

「なんでこんなところにいるか、知りたいか」

宇宙はどうせ「俺は宇宙だ」と「お前はクズだ」を繰り返すだけだ。

俺はまた、昨夜の続きを一方的に話した。

「俺はうすら寒い正義の味方に救出されて、今ここにいる」

二年前、酒樽屋は極楽屋《ごくらくや》チェーンに買収合併された。乱立した居酒屋チェーンの再編が始まっていた。

会社が変わって看板も変わったが、俺たちは特に変わらなかった。

酒樽屋チェーンの池袋駅前店が、極楽屋チェーンの池袋駅前店に変わっただけのこと。

俺は詩的精神溢れるアルバイトたちと変わらぬおもてなしを続けていた。

そして極楽屋池袋駅前店は、居酒屋ジャパンカップの二連覇を果たした。

俺は名物店長としてネットメディアの取材を受け、インタビュー記事がＷＥＢに掲載された。

時を同じくして、極楽屋の他店舗で、社員の過労死やパワハラ訴訟が相次いで表面化した。極楽屋はたちまち〝ブラック企業〟として世間からのバッシングを受けるようになった。

旧酒樽屋の店舗では、そうした問題は起こっていなかった。だが極楽屋に統合された今、どの店舗も同じ穴のムジナとして見られた。

俺のインタビュー記事にも、バッシングのコメントが多数寄せられ〝炎上〟した。

〈ブラック企業の洗脳、恐ろしや〉

〈完全に洗脳されてるな〉

〈アルバイトをポエムで洗脳するブラック店長のご尊顔はこちら〉

ニュース記事のコメント欄には、俺を揶揄《やゆ》する言葉が躍った。

俺にとっては痛くもかゆくもなかった。俺は極楽屋に洗脳されたわけでもなんでもない。あの夏の夜の、三人の男に出したビールが、俺を衝《つ》き動かしたのだから。

俺は自分の意志で店に立っていた。アルバイトの学生たちも、日本一の居酒屋でバイトしたくて応募してきた仲間ばかりだった。

だからネット上の誹謗《ひぼう》中傷は気にならなかった。

一度お客様として店に足を運んで、見ていただきたい。きっと分かっていただけるはずだ。そんな気持ちすら抱いた。

だが、事態は思わぬ方向へと転がった。

〈彼もブラック企業の不当な使役に苦しむ被害者ですよ〉

〈彼を救ってやらなければ〉

ネット上で、俺を被害者として扱う声が上がり、その声が義憤に駆られた人々によってあっという間に拡散されたのだった。どんな誹謗中傷も気にならなかったのに、この独善的な正義感には吐き気を覚えた。

極楽屋の不祥事は許されないことだろう。過労死の他にも多くの問題が表面化し、ブラック企業の代名詞となっていた。

とはいえ、俺は少し前まで酒樽屋チェーンの人間だったのだ。看板が付け替えられた途端に、極楽屋の一員だという理由だけで、俺は黒だと決め付けられた。

俺は黒などではない。

どんなに黒だと言われても「俺は違う」と信じていられたのは、皮肉にもあの夏の夜に出会った三人の男のおかげだった。

彼らは真っ黒な会社から逃げ出せずにもがいていた。本当に苦しそうだった。そんな彼らを束の間笑顔にした一杯のビールの力を目の当たりにし、俺はこの仕事を選んだ。

そしてこの仕事を好きになった。

それに、池袋駅前店にはパワハラも長時間労働の強制もなかった。

なにより、日本一に選ばれた居酒屋なのだ。

顔も見えない人間たちの、お仕着せの正義感で黒く塗りつぶされてたまるか。

白黒ぐらい自分で判断できる。

池袋駅前店はブラックの汚名をものともせず、変わらず活気に溢れていた。

そんな中で迎えた三ヵ月前の深夜、思いがけぬ形で俺は〝救出〟される羽目になった。

その日、極楽屋池袋駅前店は満席。大口の宴会客も複数組入り、目の回るような忙しさだった。

深夜になって客足が落ち着いた頃、何かが焦げたような臭気が鼻をついた。厨房を点検したが、不審な点は見当たらない。

〈オキャクサマ！　スグニソトヘオニゲメサレテクダサイ！〉

男子トイレから出火していた。火は個室のドアやパーティションを燃やし、勢いを増していた。

　お客様の避難を最優先させ、その後応急消火にあたったが、手遅れだった。

店舗のフロアは全焼し、下の階のカラオケ店にまで燃え広がった。

死者や負傷者が出なかったことだけが不幸中の幸いだった。

犯人はすぐに逮捕された。近所に住む二十代の男で「あの店長を救いたかった」と意味不明の供述を繰り返した。

あの店長とは、俺のことだ。男はネットニュースで俺のインタビューを見て、勝手な正義感を燃やした人間のうちの一人だったらしい。

　その男はかつて、小さな会社でボロ切れのようになるまで使われて、心身を病んだという。

　男の言い分によると、彼はブラック企業の代名詞となった極楽屋を許せなかった。そして極楽屋の中でも〝ポエム居酒屋〟と呼ばれる池袋駅前店のトイレの床にガソリンを撒《ま》き、マッチを放って逃げたのだった。

男は言った。あの店長とアルバイトを救出してやったのだ、と。店ごと燃やしてしまえば従業員はブラック企業の魔の手から救われるという理屈らしい。冗談じゃない。

ブラック企業が許せないからと言って、燃やしてよい理屈などあろうか。

もし男の言うことが本音だとすれば、なおさら恐ろしい。人が死ぬかもしれないという当たり前のリスクにすら想像が及ばないほど、男は物事の見境がつかなくなっていたということだ。

店舗を放火された店長には、極楽屋本部からの苛烈《かれつ》な責任追及が待っていた。

事件の翌朝、新宿の本社のご立派な会議室に呼び出された俺は、居並ぶ五人の役員連中の前に被告人みたいに立たされ、集中砲火を浴びた。

〈世間からポエム店長などと持ち上げられ、調子に乗って悪目立ちした結果だろう〉

〈アルバイト従業員を洗脳する異常な店舗経営が世間に知れ、極楽屋のイメージを傷付けた〉

〈この損害をどう償うか〉

一方的に糾弾され、悔しさのあまり気がおかしくなりそうだった。酒樽屋が極楽屋チェーンに吸収されていなければ、こんなことにはならなかったのだから。

しかし事実関係を詳しく説明しようとすれば「言い訳」として一蹴《いっしゅう》され、犯人が放火した動機に話が及ぶと、全て俺の責任に帰結する。

とにかく責任の全ては店長にあるという結論が先に用意されていて、その結論に向かって俺の罪状を決めるための会議だった。

役員連中は特に「店舗の私物化」という言葉を使って、俺の責任を追及した。

いつの間にか「店舗を私物化してアルバイト従業員を洗脳し、居酒屋ジャパンカップ優勝という勲章で個人的な自己顕示欲を満たした、公私混同の店長」という罪状が出来上がっていた。

二時間ほど人格否定の言葉を浴び続けるうちに、はっきりと心が蝕《むしば》まれていくのが分かった。

そして俺の口からは「店舗の私物化」を認める言葉が次々と出てくるようになった。認めたほうが楽だからだ。

その後、事件の後処理をしながら何度か本部に呼び出されるうちに、俺は鬱《うつ》状態に陥った。心が蝕まれ、身体が言うことをきかなくなり、外へ出られなくなった。

最終的には連続無断欠勤による懲戒解雇処分となり、退職金も出なかった。

次のあても何もないまま、俺は極楽屋を退職した。

宇宙に向かって俺はひとしきり語った。宇宙は相変わらず、俺の話などひとつも聞かずに、一方的にわめき続けている。

「そういうわけで俺は、今この場所に座っている。日銭もなくなり、仕方なくここで通行量調査をしているというわけだ」

俺が話を一段落させたところで、路地の入口から足音が聞こえた。

「あなた方、そこでずっと何を騒いでいるんですか。今何時だと思っているんですか？」

険のある、年配の女性の声だ。恐る恐る遠巻きに苦情を申し立てているようだ。

まずい。

「しまえ！」

「俺は宇宙だ！」

「分かったから早くしまえっつうの」

俺は慌てて椅子から立ち上がり、宇宙のロングコートの前を閉めて「押さえとけ」と小声で指示した。

「ちょっと、聞いてますか？」

こちらへ問い掛けてくる人影に向かって俺は「申し訳ありません」と声を掛けた。

まず、俺だけは怪しい人物ではないことを報《しら》せ、人影に向かって近付く。

「申し訳ありません、僕の知り合いなんですが、飲み過ぎているようで。静かにさせますので」

暗がりでよく見えないが、相手は老婦人のようだ。

「俺は宇宙だ！　お前はクズだ！」

宇宙は俺の背後で吼《ほ》えている。俺は脂汗をかいていた。このままでは、宇宙は老婦人に向かってモロ出し突撃を敢行しかねない。

「飲み過ぎなんだよ、お前は。ほら、早く帰れ！」

俺はさも友人であるかのような口調で叱り、宇宙を老婦人とは逆の方向へ導き、歩くよう促した。

「俺は宇宙だ！」

暴れる宇宙の背中を押し、なんとか路地の向こうまで押しやった。

「クズ野郎、二度と俺の道に足を踏み入れるな」

「分かった、二度と来ないから、今日はもう帰ってくれ」

もう一度来ないと日当が出ないのだが、その場を切り抜けるために俺は宇宙を宥《なだ》めた。

宇宙はぶつくさと何かを呟《つぶや》きながら、深夜の闇へと消えていった。

なぜあんな変態野郎をかばって逃がさなければならないのか。情けない気持ちに囚われながら、俺は再び持ち場に戻った。

老婦人は俺の前を通らずに引き返していったため、カウントしなかった。

また深夜の路地の静けさに、一人取り残された。

勝手に黒だと決め付けられて歯がみしたあの毎日が、また蘇ってくる。

もしも極楽屋に買収されていなければ……、居酒屋ジャパンカップで優勝などしていなければ……、ネットニュースのインタビューなど受けなければ……。様々な後悔に、胸の奥がかきむしられる。

このまま終わってたまるか。

そんな思いがふつふつと沸き起こり、抑えられなくなった。

翌朝、俺はワッカナイに返事をした。

なんとなく気恥ずかしくて、メールだけで「店の話、了解。詳しくは後日」とだけ送った。漢字が読めないかもしれないが、絵里名がなんとかしてくれるだろう。

翌日、深夜の通行量調査三日目。最終日だ。

宇宙はまた三時半頃現れた。

もう聞き慣れた攻撃的な声で「俺は宇宙だ」「お前はクズだ」と繰り返す。

最後だから、何回「クズ」と言うか頭の中でカウントしてみた。およそ二十分の間に宇宙は九十七回「クズ」という言葉を口にした。

この道の通行量と比べると、ずっと多い。

俺は一分あたり五回ほど「クズ」と言われたことになる。全くもって稀有《けう》な体験だ。

「クズは一生宇宙にはなれねえ。分かったか」

九十八回目の「クズ」を言い終えると、宇宙はふうと大きく息を吐いた。気が済んだようだ。

俺は椅子の下に置いてあるリュックサックのファスナーを開けた。

そしてアサヒスーパードライの三五〇ミリリットル缶を二本取り出した。

「今日でお別れだ」

俺は一本を宇宙に差し出した。宇宙は俺の右手から缶をひったくるようにして奪い取った。プルタブを上げると、宇宙はむさぼるようにして飲んだ。

宇宙はいかにも美味そうに笑い、手の甲で口を拭《ぬぐ》った。

俺もプルタブを上げ、缶を傾けた。冷たい炭酸の刺激が喉《のど》を通り、腹へと落ちてゆく。

ほのかな朝焼けの光を滲ませて紫がかった空に、三日月がかかっていた。

宇宙はごくごくと喉を鳴らし、ビールを体内へと流し込んでゆく。

俺はなぜか、宇宙より早く飲み終えなければならないような負けん気に駆られ、缶をほぼ垂直に、まっさかさまに傾けた。

俺が飲み終えるよりわずかに早く、宇宙が空いた缶を路面に放った。

「お前はクズだ」

宇宙は得意げな笑みを浮かべながら、もう一本よこせと主張する。

俺はもうこれ以上持っていないことをアピールするため、両方の掌《てのひら》を広げてみせた。すると宇宙はまた「クズ野郎！」と俺を罵倒した。

この日九十九回目のクズ。

この三日間で三百回以上は「クズ」と罵られただろう。俺は宇宙のボキャブラリーの乏しさに呆れる一方、その一途《いちず》な表現に敬意すら覚えた。

「ところでオッサン、何者だ？」

今更ながら訊ねてみた。

「俺は宇宙だ！」

宇宙は最後の質問にようやく答えた。それからフラフラと歩き出した。

「おい宇宙」

呼び止めると、宇宙は意外にも振り返った。

「宇宙の割に、ぶら下げてるモノのスケールは小さいな。俺のほうがでかいぞ」

散々クズ呼ばわりされたのだから、これぐらい言ってもバチは当たらない。一矢報いてやるにはこれが一番だ。宇宙のイチモツは、図体がでかい割には小さくて貧相だった。

宇宙は無反応のまま路地の向こうへと消えていった。

もう二度と会うことはないだろう。

俺は調査請負会社へレポートを提出して日当を受け取り、帰宅の途に就いた。

その日、疲れた身体に鞭打《むちう》って、午後二時に起床した。

ワッカナイや絵里名に同行し、店舗のための物件を探しに行くのだ。ワッカナイの目標では、三日以内に物件を決めるという。気の早い男だ。

身支度を終え、付けっ放しだったテレビの電源を切るために、リモコンを探す。

昼のニュースが流れていた。

〈今日午後一時半頃、東京・渋谷《しぶや》のスクランブル交差点に、全裸の男が現れ、道路交通法違反及び公然わいせつ罪の現行犯で逮捕されました〉

世の中は変質者ばかりか。

ニュースを横目に見ながら、俺はテレビのリモコンを見つけた。

電源ボタンに親指をかけたところで、押下せずに手を止めた。

〈逮捕されたのは住所不定無職・上河内秀人《ひでと》容疑者、四十二歳。上河内容疑者は渋谷駅前の雑踏で突然ロングコートを脱ぎ、全裸で交差点に突入。横断歩道の中央で仰向《あおむ》けに寝転んだため、交差点は一時騒然となりました。警察の調べに対し上河内容疑者は『俺は宇宙だ』などと意味の分からない言葉を叫んでいるということです〉

やりやがった……。

あの時、老婦人に見つかって通報されていれば、こんなスケールのでかい騒ぎにはならなかったかもしれない。

深夜の路地の小さなわいせつ犯として捕まるだけで済んだろう。

あの時俺が宇宙を逃がしたばかりに、渋谷のスクランブル交差点が大混乱になった。

そして俺が逃がしたばかりに、宇宙は大舞台に躍り出て悪名を世に知らしめることになってしまった。

次のニュースに切り替わるのを確認し、俺はリモコンの電源ボタンを押した。

「余計なお世話だったか……」

思わず口を衝いて出た。

後悔とも罪悪感ともつかぬ感情を胸に、俺は家を出た。

もう一度居酒屋を始めるための一歩を踏み出した。俺は後々、あの言葉と共に今の転機を振り返るだろう。

俺は宇宙だ。

宇宙、絵里名、拙いポエム、ワッカナイ。

転機を遡《さかのぼ》ると最後はやっぱり、八年前の夏の夜、冷え過ぎたビール、そしてあの三人の男たちに辿《たど》り着く。

彼らは今どうしているだろうか。それぞれ自分なりの白黒を付けたろうか。

俺はもう一度、白黒を付けに行く。

住宅街の中を駅へ向かって歩きながら、これから始める店で出すビールの色を思い浮かべた。

第三章　自適社員

　三十八年間の勤めを終えた五月二十一日の夜、私は総務局の面々が設けてくれた送別の席で会社に対する最後の義理を果たそうとしているところだった。

　私は主賓として大座敷の上座の中央に座らされ、そこへ社員たちが入れ替わり立ち替わりビールを注ぎに来る。注がれてはちびりと口を付け、挨拶《あいさつ》を交わす。

　満六十歳を迎えた翌日を定年退職日とするこの会社では、還暦祝いを兼ねて退職者を送り出すのが恒例となっている。

「お疲れ様でした」

　経理課の若手社員が四人で挨拶に来た。隣の島で仕事上の関わりも多く、パソコンの設定などで度々助けてもらった。

　リーダー格の佐藤《さとう》理穂《りほ》が代表で瓶ビールを注いでくれた。

「佐藤さんは、今おいくつでしたか」

　女性に歳を訊《き》くのはご法度と知りながら、つい訊いてしまった。彼女は「三月に三十《みそ》路《じ》を迎えたばかりです」と明るく答えてくれた。

やはり息子と同い年だ。生きていれば息子も今頃三十歳になっていたはずだ。

妻を早くに亡くし、男手ひとつで息子を育てた。

優しい人間になりなさい。

息子には幼い頃からそう教えてきた。人に迷惑をかけてはならない、困った人がいたら助けてあげなさい。私の教え通り、息子はまっすぐに育ち、この上なく優しい男になった。

　そして息子は己の優しさと、そのまっすぐな心のために、自らを死へと追いやった。

　息子が死んだ後の八年弱の間、私は抜け殻のように生きてきた。

　惰性で我が身ひとつの生活を維持するためだけに、休まず会社へ足を運び、周りに迷惑だけはかけぬよう最低限の仕事をこなして帰る日々。

　年功序列で巡ってきた部長昇進の話は自ら拒み、課長から係長への降格を申し出た。周囲もその申し出を受け入れてくれた。

　リストラもせずに最後まで置いてくれた上、送別の席まで設けてくれるこの会社は、全くもって〝良い会社〟だったとしか言いようがない。

　昨今では社員を大切にする会社を、ホワイト企業などと呼ぶらしい。

　他ならぬ、息子を殺したブラック企業の対で生まれた言葉だ。

宴たけなわとなり、若手は若手で飲み、酔うがままにはしゃいでいる。もはや誰も最初の席になど座ってはいない。テーブルの上には、飲みさしのグラスや、手つかずのままの料理が残っている。

「野良リーマンだぞ」

若手の男性社員数人が各テーブルを練り歩き、皿に残った手付かずの天ぷらや刺身を次々と口へ放り込んでゆく。社内では歓送迎会や忘年会での食べ残しを減らす運動が推奨されている。最初は「元の席に戻って食事する時間を」との趣旨だったが定着せず、若手社員が野良犬のように練り歩いて残り物を食べて回る「野良リーマン運動」になったらしい。

よく年配の社員は「親と子ほど歳の離れた部下」などと冗談めかして言うが、私は彼らに亡き息子の面影を重ねる度、失われた彼の未来を思った。

誰それが結婚したと聞けば、慶事を祝う傍ら、あいつも今頃そんな歳になっていたかと悔やむ。誰それのところに子供が生まれたと聞けば出産祝いを用意しながら、自分にもそろそろ孫ができる頃だっただろうかと溜息《ためいき》を吐く。

「夏野係長も一緒に『野良リーマン運動』、いかがですか」

業務課三年目の内山《うちやま》が、口の中をいっぱいにしながら私を誘う。

「もうお腹がいっぱいだ。遠慮しときますよ」

私は笑ってかぶりを振った。

「内山君、今日の主賓に何てこと言うのよ」

「デザートは私が手伝うから」

女性社員も加わり、テーブルの上の残り物が少しずつ片付いてゆく。

ほろ酔いで頬をほんのり赤く染めて笑い合う若い社員たちに贈る言葉があれば、ただひとつ。

〈親より先に死んではならぬ〉

勝手ながら、父親のような心地で彼ら彼女らを眺めていた。

「夏野、色々と大変だったな」

総務局長の砂岡《すなおか》が瓶ビールとグラスを持って挨拶に来た。

「いえ、局長には色々とご面倒をおかけしました」

「その呼び方はもう止めてくれ。これからは、ただの同期入社の仲間だ」

組織における上下関係のけじめをつけるため、砂岡に対しては同期ではなく上司として接してきた。

「これからは、俺のほうが夏野大先生の力におすがりしたいところだよ。嘱託勤務の話、考え直してはくれないか」

二十代から三十代の頃、砂岡は営業課、私は業務課で大きな建設工事を受注すべく奔走した。工務部から上がってくる生の積算に受注戦略を加味して見積書を作るのが私の仕事。営業の砂岡はその見積書を携えてコンペや入札に臨み、多くの大規模案件を獲得してきた。

「正確無比な積算ならコンピューターがあればできる。だが結局、見積や契約には人智が要る。うちの業務部門にはまだまだ夏野のような知恵と経験が必要だ」

「お気持ちだけ、ありがたく受け取っておきます」

「そうか……。気が変わったら、戻ってこいよ」

私はかぶりを振り、砂岡のグラスにビールを注いだ。

「まずは三十八年間、お疲れ様。佐知子《さちこ》さんも誠君も、労《ねぎら》ってくれるだろう」

砂岡は若い頃、家に何度か遊びに来たことがあり、生前の妻・佐知子や息子・誠のことも知っている。来る度にオセロや将棋などで遊んでくれる砂岡を、息子は「砂岡のおじさん」と慕っていた。

息子の死後、砂岡は私を気遣い、度々声を掛けにきてくれた。

「近いうちにまた、線香を上げに行くよ」

砂岡はそう言ってビールをぐいと飲み干した。

会社の宴会では決まって、得意先であるサッポロビールの特約店を使う。砂岡が工場の建て替え工事を受注して以来、三十年余の縁だ。今日もテーブルの上には料理皿の狭《はざ》間《ま》のあちこちに、黒ラベルの瓶が並んでいた。

かつて砂岡とこの店で飲んだサッポロラガーは、人生で一番美味《うま》いビールだった。妻の佐知子と結婚したばかりの頃で、公私とも充実の一途。あの時は、よもや妻や生まれ来る息子に先立たれる日が来るなど、夢にも思っていなかった。

「男は黙って、サッポロビールだ」

砂岡は往年のテレビCMのキャッチコピーを口にしながらコップを掲げた。

私も軽くコップを掲げて応じた。それから、話すまいと思っていたことが、思わず口を衝《つ》いて出た。

「息子を殺したあの男が、八年ぶりに現れました」

「あの男？　カミゴウチか」

特徴的なその名前を、砂岡は憶《おぼ》えていた。

私は無言で頷《うなず》く。口にすることすら忌々しい。

八年前の夏、猛暑の朝だった。出社して始業の準備をしていた私は、警察からの電話で第一報に触れた。

〈夏野誠さんのご家族の方ですか〉

よい報《しら》せでないことは察しがついたが、自ら命を絶ったと聞いて耳を疑った。何かの間違いだろうと言い聞かせながら、警察に指定された西東京市内の病院へ向かった。

霊安室に、丸刈りになって変わり果てた息子の姿があった。

息子は「てるてる坊主になる」というメッセージを残し、頭を丸刈りにし、自らの最期をインターネットの動画で中継していた。

息子の勤務先に電話すると、上司の男が沈痛な声で応対した。

男は、カミゴウチと名乗った。

時折、涙声になりながら、男は息子の直近の様子を説明した。私生活で悩んでいた様子で、相談を受けていた。仕事は大変優秀だった。突然のことで驚いている、と。

会社で何かあったのではないかと問いたかったが、その場はいったん引き下がった。

役所での手続きやアパートの遺品整理などに追われ、悲しみに暮れる間もなかった。

だが三日後、葬儀の準備をしていた私は、思いがけぬ形で息子の死の真相を知る。

あの男が朝礼で息子や他の社員を罵倒《ばとう》する音声が、内部の社員によってインターネット上に暴露されたのだった。ニュースで取り上げられたのを、砂岡が教えてくれた。

私は意を決し、息子の霊前でノートパソコンを開き、悪魔の音声を聞いた。

おおよそ人間の口から発せられたものとは思えぬ罵詈《ばり》雑言が、繰り返されていた。営業成績の振るわない社員を吊《つ》るし上げ、仕事ぶりのみならず容姿や人格を根こそぎ否定し、懺悔《ざんげ》の言葉を叫ばせる。社員の名前には自主規制音が被《かぶ》せられていたが、明らかに息子の声が交じっていた。

全身を斬り裂かれるような思いがしたが、逃げてはならぬと思い、私は居間に横たわる息子の亡骸《なきがら》の横で、全ての音源を聞いた。

霊前に供えた生花が一日で枯れ果てるほどの、凄《すさ》まじい負のエネルギーだった。

妻の遺影が音を立てて傾いた。泣いているのだと思った。私は何度も妻に謝った。

最後の音声ファイルを聞いた後、私は悔しさの余り夜通しむせび泣いた。息子を殺したのはあなただと詰め寄る同期の男性社員に対し、あの男は言った。

〈仕事が辛《つら》いから首吊って死んじゃいましたってか？　笑わせんな。この世の中、どっちにしろそんな弱い人間は生きていけねえよ〉

私からの電話に涙声で応対した男こそ、息子を死に追いやった張本人だったのだ。

心の底から、殺してやりたいと思った。何度も会社へ怒鳴り込んだが、外出中の一点張りで男は一向に現れなかった。

その後、世間から袋叩《ふくろだた》きに遭った男の会社は瞬く間に営業できなくなり、経営者たちは蒸発するかのように姿を消したのだった。

私は怒りのやり場をなくした。息子を死に追いやったあの外道に対しては、ただどこかで惨めに死んでいて欲しいと願うばかりだった。

怒りの次には、なぜ救ってやれなかったのかという自責の念に駆られた。優しい人になれと言い続けた自分を呪った。自責の念の次には、いずれにせよ自分には救ってやることはできなかったのだという無力感にさいなまれた。怒り、自責、無力感が延々と循環し、消えない渦のように心の中を漂っていた。

時は過ぎ、あの男のおぞましい名もそれほど思い出さなくなっていた。憎悪が薄らいでゆくほどに、息子に対して申し訳ないような心地さえしていた。

ところが、図らずも時は巻き戻された。

「記憶の底に沈みかけていたあの男の名が、こんな形で蘇《よみがえ》るとは……」

一ヵ月前、テレビのニュースで八年ぶりにあの男の名を聞いた。男は通行人で溢《あふ》れかえる渋谷のスクランブル交差点へ全裸で突入し、叫んだという。

〈俺は宇宙だ〉

気が触れたのか、おかしな薬でもやっているのか。知ったことではない。

私が許せなかったのは、男が未《いま》だのうのうと生きている事実。ただそれだけだ。

交差点へ全裸で突入するような筋金入りの狂気を持ち合わせているならば、なぜいっそのこと私の前に現れなかった。

「現れたのが私の目の前ならば、ひと思いに轢《ひ》き殺してやったものを……」

私はビールをひと息に飲み干し、グラスを握りしめた。

砂岡は宥《なだ》めるでも笑うでもなく「そうだな」と呟《つぶや》き、グラスにビールを注いでくれた。

私は「ありがとう」と応じた。

宴の最後、私は花束と記念品を手渡され、通り一遍の感謝の言葉を述べた。皆が三十八年間のフィナーレを盛り上げようとしてくれるが、私の脳裏に唐突に浮かんだのは明日からどう生きようかという漠然とした不安だった。

抜け殻のようになりながらも、毎日家と会社を行き来することで心身の均衡を保っていたのかもしれない。

「皆さん、お身体に気を付けて、元気に頑張ってください」

私は平静を装うため、努めて月並みな言葉で挨拶を締めくくった。

〈親より先に死んではならぬ〉

その言葉は最後まで口にすることはできなかった。

西日暮里《にしにっぽり》駅で降り、家路を辿《たど》る。自分の人生がこの先いったいどこへ向かうのか、何のあてもなかった。三十八年間の勤めを終えた感慨ではなく、薄ら寒い感傷のようなものを引きずりながら、普段よりもゆっくり歩いた。

右手に花束を、左手に通勤鞄《かばん》を携え、貨物線高架下のトンネルに差し掛かる。

薄暗い歩道を、向こうからチンピラともプータローともつかぬ四人ばかりの若い男たちが、道幅いっぱいに群れをなして歩いてくる。

私の前を歩いていたスーツ姿の青年が、すごすごと壁際へ寄り、壁にぴたりと背中を付けて、連中が通り過ぎるのを待った。

青年は壁を背にしてほとんどつま先立ちになりながら小刻みに頭を前後させ「すみません」と理由なき謝罪を繰り返す。

連中は、にやついた目でスーツ姿の青年をねめ回しながら歩き過ぎてゆく。

こういう連中がのさばり、善良な人間が割りを食う。理不尽である。

私は勤め人として最後の日を迎えたことに、初めて感情の昂揚《こうよう》を見《み》出《いだ》した。曲がりなりにも三十八年間全うに勤めてきた人間が、こんな連中に屈してはならぬ。義憤とも意地ともつかぬものに衝き動かされ、ただ「よけてはならぬ」と確信したのだ。

よけては息子に申し訳ない。何の脈絡もないが、そうとしか表しようのない感情に駆られ、私は歩道の中央を直進した。

三メートル、二メートル。近付くに連れ、恐怖と得体の知れない虚勢とが入り混じり、臓腑《ぞうふ》の底から不快な熱がせり上がってきた。

私は連中の誰とも目を合わせず、直進した。

複数の視線が額からつむじのあたりにかけて次々と突き刺さるのを感じる。真ん中を歩いていた坊主頭の男に進路を遮られたが、私は歩みを止めず、そのまま前進した。

次の瞬間、坊主頭の男のいかつい腕が私の胸元に伸び、胸倉をつかまれていた。私の貧相な身体は半ば宙に浮き、つま先立ちになっていた。

「おい、オッサン」

坊主頭の男が私の胸倉をつかんだまま、眼前に顔を寄せてくる。

「通れねえだろ。どけよ」

「その言葉、そのまま返す」

みぞおちに衝撃が走ると同時に、私は呼吸の自由を失った。立っていることができず、アスファルトの歩道に膝《ひざ》を突き、うずくまった。

すかさず髪を鷲摑《わしづか》みにされた。坊主頭の男の血走った目が私の眼前に迫る。

「通してくださいませって、お願いしてんだろ？」

頭を左右前後に激しく振られる。言葉の体すらなさない罵声と、勝ち誇ったような野卑な笑い声が頭上から降ってくる。

どの声も、息子を殺したあの男の声に似ていた。

〈仕事が辛いから首吊って死んじゃいましたってか？　笑わせんな。この世の中、どっちにしろそんな弱い人間は生きていけねえよ〉

インターネットを介して聞いた、あのおぞましい声にそっくりだ。

「死んでくれ」

私は心の底から懇願した。哀願した。

なぜ息子は若くして死に、彼らのような者が生きているのか。なぜあの男は生きているのか。

「おじさん、いま何か言った？」

坊主頭の男が私の髪の毛を掴んだまま、下から覗《のぞ》き込んでくる。

「お願いだから、死んでもらえないだろうか。そうでないと、息子がかわいそうだ。君たちの中の誰か一人だけでもいい。頼む！　今この場で死んでくれ……！」

「意味分かんねえんだよ！」

私は歩道の上に引き倒され、四人に取り囲まれた。

腹、尻《しり》、背中、足。顔以外の部位にまんべんなく足蹴《あしげ》りが浴びせられる。重い衝撃と痛みの中、私は気付いた。これは息子を救えなかった私に対する天罰だ。

「君、死んでくれ。そちらの君でもいい。ダメなら、私を殺してくれ」

「イカれてんのか？」

坊主頭がいよいよ殺気立った目で凄《すご》む。その時、坊主頭のすぐ後ろで肥満男が「お、ラッキー」と軽薄な歓声を上げた。

「こんなもの見つけちゃった」

肥満男は私の鞄から財布を取り出した。

「これ、もらっといていいかな。迷惑料ってことで」

肥満男はさらに、花束に挟まれたメッセージカードを見つけて読み上げた。

「えーと『三十八年間、お疲れ様でした』か。おじさん、リストラされちゃったの。いやあ、かわいそうだねえ！」

嘲笑《ちょうしょう》と共に私の頭上へ打ちつけられた花束は、無惨に折れ曲がり、歩道の上に打ち捨てられた。

「おじさん……長生きしてんのに、お財布の中身はこれっぽっちですか」

「お、いいもん見っけ！　お金が出てくる魔法のカード～」

「四桁《けた》の魔法の番号、教えていただけちゃうかな。いくら入ってるか分からないけどさ」

私はもうどうにでもなれという覚悟で言った。

「外道どもにくれてやるぐらいなら、墓まで持っていくさ」

連中は互いに目を合わせ、冷笑を浮かべ合っている。

「おじさん、そのぐらいにしとかないと、マジで殺すよ」

坊主頭は再び私の髪の毛を摑み、頭を前後に揺さぶった。瞳孔《どうこう》が開いている。本当に殺してくれるかもしれないという期待がよぎる。

「殺したければ、殺すがいい」

私は「さあ、やってみろ」と促した。同時に、前方から「何をしている！」と男の声がした。

声のする方向へ目を遣《や》ると、中肉中背の青年が立っていた。

「その方を解放しろ」

「なんだお前？」。坊主頭が青年に向かって凄む。

「警察だよ。財布を返し、その方を解放しろ」

青年は警察だと名乗ったが、スーツ姿で一見、そうは見えない。

「警察だ？　ホラ吹いてんじゃねえぞ」

坊主頭が摑みかかる。だが次の刹那《せつな》、坊主頭が身をかがめ、両手で腹を押さえた。

続いて肥満体の男が殴りかかる。青年は素早く身をかがめた。肥満男の拳《こぶし》は空を切ったが、そのまま青年の首を脇に抱えてねじ伏せようとする。

次の瞬間、肥満男の巨体が宙を舞い、受身も取れずに背中からアスファルトの上に落ちた。

この身のこなし方、本物の警察官かもしれない。連中も察したのか、今度は残りの二人がかりで青年に殴りかかった。しかし青年は怯むことなく二人の攻撃をかわし、間合いをとった。

目の前で突然始まった格闘の中、私はガードレールに手を突いて身体を起こした。その時、うずくまっていた坊主頭の男が怒声を発し、私に向かって突進してきた。私は抵抗する術もなく坊主頭の男に羽交い締めにされ、目の前にライターを突き付けられた。

「オッサン燃やすぞ」

坊主頭が脅しをかける。

「もう一度言う。その方を解放し、財布を返せ」

青年は呼吸ひとつ乱さず、毅然《きぜん》とした声で連中を一喝した。

坊主頭の男が青年に向かって私を突き飛ばすや否や、連中は皆、もと来た方向へ向かって走り出した。

青年はスーツの内ポケットから携帯電話を取り出し、応援を要請した。

「西日暮里駅付近のガード下で強盗事案発生。男四人、現場から西日暮里四丁目方面へ逃走。応援を要請します。こちらは被害者の安全を確保します」

男たちの服装、髪型、体格などを詳細に報告している。

それから青年は傍らに打ち捨てられた私の鞄と財布と花束を拾い上げ「少し休みましょう」と促してくれた。私は青年の肩を借り、ガードを抜けて近くの小さな公園へと連れて行かれた。二人掛けのベンチに下ろされ、並んで座った。

「大変でしたね。お祝いの席の帰りですか」

青年はぐしゃぐしゃになった花束を膝の上に置きながら訊《たず》ねた。

「今日で勤めを終えましたもので」

「それはそれは！　お疲れ様でした」

努めて軽い調子で喋《しゃべ》っているその様子からはどこか手馴《てな》れた印象を受ける。

青年は私の負傷の度合いについて二、三の質問を投げた。腹を打たれて呼吸が乱れてはいたが、その他の傷は病院へ運ばれるほどのものでもなかった。

あの状況を考えれば「無事」と言って差し支えない状態だ。私は幸か不幸か、通りすがりの警察官に助けられたのだった。

三十歳ぐらいだろうか。おそらく彼も息子と同世代だ。

「私など、あのままなぶり殺しにされればよかったんです」

青年の横顔から笑みが消えた。

「それは違います」

「いやいや……あいにく、死んだって悲しんでくれる身内もおりませんもので」

「そんなこと言うものじゃありませんよ、おとうさん」

青年は優しく諭すような口調で言う。

「おとうさんではありません。息子はもう、死にましたから。自ら命を絶ちました」

私が吐き捨てた後、青年は押し黙った。その沈黙からはこれまでの軽やかな気配とはかけ離れた重さと、悲しさが感じられた。

「優しい人になりなさい。他人には親切にしなさい。息子には子供の頃、そんなことばかり教えてきました。強くなりなさいとは言ってこなかった」

この上なく優しかった息子は、優しさの欠片《かけら》もないあの男にボロ雑巾《ぞうきん》のようになるまでこき使われ、死んだ後にまでも、弱い人間だと罵《ののし》られた。

「優しさは、弱さなのでしょうか」

誠が死んでから自問してきた言葉が、口を衝いて出た。

「どういうことでしょうか」

「善良であることは人畜無害であることとの裏返し、優しさは弱さの裏返しなのかもしれません」

父親の私に対しても優しかった。反抗期もなく、私の説教臭い小言に盾突いたこともない。彼が唯一、私に逆らったのは最後の一度きりだった。元気に生きていて欲しいという親として当たり前の願いに、息子はただ一度だけ逆らったのだ。

私の教えが息子を殺した。そんな安っぽい自責の念は、親の勝手な思い込みだと分かっている。それでも考えずにはいられない。もっと違う言葉を掛けていたならば、息子は死なずに済んだかもしれない。不誠実で、ふてぶてしく、傲慢《ごうまん》であっても、生きていて欲しかった。

「優しさだけでは生きていけない。他人を蹴落としてでも勝ち残れ。やられたらやり返せ。小さな頃から、そう教えていればよかったのかもしれません」

青年は少し考える素振りを見せてから「いいえ」と答えた。

「少なくとも、優しさと弱さは別物だと思います。ええ、違いますよ」

青年は繰り返し、自らにも言い聞かせるように言った。強さと優しさを兼ね備えたこの青年の言葉は、相応の説得力を伴って私の心に響いた。

「助けていただいただけでなく、心まで少し救われました。差し支えなければ、どこのどなたか、教えていただけませんか」

私は、名刺の最後の一枚を差し出した。退職者は名刺を会社に返すのが決まりではあるが、記念に一枚だけ持ち帰るという妙なしきたりがあった。

「私はつい先ほどまで、こちらに勤めておりました」

〈武蔵建設　業務課　事務係長　夏野　泰造〉

青年は両手で名刺を押し頂くと、じっと見た。それから顔を上げた。

「私は、池袋警察署の者です」

「そうでしたか」

「仕事柄、人が死んだところをたくさん見てきました。私自身、警察官になる前に交通事故で……身内を一人」

青年は言葉を区切った。

「残された家族の悲しむ姿は、何度見ても慣れません」

「息子の痛みに比べれば、残された私の悲しみなんて……」

「あまり自分を責めたりしないほうがよいと思います。私も、そう心掛けています」

青年は腕時計に目を遣った。それから私に訊ねた。

「お加減は、大丈夫ですか。歩いて帰れますか」

「大丈夫です」

「では、私は犯人の追尾に戻ります。あの連中は、必ず捕まえますから」

もう少しこの青年と話していたいような気持ちに囚《とら》われたが、警察官としての任務の遂行を急がねばならないだろう。

「ありがとう。あなたにお会いできてよかった」

天国の息子が仕組んだシナリオではないか。この優しさと強さを兼ね備えた青年を通して「お父さんは悪くない」と言ってくれたのではないか。

そんな空想が頭をよぎるにつけ、また思い返す。

あいつは、優し過ぎたのかもしれない。

翌日から、私の〝余生〟が始まった。有り余る時間を与えられた私は情けないことに、それを使いこなす術《すべ》を知らなかった。

何をして過ごしてもよいはずなのに、何もする気が起きない。

誠が五歳の頃から使っていたピアノは、時が止まったかのように居間の片隅に置かれたままだ。

隣の庭の紫陽花《あじさい》も盛りを迎えた六月第二週の土曜日、約束の午前十時が近付き、茶の間で来客を待った。インターホンが鳴った。

「誠、友達が来たぞ」

私は息子の遺影に声を掛け、インターホンの受話器を上げて応答した。

〈先日お電話を差し上げました、誠君の同級生のイケガミケンタと申します〉

「お待ちしておりました」

玄関のドアを開けると、息子の同級生の男女三人が揃って頭を下げた。確か葬儀の時も、小中学校時代の友人がたくさん駆け付けてくれた。中でもこの三人は、特に仲の良かったメンバーなのかもしれない。

「まこっちゃん、久しぶり」

三人は息子の仏前に向かって一人ずつ線香を上げ、手を合わせた。遺影の息子は二十二歳のまま、三人に向かって笑いかけている。

三人は妻の遺影にも「お久しぶりです」「お邪魔してます」などと声を掛けてくれた。子供の頃、我が家に遊びに来てくれていたのだろうか。仕事漬けだった私には、誠の旧友たちに関する記憶がない。

「少しばかりですがこれ、まこちゃんに、お供えです」

ニシナミサトと名乗った女性が仏壇にクッキーの詰め合わせと花束を供えてくれた。

ニシナさんは遺影の横に並んだ銀色の缶に目を遣った。

「缶ビールがいっぱいですね。まこちゃんって、ビール党でしたっけ」

「そうだったようです。私も知りませんでしたが」

誠が死んでから一年後の夏のある日、会社の同期で大友と名乗る男から電話があった。誠が住んでいたアパートの大家に頼み込んで、連絡先を聞いたという。

彼はインターネットに音声を公開したのは自分だと告白した。あと一日早く決行していれば、誠は死なずに済んだかもしれないと泣いた。あの生き地獄から逃げ出そうと、誠に働きかけてくれていたという。

間もなく、大友君は缶ビールのギフトセットを携えて訪ねてきた。その時、誠と一緒に生き地獄を束の間脱《ぬ》け出して、居酒屋で生ビールを飲んだ時の話をしてくれた。幸か不幸か、あんなに美味いビールは後にも先にもないと語った。誠も「美味い、美味い」と何度も唸《うな》りながら三杯ほど立て続けに飲んだという。

その時の思い出が余程忘れ難いのだろうか、誠の命日には毎年、大友君から缶ビールが贈られてくる。銘柄は決まってアサヒスーパードライだ。

「私はサッポロ党なもので、ほとんど飲まずに誰かにあげてしまうのですが」

全く飲まないのは気がとがめるので、前に少しだけ飲んでみたが、やはりどうにも気が進まなかった。

「ちょっとお待ちください」

私は台所へ行き、冷蔵庫から冷やしておいた三五〇ミリリットル缶のスーパードライを十本ばかり取り出し、盆に載せた。居間へ持って行くと皆が腰を浮かせて「お構いなく」と恐縮する。

「いえいえ、昼前から酒などお勧めしてすみませんが、もしお時間がありましたら、一緒に召し上がっていってください。どうせ一人では飲みませんので」

近所の寿司《すし》屋からとっておいた握り鮨《ずし》も出した。

「では、酔っぱらってしまう前に今日の本題を……」

イケガミ君がガチャガチャのカプセルを手渡してくれた。

「タイムカプセルに入っていた、誠君のメッセージです」

小学校四年の時、クラス全員で二十年後の自分に向けた手紙をタイムカプセルに入れて小学校の中庭に埋めた。先月、三十歳の節目に同窓会が開かれ、皆で掘り起こしたのだという。

特に仲の良かった三人が、誠の分を届けに来てくれたのだ。

「まだ誰も読んでいません。まずはご家族の方に開けていただこうと思いまして」

「二十年も経ったのに、ずい分きれいに残っていましたね」

「当時の永瀬《ながせ》先生が頑丈なタイムカプセルを買ってくれたので」

永瀬という教師の名前には憶えがある。妻から、熱心な若い男性の教師だと聞いていた。ステンレス製の大きなカプセルを用意し、その中に各児童の小さなカプセルを入れてくれたそうだ。

ガチャガチャのカプセルの蓋《ふた》にビニールテープで「4年2組　夏野誠」というラベルが貼られていた。誠という字は覚えたてだったせいか、ごんべんが縦に長く伸びていて左右のバランスが悪い。

おぼつかない字を見るにつけ、十歳の頃の誠と四十歳の頃の私にタイムスリップしたような心地がした。

「皆さん、一緒に中身を見てやってはくれないでしょうか」

「もちろん、喜んで」

誠の旧友たちが見守る中、私はカプセルの蓋を開けた。中には小さく折り畳まれたルーズリーフが二枚入っていた。

一枚目を開くと『三十歳のぼくへ』という題名の手紙だった。

手紙には「なりたい自分」が箇条書きで並んでいた。

最初の一行は「ピアニストになる」。誠は音大へ行きたがっていたが、高校二年の時、迷った末に断念していた。挫《ざ》折《せつ》してもいいから背中を押してやっていれば、違った人生になったかもしれない。

他にも、思いのままに「なりたい自分」が記されている。発明家になる、科学者になる、探検家になる。誠らしい夢が並んでいた。幼い頃から好奇心が強く、図鑑を開いては飽きずに眺めていた。

なりたい自分の最後の一行は、他より心なしか大きな字で、こう記されていた。

〈優しい人になる〉

私は胸が締め付けられる想いで、それを旧友たちに悟られぬよう心を鎮めながら次の一枚を開いた。

「二枚目の紙は、カプセルを埋めた日の出来事を書いたものです」

ニシナさんの説明を受け、私は文面を声に出して読み上げた。

〈今日の朝、たけし君がけんちゃんをたたいて、けんかになりそうだったので、ぼくはけんちゃんを止めました。たたいた人をたたきかえすと、もっとはげしいけんかになるからやめたほうがいいと話しました。けんちゃんはくやしなみだをがまんして、たたきませんでした。そして、たけし君はあやまりました。たたかなかったけんちゃんは、強かったと思います。あやまったたけし君も強かったと思います〉

読み終えた後、優しい沈黙が流れた。

「叩かなかったけんちゃんは、強かった……まこっちゃんらしいなあ」

イケガミケンタ君が泣き笑いで呟いた。きっと彼が文中の〝けんちゃん〟であろう。

「謝ったたけし君も強かった、か。俺、ちゃんと謝ったのかな」

バツの悪そうな笑みを浮かべる、タケシ君。

「まこっちゃんって、昔からこういう奴だったんだよなあ……」

旧友たちが幼い日の誠を呼び戻すかのように、口々に呟く。

「ちなみに、ぼくのは、こんな具合です」

イケガミ君が自分のカプセルから手紙を取り出し、開いて見せてくれた。

〈今日はたけしになぐられた。まこっちゃんが止めたから、ぼくはたけしをなぐらなかった。たけしがあやまったからゆるしてやった。ぼこぼこにやりかえしたかったけど、がまんした。二十年後にもう一回あやまらせようと思う〉

恨み節に皆が苦笑する。

「お前、めちゃくちゃ根に持ってるじゃん。器がちっちゃいね」

タケシ君がからかう。イケガミ君も「お前が言うなよ」と応戦する。

「そういえば、あの時のタケシの謝罪は渋々だったな。二十年経ったんだ。まこっちゃんの前で改めてちゃんと謝ってもらおうか」

「ごめんなさい。いや、申し訳ございませんでした」

タケシ君は畳に両手を突いて、少しおどけた口調でイケガミ君に頭を下げた。

彼らの間に優しい笑いが湧き起こった。私も釣られて笑った。

タイムカプセルに込められた息子の言葉が、二十年の時を越えて同級生たちを笑顔にしている。何より、彼らが息子を忘れないでいてくれることに、救われる思いがした。

仕事でしのぎを削る大人にとって、人と争うことなく生きるのは難しいことかもしれない。ともすれば争いを避ける者は弱い人間と見なされる節もある。

旧友たちにとって、誠はどんな人間だったのだろうか。聞いてみたくなった。

「誠は学校でも、お人好《ひとよ》しでしたか」

「はい。中学に上がっても、人の悪口とか言わない奴でしたから」

「まこちゃんが怒ってるところとか、見たことないよね」

「うん、あれは俺たちには真似できないね」

誠は優し過ぎたのでもなく、弱かったのでもない。ただ優しかったのだ。それを私が疑ってどうする。誇りに思わずしてどうする。

中学では三年連続で学級委員を務めていた。文化祭や運動会では最も面倒で人気のない役割を進んで引き受け、コンピューター部ができた時には二年生なのに部長を任された。誰もやりたがらないと「じゃあ、ぼくが」という成り行きで引き受けていたという。

「全く、おかしな男です。あれよあれよという間に厄介事を引き受けるところ、私に少し似ているかもしれません」

血は争えない。申し訳ないような思いが入り混じる。

私にも同じような嫌いがあった。能力があるわけでもないのに、重要で身の丈に合わない役目が回ってくる。

二十代の頃は積算、設計、見積の業務フローを改革するプロジェクトチームに業務課の代表として送り込まれ、しばらく会社に寝泊まりする羽目になった。資材高騰の対策委員会が設置されると、事務局長なる役割を仰せつかった。

会社でも砂岡ら同期の面々から、植木等《うえきひとし》の『無責任一代男』になぞらえて『責任重大男』などとよく冷やかされた。

「まこっちゃんは、バイキングの料理を全部一人で引き受けようとするような奴でしたからね」

「そんなに食い意地が張ってましたか、あいつは」

「そうではなくて『もったいないから』と」

中学二年生の頃、文化祭の打ち上げでレストランのバイキングに行った。話ばかり弾んで食べ物があまりにたくさん残ったため、誠が全て食べようとしたという。

「バカな奴ですねえ……」

私は笑いながら声を詰まらせた。

「責任感の強い人、ということにしておきましょう」

ニシナさんが誠の遺影に目を向けながら笑う。

旧友たちから見た誠の人となりを知り、じんわりと心が温かくなる。

「誠には、その……お付き合いしていた女性などは、いたのでしょうか」

三人の間に「どう答えようか」といった探り合いのような空気が流れた。やはり浮いた話はなかったのだろうか。

「タイムカプセルに便乗して、お話ししちゃってもいいかな……」

ニシナさんが、他の二人に目配せをしながら言った。タケシ君が「どうぞ、どうぞ」と促す。

「実は私、まこちゃんとお付き合いしていたことがあります……」

「なんと！」

「あの、お付き合いと言っても、中学生の頃で。一緒に帰ったりするぐらいで、手は繋《つな》いだかな、というくらいで。そのうち、よく分からないうちに一緒に帰らなくなって、元通りになっていたというか」

「そうでしたか……。ありがとうございます」

奥手だったと思っていた誠に、そんな時期があったなど、知らなかった。

「おい、知ってのたか！」

私は思わず、妻・佐知子の遺影に向かってはしゃいでしまった。きっと天から見守って、知っていたのだろう。

「私たちにも何か、できることがあったのかなって……本当は何もなかったのかもしれないけど、やっぱり考えてしまって……」

ニシナさんがハンカチを口に当てた。

「皆さん、親より早く死んではいけません。万が一、死んでしまいたいような気持ちになった時は、その場所から逃げてください」

逃げろと言ってやれなかったことだけが悔やまれる。極限状態に追い込まれ、逃げ出すことすらできなかったのかもしれない。だがそれでも一言「逃げろ」と言ってやりたかった。あの生き地獄から引きずり出してやればよかった。

ニシナさんが、居間の隅のアップライトピアノに目を遣りながら、呟いた。

「まこちゃん、ピアノ上手でしたよね」

「五歳の頃からやってましたからね」

誠が大学進学の時に「一人暮らしをしたい」と言い出したのは、ピアノに向かい続けたこの家から離れるためだった。音大受験のレッスンに通っていた誠は、周りの受験生とのあまりのレベルの違いに自分の実力を思い知り、高二の冬に音大を断念した。以来、ぱったりとピアノから離れた。処分するにも忍びない、けれども、このピアノを目にするのは辛いという。私は誠の気持ちを察し、一人暮らしに賛同したのだった。

「私も小学校一年生から、まこちゃんと一緒のピアノ教室に通って、同じ先生に習ってたんです」

「そうでしたか」

「まこちゃんには敵《かな》わなかったけど、結構頑張りました。一曲、弾いてみてもいいですか？」

「ええ、調律がおかしいかもしれませんが、ぜひ弾いてやってください」

ニシナさんは立ち上がってピアノの椅子に腰掛け、鍵盤《けんばん》蓋を開けた。ニシナさんの指が鍵盤の上で躍り出すと、聞き慣れた旋律が流れてきた。

ビリー・ジョエルの『ピアノ・マン』。誠がインターネットの動画投稿サイトで『ピアノマン』と名乗って活動していたのにちなんだ選曲だろう。一度ピアノに背を向けた誠が、形は違えど再び人前で楽器を奏でていた事実を、私は彼の死後に知った。

ニシナさんの演奏に合わせ、他の二人がハミングで旋律を歌った。

演奏が終わると、イケガミ君が鞄からタブレット端末を取り出した。

「まこっちゃんの動画、みんなで見てみようか」

タブレットの画面に、誠が動画投稿サイトで開設していた『六畳間のピアノマン』チャンネルが表示された。

「お父さん、ご覧になったことはありますか」

「はい、一度だけ」

誠が死んだ直後に初めて知り、一度だけ見たことがあった。

「一度見たきりです。楽しそうに演奏している生前の誠の姿を見ていると辛くなるから、ずっと見ていませんでした」

演奏で人を楽しませようとしていた誠が、なぜ死んだのか。悔しさばかりが募った。

一人で見ると辛くなるから、ずっと見ていなかった。

「すみません、気が回らなくて……。止めておきましょう」

「いいえ」

タブレットをしまおうとするイケガミ君を私は手で制止した。

「今日は見てみましょう。皆さんと一緒に見れば、心穏やかに生前の誠を思い出せる気がします」

イケガミ君が再生ボタンを押すと、画面の中の誠が『ピアノ・マン』のイントロを奏で、それから喋り出した。

〈六畳間のピアノマン、今日はCMソングで遊んでみたいと思います〉

よく知られたCMソングを何パターンかにアレンジして面白可笑《おか》しく奏でたり、軽快なアニメソングをわざと物悲しげな音遣いに変えてみたり。口下手ながら、人を楽しませようとする努力が伝わってくる演奏だった。

皆で誠が遺《のこ》した演奏の数々を見て笑った。

話は尽きなかった。誠にまつわる他愛もない逸話を、いつまでも聞いていたくて、冷蔵庫に溜めてあった缶ビールを次々と出しては三人を引き留めた。

私も飲み慣れぬスーパードライを片手に、夕方まで飲んだ。旧友たちの小さな話の端々から、誠がどんな人間であったか、垣間《かいま》見《み》られた。

三人は口々に誠との思い出を語る。

人の悪口を決して言わぬ人間だったという。明るい人間だったという。少し不器用な人間だったという。

総じて、優しい人間であったという。

私は誠のように優しい人間ではないから、誠を死へ追いやったあの男を呪わずにはいられない。殺してやりたいという気持ちは、まだ消し去ることができない。

だが残された者の負った傷は、憎しみでは治癒されないのだろう。憎しみが生み出すものは、新たな憎しみばかり。私は誠にそれを教えられた。

最後に、誠が三十歳の自分に宛てた手紙を、遺影の傍らに添えた。

〈優しい人になる〉

「お前は、弱くなんかない。優しい人間だ」

私は誠の遺影の額縁に手を置いた。誠は誰も疑わぬまっすぐな目で笑っている。人間を信じきった目でこちらを見つめ、笑っていた。

「皆さん、誠のことを忘れないでやってください。お忙しいと思いますが、時々でも思い出してやってください」

「もちろん、忘れません」

これからの私の人生は〝余生〟などではない。私が生きている間は、私の中の誠も生きているのだ。


六月下旬、梅雨の晴れ間が見えた日の午後、約束の時間に武蔵《むさし》建設本社に到着した私は、総務局長室へ直行した。

秘書の案内で応接ソファに通され、砂岡の到着を待った。

現役の頃、重鎮面《づら》をして役員を訪ねてくるOB連中を内心軽蔑《けいべつ》していた。だが恥をかなぐり捨て、どうしても砂岡と話したかった。飲み屋でも我が家でもなく、会社で話したかった。

砂岡は五分遅れで会議から戻ってきた。慌ただしく扉を開けると、応接ソファを通り過ぎ、まっすぐ局長席へ向かった。

「どうだ、老後の生活は。悠々自適か」

砂岡は積み上がった稟議《りんぎ》書を決裁箱から机の上にどんと移し替えた。

「自適どころか、時間を持て余して何もすることがない」

「だから暇つぶしに来たというわけか。こちらは時間がないから、用があるなら手短に済まそう」

私は何からどうやって話そうか思案した。しばしの沈黙が流れる。

「じゃあ、こっちから訊くぞ」

砂岡は局長席からギラついた視線を投げてよこした。

「最後の八年間、本意だったか」

砂岡の唐突な問いに対し、私は言葉に窮した。砂岡は続ける。

「業務課の知恵袋にして懐刀。錆《さび》ついてもなお名刀ではあったがな」

抜け殻と化した私のその後は、若い頃必死に働いた分の知識と経験で乗り切ったようなものだ。人生の貯金を食いつぶし続けたような八年間だった。

「実は、錆を落としてみようと思って、訪ねて来た。まだ遅くはないだろうか」

砂岡は上目遣いに私を見た。

「それならば、話が早い」

「老いぼれでも役に立つことがあるなら、何にでも使ってもらいたい」

砂岡は、稟議書を乱暴にめくりながら「頼みたいことは山ほどある」と言った。

「コンプライアンス馬鹿が蔓延《はびこ》り、積算・見積・契約ともルールでがんじがらめになっているだろう」

法令遵守の気運が行き過ぎ、手段と目的がすり替わっている。書類の細かな体裁や手続きの作法に囚われ、現場が萎縮《いしゅく》している。

「見ろ、このしょうもないチェックリストの束を。発案者は経営企画局長表彰でめでたく大昇進。法務室長になって社長に取り入っている」

砂岡は私の向かい側のソファに座り、分厚い稟議書を応接テーブルの上に放り投げた。

「チェックリストをクリアするために仕事しているようなもんだ。この現状、どう思う」

私は見慣れたチェックリストを後ろめたい気持ちでめくった。重箱の隅をつつくような設問が並び、そのひとつひとつに添付書類が求められる。

「仕方がないと割り切っていたよ」

業務課の事務係長として、厳重化の一途を辿るチェック体制に、素直に従っていた。膨大なチェック項目をクリアできる知識と事務処理能力だけは、長年の経験で培われていた。

「割り切っていたということは、内心忸怩《じくじ》たる思いもあった、というわけだな」

砂岡はテーブル越しに身を乗り出し、私に迫った。

「申し訳ない。忸怩たる思いはありつつ、異を唱える気力もなかった」

時代の流れと割り切り、最後の八年間、私は決められた通りの仕事をこなしてきた。

「奸臣《かんしん》が幅を利かせるのを、このまま見過ごすわけにはいかない。若い連中は内向きな作業に追われて疲弊し、萎縮している。それこそブラック企業になりかねないぞ」

砂岡は「今のお前になら話せると思って、話している」と付け加えた。抜け殻のようになっていた頃の私には話せなかったということだ。

「しかし、そんな大局的な話を、一嘱託社員がどうにかできるものだろうか。それこそ局長クラスの人間が議論して変えてゆく話ではないか」

「俺は俺で、引き続き戦う。夏野は現場で軽やかに、悠々自適にやってくれ」

思えば昔、砂岡は同じようなことを言っていた。

〈俺は営業で戦う。夏野は受注できる見積を作ってくれ〉

それぞれの立場で戦った、若いあの日のことを思い出す。

「俺たちは美しい書類を作るために仕事をしてるんじゃない。そうだろう。お前の老獪《ろうかい》な知恵と経験で、若い連中を助けてほしい」

契約を取れれば嬉《うれ》しい、受注した建物が完成すれば誇らしい。そういう仕事だったはずだ。だが今は契約を取っても成果物を完成させても、手続きや書類の不備で揚げ足を取られ、下手をすれば処分すらされる。

「老害とは言われないかな」

「大丈夫だ。悠々自適の立場から、静かに暴れてくれ」

砂岡の指揮の下で私は嘱託社員として、業務課の末席に座ることになる。肩書は法令遵守担当員。積算や見積書、契約書類のチェックをしながら、建設的な手の抜き方を伝授するという特殊任務だ。

「適任だと思うが、どうだ」

砂岡が、ためらう私の背中を押す。

「仇《かたき》の男を轢き殺してやりたいと思う気迫があるなら、その気迫をもっとマシなところに使ったらどうだ。誠君だって、きっとそう言うだろう」

砂岡の言葉に釣られ、誠の人の好い笑顔が目に浮かんだ。

まだ気迫が残っているならば、何も生み出さない憎しみのためより、誰かの役に立つ仕事のために使うほうがよい。誠なら、そう言うはずだ。

「改めまして、よろしくお願い致します、砂岡局長」

私はソファから腰を上げ、砂岡に頭を下げた。

「おい、また他人行儀に逆戻りか。止めてくれよ」

「いいえ、組織に生きる者のけじめですから」

「まったく、相変わらず融通の利かない奴だなあ」

砂岡は声を立てずに笑った。

思い切り仕事をして命を燃やすのは、死んだ誠に申し訳ないような錯覚に囚われていた。だが今は違う。誠が生きられなかった時間を精一杯生きたいと思う。

局長室を出て砂岡と共に業務課へ顔を出した。砂岡が単刀直入に私の嘱託勤務のことを皆に話した。

「送別会したばかりなのに、また歓迎会しなきゃですね」

業務課の面々は冗談交じりに私の再就職を快く迎えてくれた。

抜け殻になりながらも真面目に勤めた八年間は、無駄ではなかった。そしてこれからは、悠々自適に働くのだ。

打合せを終え、帰路に就いた。

池袋駅で西武池袋線に乗り換え、保谷駅で降りた。誠が死んだ場所へ行っておかねばならない気がしたのだ。

アパートのあった敷地は、今はコインパーキングに変わっていた。花を手向けるわけにもいかないので、その場で短く手を合わせた。

「もう少し頑張ってみることにしたよ」

くすぶっていた八年間を取り戻す。誠への供養になるか分からないが、私は決意した。

午後四時半、駅へと続く商店街を歩いていると、異彩を放つ一軒の居酒屋が目に付いた。オープンしたばかりだからだろうか、大きな花輪が一輪飾られている。

『世界料理　ワッカナイ』

　ワッカナイという店名は北海道の稚内《わっかない》を連想させるが、店の触れ込みは〝世界料理〟。不思議な店だ。ボードにはジョッキ生ビールのイラストと共に、ＰＲのメッセージが書かれている。

〈What can I do?　世界一美味いアサヒスーパードライ、飲ませマス〉

　ますます意味が分からない。だが疑問とは裏腹に、私は「世界一美味いアサヒスーパードライ」という言葉に引き寄せられるかのように、ボードを覗き込んでいた。

「イラッシャイマセ、ワッキャナイドゥ？」

　背の高いアフリカ系の青年が戸口から顔を出し、声を掛けてきた。

「入れますか？」

「ハイ、モチロンダイカンゲイデゴザリマスヨ、ドウゾ、ドウゾ」

　底抜けに陽気な青年だ。笑うと歯の白さが際立つ。

「エリナサン、オキャクサマイラッシャッタ、スコシハヤイケドオープンスルヨ」

　店の中からエリナさんと思《おぼ》しき女性の「は〜い」という快活な声が返ってきた。

「ドウゾ、ドウゾ」

　内装は多国籍風なインテリアで飾られている。テーブル席四つにカウンターが十席ぐらいの小さな店だ。

　二人掛けのテーブル席に通された。

「ワタシ、ギニアカラキタ、ワッカナイトイイマス」

ワッカナイとは地名ではなく、この青年の名前だった。私は「ほお、北海道ではなくギニアのワッカナイさんでしたか」と思わず笑ってしまった。

「オシゴトノカエリデスカ？」

「ええ。来週から再就職することになりまして。その打合せの帰りです」

「オメデトウゴザリマス！　オイワイデスネ、ワッキャナイドゥ！」

厨房《ちゅうぼう》から「こっちを手伝ってくれますか」とエリナさんの声がする。ワッカナイは叱られた子供のようにペロリと舌を出し、いそいそと厨房へ入ってゆく。

代わって、物静かな佇《たたず》まいの男性店員が、おしぼりとお冷やとお通しの小鉢を出してくれた。

「いらっしゃいませ。ワッキャナイドゥ？」

清潔感のあるエンジ色の作務衣《さむえ》をまとい、小鉢をテーブルに差し出す所作は柔らかい。

「シンジサン、オキャクサマノゴチュウモンヲオネガイシマス」

厨房からワッカナイの陽気な声がする。シンジさんと呼ばれた男性店員は「承ってます！」と応じてから少し苦笑いした。

「すみません、初めてのお客様なので、舞い上がってるみたいで」

「私が、初めての客ですか」

「はい。昨日は開店記念パーティーでしたが、招待した友人知人限定の貸切営業だったんです。今日が正式な開店日なので、初のお客様です」

シンジさんは「お飲み物はいかがなさいますか」と訊ねながら飲み物のリストをメニュー立てから取り出し、テーブルの上に差し出す。

「生の中ジョッキを、二つ頂けますか？」

「二つ、ですか？」

「死んだ息子が、スーパードライが好きだったらしく」

私は向かいの席を掌《てのひら》で指し示した。シンジさんは向かいの席を見つめた後、笑顔で頷いた。

「かしこまりました」

シンジさんの声に力みが滲《にじ》んだ。シンジさんは厨房の向こうへ回り、ビールサーバーの前で深呼吸をした。初めての客だからだろうか。ビールサーバーに向かう横顔は、何かの儀式に臨むかのように厳かだった。

それから二つのジョッキにビールを注ぎ、私のテーブルまで持ってきてくれた。

「お待たせしました」

ジョッキがうっすらと凍っている。冷やし過ぎたビールかと思いきや、きめの細かい泡がこんもりと盛り上がっている。見た目はいかにも美味そうだ。

「どうぞ」

シンジさんは、私が飲むのを見届けようとしているらしい。

私は向かいの席に置かれた中ジョッキに、自分の杯を軽くぶつけた。それから、泡を吸いながら、ひと口飲む。常温の泡を破り、凍てつくように冷えたビールが流れ込んでくる。心地よい冷気が喉《のど》から腹へと沁《し》み渡り、麦芽の香りが鼻腔《びこう》の裏側から広がった。

「ふう……」

思わず漏れた嘆息と共に、目の前が滲んだ。これまで飲んだビールの中で最も美味いような心地がした。

「シンジサンガツグビール、ニホンイチウマクテ、ゼンベイガナイタトイウワサデス」

「美味い……」

私は、喉の奥から絞り出すように唸った。どうやって注いだのか、シンジさんに訊ねようとしたが、彼はいつの間にかいなくなっていた。

「あの、これはどうやって注いだのですか」

厨房に向かって訊ねてみたが、彼の姿は見えない。

「シンジサン、オキャクサマノゴシツモンダヨ」

厨房のカウンターからひょっこりと顔を出した。しゃがんでいたようだ。

「いつかそんな風に『美味い』と言っていただけるようにと思って、注ぎました。まさか初日で……ありがとうございます……」

シンジさんの目は真っ赤だった。

「モウシワケゴザリマセン、ハジメテノオキャクサマデ、マイアガッテルミタイデ」

冷やかしているワッカナイもなぜか涙声だ。厨房のエリナさんも泣き出した。私は訳が分からず、ただ、温かい空間に身を置いていることだけは分かった。

向かいの席のビールの嵩《かさ》が、心なしか減ったような気がした。

「誠、来てたのか」

もう一度、誠のジョッキに自分のジョッキをぶつけた。

来週からまた、三十八年間勤めていた会社に一月ぶりに戻る。必要とされる場所で、必要とされる力を尽くし、精一杯、誠実に生きてゆくのだ。

第四章　不敵署員

池袋警察署長　様

依頼者　丸富コーヒー株式会社　城北営業所
住所　東京都豊島区東池袋五丁目九九‐九九
代表者名　営業所長　山田　宏　㊞

交通安全講話会への講師派遣について（依頼）
交通事故の防止を図るため、次のとおり交通安全講話会を企画したので、貴署係官の講師派遣を依頼します。

日時　平成三十年五月十五日　午後一時〜二時

場所　城北営業所内　三階会議室
講話内容　道路交通法の改正点、飲酒運転について、その他運転上留意すべき点
対象者　ルートセールス社員他（約三十名）
設備　プロジェクター：有、スクリーン：有
特に依頼したいこと
　昨年十二月に歩行者との接触事故が一件、タクシーへの追突事故が一件あり。安全運転に対する規範意識の締め直しを図りたく、ご指導の程お願い申し上げます。

　十二時四十分、依頼元の丸富《まるとみ》コーヒー株式会社城北営業所に到着した私は、バイクを営業所内の駐車場に停めた。

　駐車場には丸富コーヒーのロゴマークを付けた営業車両のライトバンが十台並んでいる。車の状態をざっと見て回る。目立った損傷は無し。整備状態も良好のようだ。

　一台だけ後部バンパーの左側に浅い凹《へこ》みが見られる。ハンドルを切りながら後進した際に電柱などの丸みを帯びた対象物に衝突したのではないかと思われる。運転席を覗《のぞ》き込む。サイドブレーキのレバーが下がったままだ。平地の駐車場だから車は動かないが、傾斜のある場所であれば車が勝手に動き出し、大事故に繋《つな》がる恐れがある。しかもギアは「Ｎ」に入っている。ＡＴ車の駐車時は、サイドブレーキをしっかりと引き上げ、ギ

アは「P」に入れなければならない。私は手帳とボールペンを取り出し、この車のナンバーをメモした。

オフィス向けコーヒー事業を展開する丸富コーヒーは、毎日ルートセールスの営業社員が社用車で取引先を巡回。定期的にコーヒーサーバーをメンテナンスするほか、コーヒー豆や備品の補充をする。

一日にいくつもの取引先を回るため、運送業者や引越し業者などと比べて乗車から降車までの運転距離が短く、頻繁な乗降がある。近距離運転のため高速道路はほとんど使わず、主に下道を走る。したがって、運転区間のほとんどが歩行者のいる公道となる。

ランチ帰りらしき若い女性社員が二人、駐車場の脇を通り過ぎ、玄関へ向かって歩いてゆく。そのうちの一人と目が合った。私は怪しまれないよう「こんにちは」と帽子を取って頭を下げた。向こうも訝《いぶか》しがるような表情を見せつつ、目礼で応じる。

「なんでおまわりさんが来てるんだろう」

「午後イチで交通安全教室みたいなのがあるでしょう。私たちも聞くんだよ」

「そうだった。忘れてた、あはは」

笑っていられるのも今のうちだろう。今日の講話は辛口のメニューを用意している。

二階の庶務課を訪ねる。髪を横分けにした五十がらみの気の好《よ》さそうな男性が応対に出てきた。

「庶務課長の正木《まさき》と申します。お忙しいところありがとうございます」

路上では多くの運転者に忌み嫌われる我々警察官だが、派遣講師の立場で会社を訪ねる時は丁重に迎えられる。

　庶務課長は深々と頭を下げ、名刺を差し出してきた。

　道路交通法第七十四条の三の規定により、五台以上の自動車を所有する事業所には安全運転管理者を選任し、公安委員会へ届け出ることが義務付けられている。

　人の好さそうなこの庶務課長が、営業所の安全運転管理者だ。

「うちの営業所は二年前までは、事故も違反もほとんどなかったのですが……」

　庶務課長は壁掛け時計の横に飾られた額縁を指差して溜息《ためいき》を吐く。優良安全運転管理者として池袋署から贈られた表彰状だ。

「私が庶務課長に着任して、安全運転管理者になってから間もなく、無事故・無違反は潰《つい》えてしまいました。会社にも警察の方々にも申し訳なくて」

「あまりご自分を責められませんよう。私どもに謝っていただく必要は全くございませんので」

　私は、本心から言った。いくら警察に謝ってもらっても、交通事故は減らないのだ。

「普段、所内ではどのような交通安全指導をされていますか」

「週に一回、朝礼で交通講話を実施しています」

「どなたがお話をされているんですか」

「お恥ずかしいことですが、私です。この本を使って、毎週一話ずつ」

庶務課長は交通安全の教則本を差し出した。市販されているものだ。各ページの要所に赤ボールペンでアンダーラインが引かれ、強調すべき注意点が書き込まれている。

安全運転管理者が朝礼で交通安全指導を実施する会社は珍しい。この事業所の安全運転に対する意識の高さが窺《うかが》える。

私は教則本のページをパラパラとめくった。赤ペンの書き込みの中、ある言葉に目が留まった。

〈物損事故、人身事故。社会的信頼の失墜につながる〉

他のページにも赤ペンの書き込みで「企業イメージ」や「信頼」といった言葉が散見される。

「警部補さん、いかがでしょう。こんなありきたりな教則本では、ダメですよね」

庶務課長が私の反応を窺うような口調で訊《たず》ねる。

「いえいえ、交通安全には基本が大事ですから。大変熱心に交通安全指導をされている様子が分かります」

「恐れ入ります。しかし結果が伴わなければどうにもなりません。何が足りないのでしょうか」

足りないものを訊《き》かれたからには答えざるを得ない。

「敢《あ》えて申し上げるならば、脅しが足りないのだと思います。今日の私の講話は、多少の脅しを使わせていただきます」

庶務課長は軽い冗談だと捉《とら》えている様子で「どうかお手柔らかに」と笑って応じた。

「ところで、課長さんご自身は運転されるんですか」

「それが……一応免許は持っておりますが、会社でも家でも運転は全く。お恥ずかしい限りです」

「いいえ、恥ずかしいことなどありません。ちなみに、運転されていないこと、社員の皆さんは知っていますか」

「ええ、正直に話しています」

毎日公道の上を運転している社員たちが、五十代のペーパードライバーによる交通指導を受けたがるだろうか。

「ここのところ事故が続いたもので、警察の方に来ていただいて締め直したいと思った次第です。よろしくお願いします」

「承知しました。差し支えなければ、ここ二件の事故の原因を教えていただけますか」

「警察の方にそのままお話しするのはちょっと」

庶務課長はやや冗談めかした口調でかぶりを振る。

「もう処理済の件です。お話しいただいて大丈夫ですから」

「携帯電話に目を遣《や》ってしまった、つまりは、脇見運転です。言い訳にしかなりませんが、仕事熱心な営業マンは運転中も携帯電話が気になってしまうようで……。どうか厳しく指導してやってください」

「承知しました。あの、大変おかしなお願いで恐縮なのですが……」

私はいつもの「おかしなお願い」を耳打ちする。庶務課長は苦笑いしながら「承知致しました」と快く引き受けてくれた。

私は会議室の演台の側に進み出て、受講者を見渡した。受講者は幹部社員のほか、社用車を運転する営業関連部門の社員たちだ。

制服を着た警察官がノートパソコンやプロジェクターを調整する様子を、社員たちは物珍しそうに見ている。

交通講話の派遣講師を務めるのは今日で百二十五回目だ。始める前にひと目見渡すと、講話に無関心な受講者がなんとなく判別できるようになった。

今日は窓際の最後列に座っている、髪を整髪料でバリバリに固めた男性社員に目を付けることにした。

「本日は、池袋警察署交通課の……ええ……脇見《わきみ》警部補においでいただきました」

庶務課長の紹介を受け、三十度のお辞儀をする。受講者がざわつき始める。

〈私の名前を紹介する際に、ちょっと言いづらそうな素振りをしていただきたいのです〉

私からの「おかしなお願い」に、律儀な庶務課長はしっかりと応じてくれた。

「ただいまご紹介にあずかりました、池袋警察署交通課のワ、キ、ミと申します。皆さん、聞き間違いではございません。ワキミです。あれ？　皆さん、どうされましたか」

生まれ持ったこの名前で交通警察官の職を拝命している関係上、触れないわけにはいかない。ならばいっそのこと、逆手に取って利用するほうがよい。

「そうです、危険運転の代名詞みたいな名前の警察官が、交通指導にやって参りました！　不謹慎極まりないですね。どうかご容赦ください」

　社員たちはさっさと仕事に戻りたいのが本音だろう。とにかく興味を惹《ひ》かなければ、たった一時間の交通講話など記憶に残る間もなく忘れ去られてしまう。

　地域課勤務時代に交番勤務の後に一時期パトカー勤務員を務めた経歴などを二、三分で語る。パトカーというキーワードは多少なりとも興味を惹く。

　ある程度の手《て》応《ごた》えを得たところで、次の話題に切り替える。

「ところで、練馬４４０う15-51の車を午前中に運転していらした方、恐れ入りますが手を挙げていただけますか」

　誰からも手が挙がらない。私は「う15-51を運転された方、誰もいらっしゃらないでしょうか」と促す。目を付けていた最後列の整髪料男が渋々の体で手を挙げた。

「ありがとうございます。わざわざ挙手していただいたところで恐縮ですが、下の駐車場で窓越しに運転席を拝見したところ、サイドブレーキが下がったままでした」

　整髪料男は眉根《まゆね》を寄せ、首を傾げる。

「ちゃんと引いてあるはずですが」

「そうですか。ではもう一点、ギアはどの位置に入れてありますか」

「そりゃ当然『P』に入れてありますよ」

整髪料男は私の問いを鼻で嗤《わら》う。

「おっしゃる通り、駐車時であれば当然『P』に入っているはずです。ところが……実際は『N』に入ったままです」

「じゃあ下に行って確認してきます。ついでに直してきます」

整髪料男はむっとした様子で席を立とうとする。私は「後ほどで結構です」と制止した。席を立ったが最後、車の確認を口実に戻って来ないかもしれない。

「平坦《へいたん》な駐車場なので、車が勝手に動き出すことはありませんから、後ほど直していただければと思います。ただ、もしこれが坂道だったら、どうなるでしょう」

「坂道駐車の時は用心しますので、大丈夫です」

男は挑戦的な眼差《まなざ》しで応じた。警察官を忌み嫌う運転者の眼だ。

「そうですよね。ただ、駐車場に停める時も、基本には忠実にお願いしますね」

私は敢えて、媚《こ》びた口調で言った。整髪料男はそっぽを向いてやり過ごした。

「では始めましょう。先に、お堅い話からさせていただきます」

はじめの十五分で道路交通法の直近の改正点を解説する。交通講話の中で、重要だが最も退屈でつまらないこの部分を、わざと序盤にもってくる。最初に居眠りをして頭をクリアにしてもらったほうがよい。この時間帯で私は、どれぐらいの社員が居眠りするかを確認する。早速、二人の男性社員が船を漕《こ》ぎ始めた。

「ところで皆さん、昨日はどのぐらいまでお仕事されていましたか」

前のほうの席に座る男性社員が「九時頃です」と答えた。

過去の講話で、出席者の半分以上が居眠りした事業所があった。聞いてみたところ、深夜残業が常態化していた。

「睡眠時間が五時間を切ると事故を起こす確率が急激に上がります。どうしてもお忙しい場合、昼休みに車の中で五分か十分ぐらい眠るだけでも違います。今この中でも午後の運転に向けて、仮眠を取っていただけた方がいたようで」

社員たちから笑いが起きる。

「決して嫌味ではございません、睡眠は大事ですからね」

私はおどけた素振りでスライドを切り替える。

「次はこちらのスライドをご覧ください。都道府県の名前と、その横に数字が並んでいますね。さて、これは何でしょうか」

交通事故件数の多い都道府県ランキングは多くの事業所で盛り上がる。トップ3の常連県は愛知県。

「通称『名古屋走り』などと言われますが、ちなみに愛知県ご出身の方はいらっしゃいますか」

問い掛けると、一人が手を挙げた。名前を訊ねると「佐藤」と名乗った。

「佐藤さんの名誉のために申し上げておきますと、愛知県は乗用車保有台数も全国一位なので、台数に比例して交通量が多く、事故の数も多くなるという面も考えられます。

必ずしも佐藤さんの運転が荒いということではありませんからね」

佐藤さんの隣に座っている社員が「いや、荒っぽいよな」と冷やかす。

「この都道府県ランキング、だいたいの事業所で盛り上がります。ふるさとに想いを馳《は》せたりしながら、誰それさんは福岡だ、誰それさんは高知だったっけ、なんていう具合に、大変盛り上がるんです」

道路交通法の解説で眠っていた二人も、顔を上げて聞いている。興味を持っていただけるのは素晴らしいことだ。

「ただ、私はこれをただの興味深い話で済ませるわけにはいかないんです。この件数の中には、死亡事故や、重体になって大きな後遺症を残した事故が多数含まれています」

私はまたスライドを切り替えた。

「それでは、ここから本題に入りましょう。わたくし、脇見が安全運転についてお話ししてまいります。こちらのスライドをご覧ください。アスファルトの路面に白っぽい流動物が飛び散っていますが、何だかお分かりでしょうか」

私の問いに誰も答えない。十分な間をとってから言った。

「実は、人間の脳味噌《のうみそ》です」

空気がピーンと張り詰めた。私は数秒の間、真顔で社員たちの表情を見渡す。訝しがる若手の男性社員、表情を強張らせる女性社員、様々だ。

「というのはもちろん嘘で、作り物です。さすがに、本物はお見せできませんからね。

どうですか。私の渾身《こんしん》の力作です。リアリティあるでしょう」

　私は社員たちの顔を見渡す。

「ただ、私はこれまで本物を何度も見てきました。事故で頭部を激しく損傷した場合、このように脳味噌がまき散らされることになります。お分かりでしょうか」

　都道府県ランキングで盛り上がっていた時と比べて、社員たちの表情は硬い。

「ここから先、衝突や追突事故を中心に、事故現場のスライドをそのままご覧に入れます。もちろんご遺体は映りませんが、無惨な車体の様子や血の痕がたくさん映ります。気分の悪くなられた方はご自由にご退席ください」

　ボンネットと運転席が潰《つぶ》れてアコーディオンの蛇腹《じゃばら》のようにひしゃげた車、黒く焼け焦げた車、路面に広がる赤黒い血の痕。私は事故の概要や被害の状況などを補足しながら、二十枚のスライドを次々とスクリーンに映し出した。

「営業の皆さんなどは特に、日々、会社の名前の入った車を運転していらっしゃいます。会社の信頼や責任を背負って公道の上を走っていらっしゃいます。そんな会社の顔でもある運転者の皆さんがもし、このような事故を起こしたら、果たしてどうなるでしょう」

　私は意図的に「会社」「信頼」「責任」という言葉を前面に出して問うた。

「社会的信頼が損なわれます」

　一番前に座っていた女性社員が真剣な面持ちで答えた。

「一番後ろの男性の方、いかがでしょう。たとえば、会社の信頼を背負った社用車で、脇見運転で歩行者の方をはねてしまい、新聞に載ってしまったら？」

「業績に影響しますね」

　整髪料男は素っ気ない口調で答えた。

「そうですね。しかし敢えて言わせていただきます。今、挙げていただいたこと。全てどうでもいいことです」

　下を向いていた社員たちも、一斉に顔を上げた。

「会社の信頼、業績、それがどうかしましたか。本当にどうでもいいです」

私はスライドを切り替えた。

居眠り運転による死亡事故を報じる新聞記事が表示され、その記事の一部に黄色の傍線が引いてある。

〈全身を強く打っており、間もなく死亡が確認された〉

「この傍線の箇所をご覧ください。新聞やテレビのニュースなどでもよく使われるこの表現ですが、どんな状態を表しているかご存じでしょうか」

私は一番前に座っている女性社員に視線を送りながら訊ねた。

「全身打撲で亡くなった……ということでしょうか」

「なるほど。全身打撲。痛そうですね。でも実は、多くの場合こういう状態です」

　スライドには、黒の毛筆体でこう記されている。

〈外見では身元が判別できないほど身体の損傷が激しく、即死状態〉

「皆さん、お分かりいただけたでしょうか。『全身を強く打っており、間もなく死亡が確認された』と聞けば、少しの間は生きていたかのようにも聞こえますが、多くの場合そうではありません。即死状態で、場合によっては原形を留《とど》めていません。それでも、死亡確認は取るため『間もなく死亡が確認された』という表現になります」

あまりにも凄惨《せいさん》な状態であるため直接的な表現を避け、亡くなった人や家族への配慮などにより便宜上の表現を用いて報道されるのだ。

「朝、行ってきますと元気に家を出て行った家族が、姿形も分からないほど無惨な亡骸《なきがら》になって帰ってくる。交通事故は時に人の命や健康、家族の幸せ、そういった唯一無二のものを一瞬で破壊します。だからこそ、社会的信頼を損ねるのではないでしょうか」

私は庶務課長へ視線を向けた。「社会的信頼」という言葉が随所に書き込まれた教則本を机上に広げ、バツが悪そうに表情を強張《こわば》らせている。

安全運転に注意を払うのは、社会的信頼を維持するためではない。人の命や健康を損なうような事故を起こさないためだ。

改めて道路交通法の改正点についてポイントを絞っておさらいする。講話の冒頭と比べて、多くの社員の目つきが変わっていた。真剣に聞き入ろうとする目もあれば、生意気な若造警察官だと言いたげな目もある。

目の色の変化を見て、今日の講話は「伝わった」と直感する。

「以上、駆け足になりましたが、わたくし池袋署のワキミがお話し致しました。危険運転の代名詞みたいな名前の警察官が偉そうに安全運転を語っていた今日のこと、長く心に留めておいていただければ幸いです」

講話の締めくくりの言葉は、いつも決まっている。

「命を大切に」

私が伝えたいのは、つまるところこれだけだ。ごく当たり前のこと。そして、当たり前過ぎるからこそ、普通のやり方では人の心に響かない。命を大切に。この言葉を人の心のより深いところへ突き刺すため、私は手段を選ばない。

帰り際、庶務課長が駐車場まで見送ってくれた。営業の社員たちが次々と社用車に乗り込み、外回りへ出掛けてゆく。

「警部補、ありがとうございました。皆、引き締まったと思います。私も、心を引き締めました。今後の交通安全指導に活《い》かしてまいります」

「お役に立てて嬉《うれ》しいです。最後に一言、大変申し上げにくいのですが、朝礼での交通安全指導は、課長さんからでなく、別の方がお話しすべきと考えます」

庶務課長は一瞬呆気《あっけ》に取られたような表情をしてから、指で額を掻《か》いた。

「これはまた、厳しいお言葉……。私では力不足でしょうか」

「課長さんが大変熱心に指導されていることは、よく分かります。ただ、運転されていないことを社員に知らせてしまっている以上、説得力に欠けるかと」

職務に一生懸命な庶務課長には、厳しい通告だ。だが言わざるを得ない。庶務課長は

「承知しました」と答えながらも、表情を強張らせている。

「お困りの時は、署までご相談ください。署員が講話に伺いますので」

「誠心誠意のご指導と受け止めます。ありがとうございました」

　庶務課長は最後にまた深々と頭を下げた。私は敬礼で応じた。

　丸富コーヒーでの講話を済ませて署に戻ると、交通課長の蔵本《くらもと》が私に向かって手招きしてくる。

「脇見！　ちょっと来い」

　蔵本の大声に、窓口の向こうで順番を待っている人たちが「何事か」といった様子でこちらを見ている。

「課長、そんなに大声を出すと、来署されている方が驚いてしまいます」

「だから近くへ来いと言っている」

　課長席へ寄っていくと蔵本は声を潜めて言った。

「また脳味噌のスライドを見せたそうだな」

「よくご存じで」

「丸富コーヒーの庶務課長さんから、大変有意義かつ手厳しい講話で感激したと、わざわざお礼の電話をいただいた」

　人の好さそうな庶務課長の顔を思い浮かべる。あまり律儀が過ぎるのも罪なものだ。

「それは光栄です」

「光栄じゃねえよ。勝手な真似は止めろと言っただろうが」

二年前から交通課長を務める蔵本は、交通の各係を渡り歩いてきたエキスパート。現場を知り尽くしている。

「依頼を受けた事業所の安全運転管理に資するために、最善を尽くしました」

「最善を尽くしてくれるのは大いに結構だ。ただ、やり方を考えろと言っている」

三ヵ月前にも講話で手作り脳味噌のスライドを見せ、大手不動産管理会社の営業所から苦情を受けたことがあった。社員が精神的な外傷を負ったとの苦情だった。この時は蔵本が上司として矢面に立って先方に謝罪し、署内にも「熱意故の行き過ぎた講話だった」と釈明してくれた。

署の入口にある電光掲示板の死亡事故と負傷事故の件数は日々増え続けている。

私の講話によって件数が減るかは分からない。それでも、減らせると信じて講話に臨んでいる。

「お前の熱意を、俺は買っている。だがとにかく、脳味噌のスライドは自粛してくれ」

気を付けの姿勢で神妙に頷《うなず》き、蔵本の説教が終わるのを待っていると、署の正面入口から制服姿の女子生徒たちが四人、賑《にぎ》やかに談笑しながら入ってきた。四人のうち三人は楽器を担いでいる。珍しい来客を見た蔵本は、説教を中断し窓口へ目を向けた。

引率の教師らしき若い女性が「ちょっと静かに」と生徒たちに注意する。

窓口にいる巡査長の鈴木《すずき》が「こんにちは」と応対をする。

「こんにちは、池袋女子学院高校の軽音楽部で顧問をしております、有村《ありむら》と申します。道路使用の許可申請でご相談に来ました」

顧問の若い女性教師が、帽子を取って挨拶《あいさつ》した。それを見た蔵本が、身を乗り出した。女性教師が目を見張るほど美しいからだ。分かりやすい上司だ。

「こちらの生徒たちに、来週の金曜夕方から少しでも、五叉路《ごさろ》の歩道脇で演奏させていただけないかと。来月に全国大会が控えていて、その前に街を行く方々の前で演奏したいと言うもので……」

池袋女子学院高校のバンドは、軽音楽フェスティバルの全国大会出場が決まり、池袋界隈《かいわい》の飲食店などでも大会出場を告知するチラシやポスターを見かけるようになった。

後ろに控えていた女子高生たちが、一斉に「よろしくお願いします！」と頭を下げた。

「先月、学校終わった後に西口の五叉路の歩道で勝手に演奏してたら、おまわりさんが来て止めさせられちゃって、先生にも後でめっちゃ怒られて……。だから、今度はちゃんと許可を取って演奏したいと思って、先生と一緒にお願いに来ました」

ギターらしき楽器を担いだ女の子が、まっすぐな目で鈴木に訴える。

「この子たちが、二、三曲だけでもいいから、どうしても五叉路のあの場所で演奏したいと言うもので」

先生も生徒たちの思いを代弁する。

「お話は承知しました……が……」

道路交通法第七十七条第一項に、道路を交通以外の目的で使用する場合の許可について定められている。

警察署長の許可を得れば道路を使用できるが、イベントなどの特別な事情が無い、個人的なバンドの路上演奏で許可が下りることはまずないと考えられる。学校の部活動の一環と主張しても、難しいことに変わりはない。

「お願いします！」

生徒たちは「音を小さめに絞ります」「人通りの邪魔にならないように演奏しますから」などと言って口々に懇願する。まっすぐな思いを受け、窓口の鈴木はかなり困っている様子だ。

「どうされましたか」

私はカウンターの向こうにいる女性顧問と生徒たちに向かって声を掛けた。鈴木が「路上演奏の目的で、道路使用許可申請に来られたということです」と私に説明した。

「正直なところ、道路使用許可の申請をしていただいたとしても、個人的な路上演奏の許可は難しいです」

一人の人間としては、応援したい気持ちのほうが強い。だが道路使用許可の判断にあたっては、私情の入る余地はもちろんない。

「許可はされないと理解していただいたほうがいいです」

意気消沈する生徒たち。一方、先生はさっぱりした様子で「やはり難しいですね」と呟《つぶや》いた。

「無許可で演奏している人たちがたくさんいますが、その場合、我々警察官は通行人の方から苦情が入ったら、演奏を止《と》めざるを得ません」

私は「苦情が入ったら」を少しだけ強調して説明した。本音では、二、三曲なら苦情が入る間もなく演奏できるかもしれないから、やってしまえばいいと言いたいところだが、立場上言えない。

「私たちはこの間、うるさくて苦情が入ったから止められたんですね……」

生徒の一人がしょんぼりした声で呟いた。

「止めに入った警察官は、どんな感じでしたか」

「個人的には応援したいけど、って、言ってくれました……」

「私も同じ気持ちです」

苦情が入って注意しに行くと、大多数の路上演奏者は素直に演奏を中止してくれる。私も交番勤務時代に苦情を受けて路上演奏を止めに行ったことが何度かあるが、みんな気の好いミュージシャンたちだった。演奏を止めさせておきながら、個人的には応援したいという妙な感覚に囚われたのを憶えている。

「全国大会、頑張ってくださいね」

素直な気持ちを伝えると、生徒たちは「ありがとうございます」と笑顔で頭を下げた。

笑顔で帰っていく生徒たち。先生は「お手数をおかけしました」と頭を下げた。

「難しいのは分かっていましたが、どうしても一度、直接お願いしてみたいって聞かなかったんです。でも丁寧にお話しいただいて、納得したと思います。ありがとうございました」

先生は再び頭を下げると、帽子を被《かぶ》って生徒たちの背中を追いかけていった。

「いいねえ、少女たちの頑張ってる姿は」

蔵本には高校生の一人娘がいる。娘にはほとんど口をきいてもらえないらしいが、所管の地域から全国へと羽ばたく女子高生バンドに感情移入しているらしい。

「それと、あの先生、最近ちょっとした話題になってる人だな」

蔵本は急に声を潜めて、パソコンの画面を指差した。画面には、音楽情報のＷＥＢサイトの記事が表示されていた。

〈美人過ぎる非常勤講師、弱小軽音楽部を全国大会へと導く　池袋女子学院高等学校有村美咲さん〉

先ほど窓口に来た四人組バンドの写真の隅に、先生の姿が写り込んでいる。

全国大会出場という偉業だけでなく、顧問の女性教師の美貌《びぼう》がインターネットで拡散されたことが、注目度に拍車をかけていた。

ここのところ、池袋女子学院の校門付近で不審車の目撃情報が相次いでいる。地域課の警察官が職務質問をかけようとして近付くと、目ざとく察して走り去っていくらしい。

他にもカメラを持って学校付近をうろつく男が職務質問されている。

「美人過ぎるなんとか、ってネットで勝手に持ち上げられて、ストーカーみたいな奴につけ狙われるなんて、全くもって理不尽だよな」

蔵本はそう言って、WEBサイトの画面を閉じた。

先生が目深に被っていた帽子は、きっと顔を隠すためだろう。

一人の女性の安全を脅かす不審者がいるならば、それこそ許されないことだ。

公道での路上演奏の苦情に対応するのも警察官の仕事だから仕方ない。だがもっと目を光らせるべきことは他に山ほどある。

十九時、勤務を終えた私はJR線東十条《ひがしじゅうじょう》駅改札口前で江戸川北《えどがわきた》署の本橋《もとはし》警部補を待った。本橋は約束通りの時間に現れた。

本橋は同期入庁で、警察学校での過酷な日々を共にくぐり抜けた仲間だ。警察官柔道大会の準決勝や決勝で幾度となく戦い、勝敗はほぼ五分。

今ではすっかり恰幅《かっぷく》がよくなり、スーツの前ボタンが弾《はじ》け飛びそうだ。

「また太ったな」

私が見たままの印象を口にすると、本橋は右手で腹をポンと叩《たた》いた。

「こっちはお前みたいに規則正しい生活じゃないからな」

交通課総務係の私は当直日を除いて勤務時間は原則、月曜から金曜の八時三十分から十七時十五分で、残業を含めても二十時頃には退庁できる。一方、留置場勤務の本橋は四交替勤務だ。夜勤明けの今日もまともに眠っていないのだろう。目が充血している。駅近くの花屋で小さな花束を買い、徒歩で目的地へ向かった。

「そういえば交通のほうで二、三ヵ月前に大変な凶悪事件があったよな」

「どの事件だ」

「渋谷のスクランブル全裸事件だよ。あれは衝撃だった」

本橋は冗談めかした口調で、笑い混じりに言った。

渋谷の駅前で男がロングコートを脱ぎ、スクランブル交差点に突入。道路交通法違反及び公然わいせつ罪で現行犯逮捕された。

交差点は一時騒然となり、車両にも歩行者にも通行に大きな支障をきたした。死者や重傷者が出なかったのは不幸中の幸いだった。

「公然わいせつもさることながら、ある意味、交通犯罪史上に残るよなあ。スクランブル交差点に、全裸で突っ込んだんだから」

「そうだ。絶対に許されない犯罪だ」

「おい、脇見、マジになるなよ」

交通量の多い主要な交差点が通行不能となることで、周辺の道路で渋滞が発生。二次的な事故を誘発する恐れがある。

実際にあの渋谷スクランブル全裸事件の直後、渋滞が起きた明治《めいじ》通りで二件の追突事故が発生している。

「マジになって何が悪い。ヘラヘラしてると小山内《おさない》教官殿に殴られるぞ」

東十条駅から徒歩十分程の分譲マンションの五階、表札に「小山内」の文字を確認し、私はインターホンのボタンを押した。

仏間に通された私たちはそれぞれご霊前を夫人に手渡して線香を一本ずつ上げ、位牌《いはい》の前で手を合わせた。

遺影の中の小山内警部補は鬼瓦《おにがわら》のようにいかつい顔をわずかにほころばせていた。

「亡くなる前日は、海釣りに出掛けていたんですが」

夫人はそう言って目頭を拭《ぬぐ》った。

くも膜下出血。先月、四月十五日、朝食後にリビングで倒れ、そのまま還《かえ》らぬ人となった。三月末に定年退官してからわずか半月後のことだった。葬儀は家族のみで執り行われ、警察の関係者には後日連絡された。生きていれば今日が六十一歳の誕生日だった。

警察官には定年退官して間もなく、急病で亡くなる者が少なくない。長年の激務が身体を蝕《むしば》む故か、二十四時間警察官であることを強いられる毎日から解放された途端、ぽっくりと逝ってしまうのかもしれない。

「あの人は、お二方から見てどんな教官だったんですか。仕事のことはほとんど話さない人だったので、私は全然知らないんです」

夫人は小山内の遺影を見上げながら訊ねた。

「学生のことを大切にする、温かい教官でした」

本橋が答えた。私は横で頷きながらちらりと隣に座る本橋を見遣った。目が合った。

嘘つけ。

互いにそんな心の声が聞こえるかのようだ。

小山内と出会った時のことは、九年を経た今でも鮮明に憶《おぼ》えている。大卒者は約半年間、警察学校で訓練を受ける。最初の一ヵ月間は外出禁止、その後も金曜の十八時から日曜の二十一時三十分以外は外出不可、携帯電話も教官室に預けなければならず、外部との連絡も取れない。

入校初日、教場に現れた小山内は無言で我々学生を見回した。警察学校の厳しさは嫌というほど伝え聞いていたため、皆が背筋を伸ばし硬直していた。

張り詰めた空気の中、小山内は名乗るだけの短い自己紹介を済ませると「返事は座ったまま『はい』でよろしい」と告げ、名簿を見ずに学生たちの名前を五十音順に呼んだ。

阿部《あべ》隆《たかし》巡査、五十嵐《いがらし》洋一《よういち》巡査……。

父親ほども歳の離れた五十がらみの教官は、予《あらかじ》め全ての学生の名前を憶えていた。学生想いの心温かな教官だと直感した。

〈脇見敏弘《としひろ》巡査〉

わ行の私で最後だ。小山内は全学生の名前を淀《よど》みなく諳《そら》んじたのだった。私は感激に震えながら「はい！」と叫んだ。それから小山内は続けて私に命じた。

〈立て〉

私は跳ねるように立ち上がった。小山内は私の席までつかつかと歩み寄り、言った。

〈脇見か……警察官にあるまじき、ふざけた名前だ。そう思うだろう〉

教官からの出会い頭の冗談と認識した私は、愛想笑いで応じた。その瞬間に私の身体は真横に吹っ飛び、隣の学生の座席に突っ込んでいた。平手で張り倒されたと気付いた。

〈教官に対して許される返事は『はい』だけだ。第三班、腕立て百回〉

後々になって知ったことだが、厳しい警察学校でも、さすがに初日からこれほど酷《ひど》い仕打ちに遭ったのは私だけだった。

私は見せしめのために使われたのだ。

それから半年間の地獄が始まった。どんなに理不尽でも教官の命令は絶対であり、耐えられない者は辞めていった。

座学、実習、武道の教練から普段の生活まで、ひと時たりとも気を抜くことはできない。毛布の畳み方が甘い。校庭五十周。条文の暗唱を一文字間違えた。腕立て百回。髪の毛が三ミリ長い。平手打ち。誰かがミスを犯すと連帯責任で班の全員が罰を負うため、学生たちは肉体的にも精神的にも常に極限状態に置かれていた。

過酷な警察学校の中でも小山内教場の厳しさと理不尽さは群を抜き、四十人いた学生のうち、半年間で九人が学校を去った。

そんな小山内が最後に一度だけ笑顔を見せた。

卒業式の前日、教場に集まった我々に、小山内は最後の訓示を垂れた。訓示を終えると、小山内は私にいきなり問うた。

〈脇見巡査、上官に公道で全裸になれと命じられたとする。何と答える〉

入校初日の忌々しい記憶が頭をよぎった。「はい」と答えなければ張り倒されるかもしれない。私は少し迷ってから「従いかねます」と答えた。

〈それでいい。初日の仕打ちについては申し訳なかった。最後に謝っておく〉

なぜ組織の規律を重んじ、上官の命令に従うのか。目的の根源は市民の安心・安全のためだ。なぜ理不尽な仕打ちで学生たちを追い込んだか。それも全ては市民の安心・安全を守りうる警察官を育成するためだと小山内は言った。

〈守られた学校の空間の中でひたすら教官の言葉に従い、教官から強いられる理不尽に耐えていればいい毎日は終わった。現場は常に想像を絶する理不尽の連続だ。我々教官が浅知恵で作り出した理不尽などとは比べ物にならない。健闘を祈る〉

小山内はあくまでも厳しい表情を崩さず、我々を激励した。

〈それにしても脇見、この先、交通課にだけは配属されないよう祈る〉

そう言って小山内は破顔したのだった。我々学生が小山内の笑顔を見たのは、その一度きりだったように思う。

「教官は、ご家庭ではどのような方でしたか」

私は小山内の遺影を見上げ、夫人に訊ねた。

「仕事で家にいないことが多かったですが、意外と子煩悩でしたよ」

戸棚の上には、小さな娘さんを抱く小山内の写真が額に飾られていた。

「娘は小さな頃、警察官になりたいって言っていたことがありまして、小山内は『止めておけ』ってあしらいながらも嬉しそうにしてました」

娘さんは四年前に保育士になり、昨年末に同僚の男性と婚約。小山内が生きていれば三ヵ月後の結婚式で新婦の父親としてスピーチをする予定だったという。

どのようなスピーチを考えていたのだろう。

小山内宅を辞去し、駅への帰り道、本橋がしみじみと呟いた。

「鬼教官でも、家には笑った写真があるんだな」

きっと小山内はこの先、あの写真のように笑って生きていくはずだったのではないか。警察官の使命から解き放たれて平穏な生活が始まった矢先の急死は、限りなく殉職に近いように思える。

「脇見、久しぶりに飲もうぜ」

「大丈夫か。ロクに寝てないんだろう」

「ああ、窃盗犯と覚せい剤所持者の新規留置手続きが二件入って仮眠も取れず、かれこれ三十五時間不眠不休だよ。江戸川まで戻るのも面倒だから、ガーンと飲んでガーンと寝ちまいたい。そこらのビジネスホテルにでも泊まって帰るよ」

「じゃあ、うちで飲むか」

私の提案に本橋は「そのほうがいいな」と頷く。

居酒屋などでは他の客と居合わせるため、たとえ同期との昔話でもうかつな話はできない。家で飲むほうが好都合だ。

本橋は早速、署の当直へ電話をかけ、外泊する旨と外泊場所を伝えた。警察官は緊急時に備えて、非番の日も所在を明らかにしておく必要がある。

京浜東北線に乗ると、車内は会社帰りや宴会帰りの勤め人で満員だった。本橋はその間、吊革《つりかわ》につかまって立ったまま眠っていた。

西日暮里駅近くのコンビニで缶ビールやつまみを買い、私の部屋で乾杯した。

「夜勤明けのビールはいつ飲んでも沁《し》みるなあ。なんでこんなに美味《うま》いんだろう」

本橋が言った。私も酒は好きなほうであり、夜勤明けのビールの味は分かる。次の日が休みだという安心感もあり、疲れ切った身体にビールが沁み渡っていく。

小山内を偲《しの》んだ後だから、自《おの》ずと警察学校での話が多くなる。

「警察学校といい教官といい、世に言うパワハラなんていうレベルじゃないよな。ブラック企業ならぬ、ブラック学園だよ」

本橋がビールに顔を上気させながら笑う。

今となっては笑い話にもできるが、当時は毎日生きた心地がしなかった。

我々は曲がりなりにも、その生き地獄で半年間耐え抜いた。必ずしも褒められたことではないが、自らを洗脳するかのようにして耐えた。

だがそれは、六ヵ月という期間が定められた地獄だった。

「そして現場は学校とは比較にならんぐらい、真っ黒だがな」

本橋は笑うと、缶ビールを勢いよく喉《のど》へと流し込んだ。確かに、警察官が現場で対峙《たいじ》するのは商品や顧客ではなく、多くの場合が事件・事故や犯罪者だ。緊急事には昼夜休日問わず招集され、命の危険も伴う。

「俺たちばかりでなく、世間でも過酷な職場はたくさんあるだろう。会社で身も心もどうしようもないぐらい追い詰められて、命を落とす人もいる。理不尽な話だ」

交番に勤めたことのある警察官の多くは、何らかの形で自死の通報に直面している。自死者の中には、仕事で追い詰められて命を絶つ人も多い。

「逃げ出せばいいのにな。みんな生きるために仕事をしてるんだろう。仕事で潰れて身も心もダメにしてしまったら、元も子もない」

本橋はもどかしそうに言った。いや、そう簡単なことではない。

「寝る間もないほど酷使され、人格まで否定され、何のために仕事しているのか分からなくなったら、耐えられるか。追い詰められると、逃げ出すという選択肢も思い浮かばなくなるんじゃないか」

私の疑問に本橋は首を傾げた。

「極限まで追い詰められる前に、辞めればいい。潰れるぐらいなら逃げ出したほうがまだいい。警察学校でも何人か途中で辞めていったろう」

「そうは言っても、小山内教官は滅茶苦茶だったとはいえ、俺たちの人格まで否定するようなことはなかったよな」

「まあ、言われてみればそうだな」

「あの人は学生にちゃんと逃げ道を残していた。辞めるという逃げ道だ。何か失敗をやらかす度に『警察官には向いてないから辞めろ』。あの人の口癖だったろう」

小山内が否定したのは警察官としての適性だけだった。そこは一貫していたのだ。

「その言葉、俺も脇見も何回言われたか分からんな」

私も本橋も警察学校での半年間、警察官になるという確固たる目的があったから耐えられた。現場に配属されてからも、警察官という使命があるからこそ潰れずにやってこられている。

「会社で本当に追い込まれると、逃げ出せないのだと思うよ」

辞める、逃げ出すという選択肢も浮かばぬほど追い込まれることがあるのだ。

私は目の前のアサヒスーパードライの缶と、本橋が口にしたブラック企業の話から、八年前の夏の日のことを思い出していた。

交番に配属されてから初めて遺体を目にした日のことだ。

八年前、西東京署管内の交番に配属された私は、気負っていた。交番で経験を積み、刑事課への異動を実現させるつもりだった。

初日に署長への挨拶でどもってしまった私は、早速洗礼を受けた。

「お前、弱そうだな。そんなんじゃ、半年もたねえぞ」

署長の叱責《しっせき》に私は「精励いたします」と敬礼で応じながらも内心は「柔道大学選手権ベスト8だぞ」と息巻いた。どんな強行犯でも組み伏せ、確保する自信があった。

だが交番に配属されて半年も経つと、私は心身とも疲れ果てていた。警察学校や研修期間での規則正しい生活に慣れていた身体に、四交替制勤務が重くのしかかった。

現場の厳しさは小山内の言葉どおり、警察学校の比ではなかった。泥酔者同士の殴り合い、窃盗、夫婦喧嘩《げんか》、隣人同士の騒音トラブルなど、本部の通信司令を介して昼夜構わず次々と通報が舞い込んできた。通報の半分は緊急性の乏しい些《さ》細《さい》な事案や、いたずらだった。不法侵入者が押し入ったとの通報に慌てて駆け付けたら、ただのゴキブリ騒ぎだったこともある。

膨大な事案の対応に追われるだけではない。対応した分だけ諸々《もろもろ》の書類を作成しなければならない。

寝不足と精神的な消耗の中、私は早くも自分に問うていた。

何のために警察官になったのか。

夏も盛りの夜勤明けの早朝、署からの指令が来た。アパートのベランダで男性が首を吊ろうとしているとの通報。友人を名乗る男性からの通報だという。現場へ急行せよとのことだった。

私は深夜の泥酔者対応やタクシーの無賃乗車対応などに関する報告書類を作成していたが、新たな通報が入ったからには、そちらへかかりきりになる。帰宅が昼過ぎになることを覚悟し、暗澹《あんたん》たる気持ちでバイクにまたがった。

指定された住所を目指し、寝静まった早朝の住宅街をバイクで走っていると、ゴミの集積所の前で年配の男性が怒声を張り上げていた。

「この生ゴミを出したのは誰だ！　出て来ないと警察に通報するぞ」

何羽ものカラスがゴミ袋を嘴《くちばし》で路上に引きずり出し、生ゴミを食い散らかしていた。

厄介なところを通りかかった。年配の男性は凄《すさ》まじい剣幕で興奮状態にある。取り急ぎ無線で本署へ状況を報告した。本署からの指示は、別の警察官も自殺企図者のいる現場へ急行させているから、まずはその場で対応せよとのことだった。

私は現場に最も近いはずだった。他の警察官が現場までどのぐらいかかるのか少し気がかりではあったが、本署からの指示だから是非もない。

私は激昂《げきこう》する男性に呼び掛けた。

「どうされましたか」

「見れば分かるだろう。カラスがゴミを食べ散らかしてこの騒ぎだ」

職務質問の必要はなかった。顔なじみだったからだ。

集積所の向かいの一軒家に住む七十代の無職男性で、大手企業の元役員。退職後は近隣の住民と頻繁にトラブルを起こし、一一〇番通報の常習者となっていた。他にも西東京署に「署長を出せ」と怒鳴り込み、窓口で五時間にわたって日本の警察に対する持論を展開するといったことがあったため、管内の交番に注意せよとの通達が出ていた。

「おとうさん、大声を出すと、近所の人が起きてしまいますので」

「私だってカラスの鳴き声に叩き起こされたんだ。このゴミを出した人間を捜索して、警察署へしょっ引いてもらおうか」

「おとうさん、お怒りはごもっともですが、それはできませんよ。今日は燃えるゴミの収集日ですから」

私は横目で燃えるゴミの収集日であることを確認しながら答えた。いきり立つ相手を宥《なだ》める時の口調、言葉遣い、表情などは先輩署員のそれを真似た。

ゴミを出した住民に瑕疵《かし》があるとすれば、防護ネットを十分に被せなかったことだ。

カラスはブロック塀の上に飛び乗り、嘲笑《あざわら》うかのように鳴き声を上げた。

「ゴミを出した人間に落ち度はないと言うなら、じゃあ、あんたのせいだな」

「当職の責任であると」

「あんた何のためにパトロールしてる。暇つぶしか。どうにかせんか！　あんたら警察官のずさんなパトロールのせいで、私は安眠を妨げられているんだよ」

年配の男性は例のごとく日本の警察に対する持論を展開し始めた。

「ちょっと今は先を急いでいるので、後ほどお伺いします」

私はバイクを発進させようとペダルに足を掛けたが、肩を摑《つか》まれた。

「眠れない住民を後回しにする根拠は何だ」

「近所で緊急の通報があり、急行中です」

「あんたでは話にならん。署長を出せ」

年配の男性は私の肩をゆすりながら言った。

また署に怒鳴り込まれては、それはそれで報告書類の山に追われることとなる。声の大きな人間に悪評を吹聴《ふいちょう》されては、署の社会的信頼にも悪影響を及ぼす。

「応急処置だけはしますから、署に怒鳴り込むのは勘弁してください」

私は宥めるような口調で言うと路面の中央に引きずり出されていたゴミ収集袋を集積所に戻し、備え付けられた防護ネットを被せた。

「朝のうちに収集車が来ますので」

「まだ終わりじゃないだろう。片付けろよ」

年配の男性は勝ち誇ったような笑みと共に、顎《あご》をしゃくった。路面にはまだ、果物の皮やふやけた即席麺《めん》が散乱していた。

「このままじゃ、カラスの声で眠れないだろう」

これを片付ければ、この場は収まる。私は散らかったゴミの残骸《ざんがい》を急いで手でかき集め、カラスの嘴が届かぬよう集積所のゴミ袋の中へ入れた。

「こんなものでよろしいですかね」

「まだ、ゴミが残ってるぞ」

「はい、はい」

言われた通り、細かいゴミ屑《くず》まで拾い集めて破れたゴミ袋に戻し、防護ネットをかけ直した。なんとか解放され、私は再びバイクを走らせた。

この間、私には思い込みがあった。友人が首を吊ろうとしているというが、きっとまた悪戯《いたずら》か、そうでなければ通報者の過剰反応だろうと。過去にも自殺をほのめかすメールを受け取ったという友人や知人からの通報で現場に駆け付けたことがあったが、結果的に嘘の通報だったのだ。

嘘かもしれない通報より前に、目の前の市民と向き合うことのほうが大事ではないか。安眠を妨げられた市民のために、ほんの二、三分程度手を動かすだけのことだ。そんな風に正当化し、面倒事を避けたいという保身の真意をごまかしていた。

通信司令から指定された場所に到着した時、私は我が目を疑った。

坊主頭の男が、二階ベランダの物干し台にくくりつけたロープで首を吊り、階下へとぶら下がっていた。

第一発見者は近所の女子高校生。放心状態で泣きながら路上にへたり込んでいた。

「下ろして、早く下ろして！」

彼女は私を見るなり叫んだ。

私は手足の震えをこらえるのに必死だった。柔道大学選手権ベスト8の腕は何の役にも立たなかった。

私のすぐ後に駆け付けた救急隊員と一緒に、宙吊りになった身体を下ろした。救急隊員の一人がロープの結び目の上を切断し、下で他の救急隊員二人と私の三人がかりで身体を抱え、担架に横たえた。

うろたえる私の目の前で救急隊員は男の状態を確認した。既に心肺停止状態だった。男の身体は救急車へ運び込まれたが、死んでいるのは明らかだった。所管内からもう一人の警察官が駆け付け、救急車に同乗していった。

間もなく所管内の警察官たちが集まり、ブルーシートでアパートの周辺を囲った。それから、鑑識係員による現場鑑識活動が始まった。

この間、私は何もできなかった。

震える足で立ち尽くす私は、駆け付けた先輩警察官から「邪魔だ」と怒鳴り付けられた。立っていることしかできなかった私は、アパートの外階段下で近隣住民の立ち入り規制に当たった。

第一発見者の女子高生は自死の現場を見たショックで腰を抜かしたまま失禁していたため、女性警察官が到着するまでアパートの敷地内で休ませていた。

「下ろして、早く下ろしてよ」

彼女はうわごとのようにそう呟いていた。

大丈夫、大丈夫ですから。私は自らにも言い聞かせるように繰り返した。

間もなく通報者の男性がタクシーで駆け付けた。坊主頭の男とは会社の同期だという。

彼は坊主頭の男の名前を叫び、私に状況を訊ねてきたが、私は首を横に振って応じた。

同期の男は私に向かって「ナツノは殺された」と主張した。

いわゆるブラック企業で彼らは上司に罵倒されながら、人間とは思えない生活を強いられ、月の勤務時間は約六百時間、過酷な労働環境で心身共に疲弊していたという。

彼は深夜から明け方にかけてビールを大量に摂取し、自死の経過をインターネットの動画投稿サイトで生中継していた。鑑識係員のタブレット端末で動画を確認したところ、彼は画面に向かって何度も「乾杯」と缶ビールを掲げ、部屋には空になったアサヒスーパードライ三五〇ミリリットル缶が六本転がっていた。

私は鑑識係員から現場に到着した時点の状況を問われ、ありのままを答えた。途中で興奮状態にある七十代男性への対応とゴミの片付けで約五分間の足止めを食ったことも説明した。

説明しながら私は問うた。

もし私があと五分早く現場に駆け付けていれば、彼は助かっただろうか。

現実的には宙吊りになった身体を一人で下ろすことなど不可能であり、いずれにせよ間に合っていなかった。その事実で自らを納得させようとしていた。

だが本当は、間に合っていたか否かなど関係ない。私は事実、心の中で通報を軽視し、目の前の〝社会的信頼〟に重きを置いた。重大な過ちだった。

ゴミが散らばっていても、人は死なない。カラスの鳴き声に明け方の眠りを妨げられたとしても、あの男性は死なない。にもかかわらず、私は一時の保身や組織の体面に気を取られ、そちらを優先させた。

第一に守るべきものを誤った。何よりも優先すべきは、人命と安全だ。

あの夏の日の事件を境に、私は心を入れ替えた。

命に関わる内容の通報には、全速力かつ最優先で駆け付けた。一方で、ふざけた通報をした市民がいれば、容赦なく怒鳴り付けた。後日苦情に発展し、署長から厳重注意を受けたこともある。

そんな私のことを、勤務態度不良と見なす先輩警察官もいた。

だが私個人に対する苦情も、組織内での評価も、些細なことのように思えた。もっと大切なことのために仕事をしているのだと自らに言い聞かせた。

「まだ引きずってるんだな」

私が話し終えると本橋は呟いた。

「引きずっているのではなく、決して忘れないようにしている」

「お前、相変わらず突っ張ってんのか」

「突っ張ってなんかないよ。警察官の本分に忠実なだけだ」

二年前、地域課から交通課へ異動となった。刑事課を希望し続けてきた私にとっては青天の霹靂《へきれき》だった。

「刑事課への異動はまだ諦《あきら》めてないんだろう。父親の無念を晴らすって、ずっと言ってたよな」

「どうだろう。刑事課だけが警察官ではないからな」

父親も警察官で、署の刑事課員だった。休みの日でも署からの電話で頻繁に呼び出され、正月などほとんど家にいた例《ため》しがない人だった。

十六年前、私が高校一年生の時に父は殉職した。聞き込み捜査中、暴走車両に横から突っ込まれたのだ。即死だった。父を轢いた暴走車両を運転していた男は、覚せい剤の常習者だった。

父の遺体と対面することはできなかった。おそらく原形を留めていなかったのだろう。

私は小学生の頃から「警察官になる」と言っていた。柔道を習っていたのも、父の影響だ。悪者を懲らしめる警察官になるのだと父に言うと、「止めておけ」と笑って流していた。今思えば、日々の激務で苦労していたのだろう。

だが父の死を境に、私は父と同じ刑事の道への思いをさらに強くしていった。

柔道にますます励み、大学では全国選手権のベスト8まで進んだ。

警察学校での生活に耐えたのも、交番勤務に精励したのも、刑事になるという強い思いがあったからだ。

刑事ではなく交通警察官として勤める私を見て、父はどう思うだろうか。

生きていたら、どんな言葉を掛けてくれただろうか。

「交通課総務係の脇見警部補か」

本橋が同情を込めて笑う。「交通課にだけは配属されないよう祈る」と言った小山内からの言葉も相まって、私の交通課配属は同期の間では笑い草になっている。

「嫌がらせみたいな人事だよな」

「最初はそう思ったけどな。今ではありがたいぐらいだよ」

「ありがたい？　なぜだ」

「危険運転の代名詞みたいな名前の警察官による交通安全指導。記憶に残り易いだろう」

「相変わらずふてぶてしい奴だな」

交番勤務で緊急事案に対応する時も、交通課で交通安全指導をする時も変わらない。最優先は市民の命や安全だ。

だがそんな当たり前のことも時折、日々の雑事の中で埋もれそうになる。指揮命令系統の遵守、社会的信頼の維持。手段であるはずのものが目的にすり替わってしまう。仕事の真の目的は、簡潔過ぎるからこそ雑事に埋もれやすい。

八年前の夏の日、救えなかった自死者の遺体と対峙して以来、肝に銘じている。

翌週、私は申請書類の処理など溜まっていた事務仕事を片付け、二十時に退庁した。

自宅最寄りの西日暮里駅で降り、ガード下の歩道に差し掛かると、前方から複数の怒声が聞こえてきた。

　チンピラ風の男四名がスーツ姿の男性を取り囲んで暴行を加えていた。

　交番勤務の時代には日常茶飯事だった喧嘩や暴行沙汰《ざた》だが、畑違いの交通課に異動してからは目にしなくなって久しい。

　チンピラ集団の一人が財布の中身を物色していた。

「お、いいもん見っけ！　お金が出てくる魔法のカード〜」

「四桁《けた》の魔法の番号、教えていただけちゃうかな。いくら入ってるか分からないけどさ」

　暴漢たちの一人が銀行のカードの暗証番号を要求している。初老の男性は要求を拒否し「殺したければ、殺すがいい」「さあ、やってみろ」と居直っている。

　初老の男性の安全を確保することが最優先だ。

「何をしている！」

　暴漢たちは一斉にこちらへ顔を向けた。

　私は自分が警察官であることを告げた上で、彼らに男性への暴行を止め、財布を返すよう求めた。

　こんな連中を野放しにするわけにはいかない。

　四人とも手荷物は無し、衣服には刃渡りの長い凶器を収納できるような深いポケットは見当たらない。

　坊主頭の男が摑みかかってきた。隙だらけだ。私は男のみぞおちに拳《こぶし》をめりこませた。

続く巨体の男も、背負い投げの要領でアスファルトに叩き付けた。

警察学校や署の道場での地獄のような逮捕術の稽古《けいこ》と比べれば、緊張感は雲泥の差。

ただ、相手が死なないよう、細心の注意を払って手加減するのみだ。

あと二人。今度は二人がかりで挑んできた。私は二人の拳をかわし、いったん間合いを取った。

その時、坊主頭の男が起き上がって初老の男性を羽交い締めにし、顔にライターを突き付けて言った。

「オッサン燃やすぞ」

私は暴漢たちにもう一度、初老の男性を解放し、財布を返すよう命じた。

連中は私に向かって初老の男性を突き飛ばし、財布を放り投げて逃げていった。

暴漢のうちの一人でも取り押さえるべきところだったが、止むを得ず所管の荒川《あらかわ》署に電話で応援を要請し、自分は初老の男性の安全確保にあたった。

男性の顔には外傷は見当たらないが、スーツが乱れていて、他の部位へ暴行を加えられている可能性があった。

私は初老の男性をすぐ近くの公園へ誘導し、ベンチで休ませた。

「大変でしたね。お祝いの席の帰りですか」

ぐしゃぐしゃになった花束を形ばかり整え、私は訊ねた。

彼は今日、勤めを終えたという。定年退職。六十歳だとすると、小山内や私の父と同じ年代だ。生きていれば。

私は彼に痛むところはないか、どんな仕打ちを受けたかを訊ねた。受け答えはしっかりしていた。念のため病院へ行くよう勧めたが、彼は頑《かたく》なに拒んだ。

受け答えの間、彼は終始、全てを諦めきったような口調だった。

「私など、あのままなぶり殺しにされればよかったんです」

初老の男性は吐き捨てるように言った。

「それは違います」

生きていれば六十一歳だった父や小山内の顔が、私の脳裏をよぎる。

「いやいや……あいにく、死んだって悲しんでくれる身内もおりませんもので」

私は激しく首を横に振った。

八年前の夏の日から、警察官として多くの死を目にしてきた。最初は衝撃を受けたが、仕事柄、どうしても慣れてしまう。だが、何度目にしても慣れることがないのは、嘆き悲しむ家族や友人の姿だ。

亡くなった者も辛かっただろうが、残された者には生きてその死を嘆き、何かできたのではないかと自責する苦しみが続く。

「そんなこと言うものじゃありませんよ、おとうさん」

職務質問などで身に付いた癖でつい「おとうさん」と言ってしまい、はっと口をつぐんだ。

「おとうさんではありません。息子はもう、死にましたから。自ら命を絶ちました」

彼が自暴自棄になっている理由を知り、私は返す言葉を失った。彼が「殺したければ殺すがいい」と言っていたのは、本心だったのかもしれない。長年の勤めを終え、同僚に見送られた後の帰り道、暴漢たちに絡まれ「殺してくれ」という心境になったのだろうか。

「優しい人になりなさい。他人には親切にしなさい。息子には子供の頃、そんなことばかり教えてきました。強くなりなさいとは言ってこなかった」

この初老の男性の佇《たたず》まいから、彼自身も心優しい人間であることは容易に想像できた。

「優しさは、弱さなのでしょうか」

彼は息子を思い出しながら問うているのだろう。だが警察官としての在り方にも繋がる問いに、私は口ごもった。優しいだけの警察官は、弱いと見なされる嫌いがある。だが、一般の人に限って言えば、優しいだけの人間は本当に弱い人間なのだろうか。

「どういうことでしょうか」

私は答えに窮して訊き返した。

「善良であることは人畜無害であることの裏返し、優しさは弱さの裏返しなのかもしれません」

彼は、自死した息子に「強くなれ」と言ってやれなかったことを悔いているようだ。

「優しさだけでは生きていけない。他人を蹴《け》落《お》としてでも勝ち残れ。やられたらやり返せ。小さな頃から、そう教えていればよかったのかもしれません」

優しさだけでは生きていけない。それもまた確かだ。だが、全てではない。

「少なくとも、優しさと弱さは別物だと思います。ええ、違いますよ」

初老の男性は少し目を閉じ、二度、三度と小さく頷いた。

「助けていただいただけでなく、心まで少し救われました」

彼は私に名刺を差し出した。

「私はつい先ほどまで、こちらに勤めておりました」

〈武蔵建設　業務課　事務係長　夏野　泰造〉

その名前を見た瞬間私は、はっと息を飲んだ。

あの夏の日、現場に駆け付けた通報者の男性が、私に向かって叫んだ名前が記憶の彼方《かなた》からはっきりと蘇《よみがえ》った。

〈ナツノは、ナツノはどこですか！〉

もちろん、数えきれぬほどの被害者や自死者の名前を逐一憶えている訳ではない。ただ、彼の名は私の記憶から消えずにずっと残っていた。

この初老の男性は、きっとナツノの父親だろう。それは確信に近い憶測だった。

申し訳ありませんでした。

喉元まで言葉が出かかったが、言えなかった。

ただ、自死した息子の分まで、この先の人生を心安らかに、健やかに生きて欲しいと願うしかなかった。

「あの連中は、必ず捕まえますから」

私は暴漢たちの追尾に戻ったが、事件は既に片が付いていた。彼らは過去にも暴行や窃盗を繰り返しており、荒川署の留置場の常連だったらしい。所管の署員たちの奮闘により、四人の暴漢は全員確保された。


翌日、朝八時二十分、登庁するなり交通課長の蔵本に呼ばれた。

「脇見、ちょっと来い」

また交通講話に対する苦情でも入ったかと身構えつつ、課長席の前へと歩み出る。

「この名前に見覚えがあるだろう」

蔵本はボールペンでメモ用紙に「鈴鳴《すずなり》剛太郎《ごうたろう》」と走り書きした。私が頷くと、蔵本はメモ用紙を細かくちぎってゴミ箱に捨てた。

忘れるはずもない。十六年前、暴走運転で私の父親をボロボロの肉塊にした張本人だ。

「今朝、シャブを買う金欲しさに空巣に入ったところを帰宅した居住者と鉢合わせ、通報を受けた刑事がゲンタイした。発表前だが、お前に知らせて欲しいと言って内々に聞かせてくれた」

三年前に出所したが、結局クスリを止められず、金も尽きたという。

「三係には親父さんと一緒に仕事した奴もいる。二階に行ってみろ」

　二階の捜査三係は、殉職した父の仇《かたき》を検挙し、沸いているという。

「お前の手でワッパを掛けられれば、なおよかったがな」

　蔵本は私の肩をポンと叩いた。

　父親を殺した男が、同僚の手で逮捕された。万歳を叫びたい気持ち、皆に感謝の言葉を伝えたい気持ちが込み上げる。だが、ふと子供の頃に聞いた父の声が胸をよぎった。

〈悪者は決していなくならない。一人を捕まえたら、喜ぶ間もなく次の一人を捕まえに行く。絶対にいなくはならないけど、一人でも減らすために戦うもんだ〉

　警察官になって悪者を懲らしめ、悪者のいない世の中を作りたいと言う小学生の私に、父が掛けた言葉だ。

　今朝の三係は、検挙した男が父の仇だからこそ、喜びに沸いているのだろう。だが本当は、喜びに浸っている暇などないことを、みんな分かっているはずだ。

　一人を捕まえたら、喜ぶ間もなく次の一人を捕まえに行かねばならないのだから。

「空巣に入られた居住者は無事だったのでしょうか」

　蔵本は「え?」と訊き返す。

「居住者は帰宅して被疑者と鉢合わせしたんですよね。無事だったのでしょうか」

「無事だ。居住者本人が取り押さえて通報してきたそうだ」

「そうでしたか。居住者が無事なら、何よりです」

　私はホワイトボードの行動予定表を指した。

〈9：00　夕日デリカフーズ　豊島営業所　交通講話〉

「講話に行ってきます」

「おい、三係には行かなくていいのか」

「私事で三係の公務の邪魔をするわけにはいきません。それに早めに到着して、しっかりと講話の準備をしたいので」

勝手な真似はすんなよ、という蔵本の声を背に私は署を出た。

父が追いかけていた悪者と同じく、交通事故も決してなくなることはない。だが、一件でも事故を減らすために私は戦っている。

池袋警察署交通課総務係の脇見と申します。危険運転の代名詞のようなけしからん名前ですが、どうかご容赦ください。

第五章　美的教員

校門を出てひとつ目の角を曲がったところに、今日も黒いライトバンが停まっていた。私が通り過ぎると、車の扉の開く音。背後に人の気配を感じる。やはり今日もあとを付けられている。私は尾行者との間隔を広げようと、足を速めた。

突きあたりの明治通りまで出れば、人通りが多くなる。逃げ切ろうとしたが、靴の音はだんだん近付いてくる。

振り切れない。街灯の光の下まで進んだところで意を決して立ち止まり、尾行者に向かって踵《きびす》を返した。

「私に何か御用ですか」

暗がりの中、男の影がこちらへ向かってくる。私が立ち止まったのを確認したからか、男は歩調を緩め、私の前で立ち止まった。

「久しぶりですね、セ、ン、セ、イ」

街灯に照らし出されたのは五十がらみの小太りの男。カメラマンや雑誌記者ではなさそうだ。横分けにした前髪を手でなでつけながら、眼鏡越しに上目遣いで私の顔を凝視している。

「ぼくのこと、憶《おぼ》えてないのかな。どうなの、どうなのー？」

「存じ上げませんが」

毅《き》然《ぜん》と振る舞った分だけ声が震えた。

「あ、声変わってない。大人になっても可愛いまま。嬉《うれ》しいなー」

私は膝《ひざ》の震えを悟られまいと、歩道に両足を突っ張った。

「悲しいなー。でも、ぼくはちゃーんと憶えているんだよ」

ねっとりとした目で凝視され、全身に悪寒が走る。足の先から手の指先まで肌が粟立《あわだ》ってゆくのが分かった。

「ねえ、ミクリちゃん」

横分け眼鏡男は勝ち誇ったような笑みを浮かべた。私をこの名前で呼ぶということは、私の過去を知っていることを意味する。

私にとって、決して触れられたくない過去だ。

「人違いではないでしょうか」

「いやいや、ミクリちゃんでしょう」

にじり寄ってくる横分け眼鏡男の顔が、声が、忘れかけていた記憶の断片を急速に呼び覚ます。

「人違いだなんて、学校の先生がそういう嘘をつくのはよくないなあ」

横分け眼鏡男はジャケットの内ポケットからスマートフォンを取り出し、太い指で器用に操作してから私の目の前に掲げた。

「ほら見て、顎《あご》の下のホクロの位置までピッタリ。どう見てもビンゴ！」

液晶のバックライトが闇の中で浮かび上がる。画面には半裸の少女の写真が表示されていた。

スカートを脱いだ少女が、たくし上げたセーラー服を顎と胸の間で挟み、上目遣いでこちらを見ている。

十七歳の時の私。〝ミクリ〟だ。

「立派になったねー。出会った時は、女の子だったのになあ」

横分け眼鏡男はスマートフォンの画面を切り替え、私の目の前に突きつけた。

「いやあ、この記事を見つけた時は、嬉しかったよ」

先月ネットニュースに載った記事だ。

〈美人過ぎる非常勤講師、弱小軽音楽部を全国大会へと導く　池袋女子学院高等学校有村美咲さん〉

音楽室で練習する生徒たちの写真。その写真の隅に、私が写り込んでいる。

「ミクリちゃんの本当の名前、有村美《み》咲《さき》ちゃんっていうんだね。あんなに深いお付き合いだったのに、初めて知ったよ」

「どちらさまでしょうか」

「あら、ぼくのこと忘れちゃった？」

記憶を振り払おうとするほど、かえってトラウマが蘇《よみがえ》る。

「ジュリーだよ。ミクリちゃんのことを一番応援してたジュリーでーす」

漠然とした恐怖が確信に変わった。やはり、あの男だ。

「お会いした記憶がないのですが」

言い切った自分の声は、震えていた。教師は嘘をついてはいけない。そんな気持ちとは裏腹に、私はいま嘘をついている。

「しらを切るなら、ミクリちゃんの写真、どうしちゃおうかなー。たとえ『私じゃない』って言い張っても、見た人は信じないよ。どう見たってそっくりだもん」

横分け眼鏡男・ジュリーはまた勝ち誇った笑みで十七歳の頃の私の画像を差し出す。

「この写真は、有村美咲先生の八年前の姿、ミクリちゃんです。認めるの？　認めないの？　どうなの、どうなのー？　あ、何も答えないということは、認めてくれたんだね」

ジュリーは上目遣いで私をねめ回しながら、にじりよってくる。私は思わず一歩後ずさりする。

「ぼくと仲良くしてくれた子の中でミクリちゃんがずば抜けて可愛かったから、大事にとっておいたんだよ。持っててよかった。こんなにきれいになって、おまけに有名になってくれてプレミアが付いちゃったなあ」

暗がりの中、男が慣れた手つきでスマートフォンの画面を切り替える度、液晶のバックライトに十七歳の半裸の私が映し出される。

「もっとスゴい写真、いっぱい持ってるんだから。ミクリちゃんが、ぼくだけにサービスしてくれた写真。可《か》憐《れん》な有村先生が高校生の時はこんな格好やあんな格好で、おじさんを悩殺してたって知ったら、生徒さんや親御さんたちはどう思うかな」

「恐喝ですか」

「まさか、恐喝だなんて人聞きの悪いことを。こう見えてぼく、お金はそこそこ持ってるからさあ、可愛いミクリちゃんにそんな物騒なことはしないよ。また昔みたいに仲良くしてほしいだけ」

お金で解決できるならそうしてほしいとさえ思う。この男がかつて私に注ぎ込んだ分を返して、過去と一緒に清算してしまいたい。

「とりあえず、連絡先教えてよ」

「教える理由がありません」

「そんなに冷たくするなら、学校に連絡しちゃうよ」

勝手にどうぞ。言い放ってやりたい気持ちとは裏腹に、言葉は声にならない。

「ま、いいや。明日の夜十時までに、このＩＤまで連絡ちょうだいね」

ジュリーは通話アプリのＩＤが書かれたメモ用紙を私に差し出した。受け取ってしまった。

「連絡くれなかったらミクリちゃんのお宝画像、匿名で学校に送っちゃうから。ついでに、世界中にばらまいちゃってもいいかな。どうなの、どうなのー？」

「警察呼びますよ」

「どうして？　連絡さえくれたら何にもしないのに。どうなの、どうなのー？」

どうなの、どうなのー？　この男の口癖が、記憶の奥底からはっきりと蘇り、おぞましさで全身に鳥肌が立つ。

「ミクリちゃんが突然いなくなってから、思ってたんだ。せめて一度『大人をなめると、痛い目に遭う』っていうことを、優しく教えてあげればよかったなあって」

目を逸《そ》らしたら負けだ。なぜかそんな想いで、ジュリーの目を凝視した。

「ごめん、ごめん。怖がらせちゃったかな。大丈夫、まずは連絡さえくれれば、怖いことはしないから。待ってるよ」

ジュリーは捨て台詞《ぜりふ》を残して立ち去っていった。

いつもの帰り道の間、私は触れたくない過去とかけがえのない現在との間を行ったり来たりしながら、半ば放心状態だった。東武東上《とうぶとうじょう》線に乗って大山《おおやま》駅で降り、昔ながらの商店街を通ってワンルームマンションの一室に帰る。

ノートパソコンを開き、自分に関する記事やＳＮＳの投稿を検索する。世間ではこれをエゴサーチというらしい。

検索窓に「有村美咲」と入力し、検索ボタンを押す。

検索順位の一番目には、音楽誌『バンドＢＡＮＧ』のネット版のページが表示される。

〈美人過ぎる非常勤講師、弱小軽音楽部を全国大会へと導く　池袋女子学院高等学校
有村美咲さん〉

　悪夢はこの記事から始まった。

〈全国高校生軽音楽フェスティバル、関東ブロック代表・池袋女子学院『ブクロ少女』。

彼女たちは大阪城音楽堂での決勝大会を一ヵ月後に控えている。

部員が少なく廃部寸前だった池袋女子学院の軽音楽部。その弱小軽音楽部を体当たりの指導で全国大会へと導いたのが有村美咲先生（二十五歳）だ。英語を担当する有村先生は、二年前に生徒たちに請われて軽音楽部の顧問に着任した〉

　こんな書き出しで始まる取材記事。主役であるはずのバンドメンバーに触れているのは冒頭だけ。その後は延々と私に関する話が続く。取材終了後に部室の隅で立ち話程度に話したことが、何倍にも誇張されて記されている。

　この記事を初めて見た時、私は唖然《あぜん》とした。

　まるで私の特集記事だ。

　バンドのプロフィール写真には、音楽室で演奏する彼女たちと、隅に写り込んでしまった私の姿。

　この写真と記事がＳＮＳで急速に拡散され、学校に私への取材依頼が殺到したのだ。

また検索エンジンの画面に戻り、注意深く記事を確認する。検索順位の上位に、昨日とは違う記事があった。

〈【朗報】美人過ぎる非常勤講師・有村美咲さんがマジで美人過ぎる件〉

匿名掲示板に、また新しいスレッドが設けられている。

〈ネタかと思ったらマジで美人過ぎてワロタ〉

〈俺も教わりたい。女子校の教師にしとくにはもったいないんご〉

〈ギターになって弾かれたい〉

〈いや、俺のドラムスティックを……以下略〉

卑猥《ひわい》な言葉もちりばめられていて見るに堪えないが、くまなくチェックする。目的はただひとつ。あの過去に触れられていないか。強迫観念に追い立てられるように、私は画面をスクロールさせる。二百件近くのコメントを流して読んだところで、マウスのホイールを回す手が反射的に止まった。

〈有村の中学時代の卒アル晒《さら》すよ〉

過去の私だ。身体の芯《しん》が不快な熱を帯び、息が苦しくなる。

本当に卒業アルバムの私の写真が貼られていた。つまらなそうな顔で写る私の写真の下に「有村美咲」と記されている。

卒業アルバムの出現に、コメントがずらりと並ぶ。

〈すげえ。クールビューティーだ〉

〈中学生の頃からお顔が完成されていらっしゃる〉

〈有村美咲先生はどんな中学生だった？　教えてクレオパトラ〉

〈親父がでかい会社のお偉いさんだったらしく、オーストラリアからの帰国子女。転校してきた時はどえらい可愛い子が来たと、男子はみんな大騒ぎ。でも、つんつんして近寄りがたい存在だった。部活とかもやってなかったし、友達とか作らない感じだったね。授業中はほとんど寝てたけど成績は良かった。女子からは嫌われてた〉

〈帰宅部かよ〉

〈そう。あからさまに学校には興味なしって感じだった。確か、外で音楽活動をやっているとかいう噂だったが〉

〈そこのところ、詳細をもっと〉

〈すまん。あの子、学校の人間とはほとんど交流がなかったから、詳細は知らん。バンドか何かやってたらしいという噂〉

少し違っているが、おおむね合っている。

もしもこの匿名掲示板のスレッドに、十七歳の私の半裸の写真が晒されたら……。想像するだけでも胸が押しつぶされそうで、叫び出したくなる。

百歩譲って、現在の私自身のことを貶《おとし》めて書かれるのはまだ構わない。

でも私の過去のために、生徒たちの晴れ舞台に水を差すわけにはいかない。ましてや、出場できなくなったりしたら、彼女たちも私も一生後悔するだろう。

ジュリーに手渡されたメモ用紙をテーブルの上に置き、考え込む。連絡をするだけだ。そう自分に言い聞かせ、スマートフォンからジュリーにメッセージを送信した。

〈先ほどお会いした者です。連絡しました〉

スマートフォンをポケットにしまおうとするが、すぐに着信があった。

〈ミクリちゃん、嬉しいな。明日の夜十九時にこの店に来てね〉

池袋駅近くのイタリアンレストランのアドレスが貼られている。

〈お会いするつもりはありません。ただ連絡しただけです〉

〈冷たいなあ。ご飯を食べるだけだから。ごちそうするよ。ミクリちゃんと久しぶりに会えた記念に〉

〈結構です。お断りします〉

〈だめ。来なかったら、お仕置きだからね☆〉

一睡もできないまま空は白み、カーテンの隙間から初夏の陽光が射し込んできた。白無地の半袖《はんそで》開襟シャツと綿パンに着替え、後ろ髪を黒の髪ゴムで乱暴に束ねる。キャップを目深に被《かぶ》り、マスクを着けて出掛けた。

東武東上線の車内で写真週刊誌の中吊《なかづ》りを見上げ、自分の名が載っていないのを確認する。さすがに自意識過剰ではないかと自問するが、気になる。

六時半に池袋駅に到着し、東口から明治通りをまっすぐ進む。首都高速道路の高架下をくぐって右へ曲がり、住宅街に入る。ここから急に人通りが少なくなる。校門が近付くに連れ、緊張が高まる。ここ最近、見知らぬ男性から急にカメラを向けられることが度々ある。

今日は大丈夫そうだ。安心しかけたその時だった。

「有村先生！」

野太い声で呼ばれ、びくりとする。思わず声の方向へ振り返ると、道の向こう側で近くの男子校の生徒が七、八人、大騒ぎを始めた。

生徒たちは、道の向こう側からぞろぞろとこちら側へ渡ってきた。

「握手してください」

私は小走りで校門の中へ入ろうとする。でもあっという間に男子高校生たちから取り囲まれた。「ファンです」「ハグしてください」「付き合ってください」。口々に言いながら、彼らは囲いの輪を狭めてくる。

「おい、お前、どさくさにまぎれて触るなよ」

男子高校生の一人が声を荒らげた。確かに、誰かの手が私の腰のあたりに触れた。

「止めなさい！　度が過ぎると犯罪になりますよ」

欲望に目を血走らせたおじさんのような真似は止めなさい。そんな気持ちとは裏腹に、自らの過去が私に問いかけてくる。彼らを叱り付ける資格などあるのか。もっとひどいことをしていたではないか。

囲いの輪を解いた男子高校生たちの間を、私は小走りですり抜けた。

校門をくぐると、彼女たちの音が、彼女たちの声が、アップテンポの軽快なエイトビートに乗って聞こえてきた。

ブクロ少女のオリジナル曲『マイ・サンシャイン』。

愛《あい》、千里《ちさと》、奈々子《ななこ》、沙耶《さや》。四人がセッションを繰り返しながらみんなで作った曲。演奏のアレンジに私が手を入れ、爽《さわ》やかなポップソングになった。私はこの曲が大好きだ。

昇降口から階段を上り、第二音楽室へと続く廊下を歩いてゆくと、聞こえてくる音がだんだんと大きくなる。

サビのところで沙耶のドラムがほんの少しだけモタついた。奈々子のベースラインも寄り添うように少し崩れる。気分屋な千里のリードギターは絶好調のようだ。ギターボーカルの愛の澄んだ歌声は、楽器の音に埋もれることなく響き渡る。

しばらく部室の前の廊下で待ち、曲が終わると同時に扉を開けた。

「うわっ、先生、なにその格好。ヤバくないですか？　怪しい人みたい」

千里が私の顔を見るなり指を差してくる。

音に聞き入りながら歩いてきたばかりに、帽子とマスクを外し忘れていた。私は「ちょっと風邪気味でさ」と笑って言い訳をし、慌ててマスクを外した。

「風邪と帽子は関係なくないですか？」

「あ、ああ、陽射しが強いからね。帽子も被っておかないと」

苦しい言い訳をしていると、しっかり者のベース・奈々子が「先生、いいからさ」と私をかばうようにして割って入った。

「先生は有名人になっちゃったからさ、用心しなきゃいけないんだよね」

「有名人だなんて大げさな。一部の人たちが面白がってるだけよ。それもどうせ、ほんの一時だけだから」

私は軽い調子で笑い飛ばしてみせる。

「うちらが神がかった演奏して優勝でもすればいいんじゃね？　そうすればさすがに先生ばっかじゃなくて、うちらにも注目するっしょ」

千里は自信家だ。本気で優勝を確信している。

「いやいや、ていうか、そんなことになったら次は『美人過ぎる非常勤講師　弱小軽音楽部で全国制覇』でもっとヤバいことになるよ。どうしよう！」

おどける沙耶に、他の三人が「優勝してから悩め！」と突っ込む。

四人ともひとしきり笑うと、ギターボーカルの愛が「さて、もう一回やりますか」と仕切り直す。他の三人が「やろう、やろう」と呼応する。

ドラムの沙耶を中心に、四人が輪になって向き合う。これが彼女たちのいつもの練習スタイルだ。

「こうやって現役で朝練やるのも、あと半月ちょっとなんだね」

顔を見合わせ、愛がしみじみと呟《つぶや》いた。それから愛は、私のほうへ向き直って言った。

「美咲せんせ、ありがとうございます」

愛に続いて、他の三人も「ありがとうございます」と楽器を手にしたまま私に向かって頭を下げた。

「どうしたの、急に改まって」

「いや、うちらさ、先生と出会えてよかったなって思って」

千里がギターのストラップをもじもじといじりながら言った。

「先生と出会ってなかったら、ここまで来てなかったから。ていうか、軽音楽部を続けられるかも分からなかった」

先生と出会えてよかった。

涙が危うくこぼれそうになるのを、目を見開いてなんとかこらえた。

「やばい、もしかして美咲先生、感動してる？」

沙耶が私を冷やかし、また四人が笑いだす。

「感傷にひたるのは決勝が終わってから！」

私はパンとひとつ手を打って、練習再開を促した。

「あ、そうだ。次の演奏を始める前に確認しよう。先生、さっきの演奏で気になったところはありますか？」

真面目な奈々子が私に助言を求める。私は少し考える。ドラムがモタついたところがあった。伝えようとして、止めた。

「うちのドラム、テンポがブレてませんでした？」

沙耶の問いかけに他の三人が「そうだね」と呼応する。さすがだ。演奏のまずかった点は自分たちで分かるのだ。

「少しだけね。でも、ここまで来たら、細かいところは気にしない。とにかく、楽しんで本番を迎えよう！」

私の激励に沙耶が「よし、練習再開」と応じ、ドラムスティックを四回打ち鳴らしてカウントを取る。やや走り気味に『マイ・サンシャイン』の旋律が流れ出す。

四人は朝の時間の許す限り、飽きることなく同じ曲を繰り返し練習し続けた。大会が終わるまでは、この子たちに絶対に悲しい思いはさせない。

職員室に入ると、学年主任の長浜《ながはま》が受話器を突き付けてきた。

「有村先生、東京モデルプレスのタカハシさんという方からお電話ですが」

昨日も電話をかけてきた記者だ。

「どうしますか」

「席を外していると伝えていただけないでしょうか」

「居留守を使ったらまたかかってくるでしょう。ご自分でなんとかしていただけますか」

電話に出ると、昨日と同じ『街角モデル』というコーナーの一環で、校舎で写真を撮らせて欲しいという依頼だった。丁重に断り、電話を切った。

「引く手あまたで結構なことですね」

長浜の険のある声が飛んでくる。ここ一週間、仕事とは関係のない私宛ての電話が頻繁にかかってきている。苛立《いらだ》つのは無理もない。

「長浜先生、申し訳ありません」

「この機会を利用してモデルかタレントにでも転身するおつもりですか」

「いいえ、そんなことは絶対にありません」

思わず語気が強くなった。自分なりに覚悟を持って教師の仕事に励んでいる。

この日の授業は五時限中四コマ。英語教育に力を入れる池袋女子学院は、英語の授業時間が他の私立高校に比べて多い。受験で結果を出すだけでなく、使える英語を身に付けるという理念のもと、実践的な会話を追求する。帰国子女の私が非常勤講師として採用されたのも、そのためだ。

どのクラスも週に一コマは、英語だけで話す時間が設けられている。生徒同士の会話演習を挟みながら授業を進めるのだが、上手《うま》く導かないと締まりのない演習になり、たちまち授業が崩壊してしまう。だから教材の予習や進行のシミュレーションなど、事前準備は欠かせない。

今年の四月からは一年生のクラスの担任を持つようになり、授業以外の仕事が急激に増えた。授業のない時間も、保護者からのメールへの対応など、雑多な業務に追われる。

授業を終え、中学三年生向けの学校説明会のパンフレットをチェックしていると、ブクロ少女の四人が職員室に入ってきた。

「美咲先生、行きますよー」

放課後に彼女たちと池袋警察署へ道路使用許可申請の相談に行く約束だった。全国大会の前に西口の五叉路《ごさろ》の歩道で演奏したいという。路上演奏のための許可申請だ。

「ごめん、すっかり忘れてた。行こうか」

彼女たちは二週間前、私に内緒で、五叉路の歩道にポータブルアンプとミニドラムセットを持ち込み、自分たちの曲を演奏した。通りすがりの人がどれぐらい足を止めてくれるか試したい思いと、全国大会出場を池袋の街の人たちに報告したい思いから、路上ライブを敢行したのだという。苦情が入って警察官に止められたと後で聞き、私は彼女たちを叱った。

もしものことがあって、全国大会へ出られなくなったらどうするのだ、と。

すると「今度はきちんと警察の許可を取って演奏したい」と言い出した。

インターネットで少し調べてみたが、個人的な路上演奏に警察からの道路使用許可が下りることはほとんどないようだった。それでも彼女たちは「聞いてみなければ分からない」と言う。

警察署へ歩いていく道すがら、四人は「みんなでお願いすれば聞いてくれるって」と根拠のない自信に満ちていた。

制服姿で楽器を担いだ少女たちは、警察署に入ると中をキョロキョロと見回した。

「警察署って、初めて入ったかも！」

「千里は、将来なにかやらかしてお世話になるかもしれないよ、あはは」

交通課の窓口で、若い男性警察官が対応してくれた。路上演奏のために道路使用許可申請をしたいことを伝えると、やはり難しい反応が返ってきた。

「音を小さめに絞ります」

「人通りの邪魔にならないように演奏しますから」

ブクロ少女の面々は、口々に懇願する。

若い男性警察官が申し訳なさそうに事情を説明するが、彼女たちは諦《あきら》めきれない。すると、後ろから先輩格らしき男性警察官がフォローしてくれた。「個人的には応援したい」「全国大会頑張ってください」。管轄区域の情報として把握していたのだろうか。彼は池袋女子学院が全国大会に出場することを知っていたようだ。丁寧にフォローしてくれたおかげで、彼女たちは納得した様子だった。

警察署を出ると、彼女たちは「ちょっと、ちょっと」と俄《にわ》かにはしゃぎ始めた。

「さっきの警察官の人、名札見たら『脇見』って書いてあったんだけど」

「やっぱ、そう書いてあったよね。脇見って、脇見運転の脇見じゃん。まじウケる！」

許可はもらえなかったけれど、みんな自分たちのことをフォローしてくれた『脇見さん』に親近感を抱いたらしい。

学校の音楽室が使えない今日は、池袋の練習スタジオで自主練習。彼女たちはすがすがしい表情で警察署を後にし、スタジオへと向かっていった。

私は、ブクロ少女の面々と別れた後、すぐに学校へ戻った。

十六時からの職員会議では、来月開催の学校説明会の役割分担が決まった。私は軽音楽部の活動について十分間話すことになった。学校は私の悪目立ちを快く思っていないが、一方で、全国大会出場を果たした軽音楽部の実績は、来年度の入学生確保の好材料になると考えたらしい。

職員会議が終わった頃には十七時を回っていた。まだ今日のうちにやっておかねばならない残務がある。

私はスマートフォンを取り出し、通話アプリでジュリーにメッセージを送った。

〈今日の待ち合わせ時間ですが、二時間遅くしていただくことはできないでしょうか〉

〈ミクリちゃん、どうしたの？〉

〈仕事が立て込んでいるので、二十一時でいかがでしょう〉

〈了解。いっそ朝まで一緒にいてもいいよ。なんちゃって☆〉

理不尽だが私は今、背負った過去を暴かれたくないばかりに、ジュリーに支配されている。

中間試験の採点を終え、生徒たちの点数を取りまとめているうちに、あっという間に二十時を回っていた。

朝からまとまった休息が取れていなかったため、身体の芯から疲れていた。授業やその準備といった通常業務の他にも、大小の仕事に追われている。特に部活の顧問としての仕事は平日朝と夕方の練習や休日の大会引率などで、時間外勤務の大きな部分を占めていた。

まだブクロ少女の音源をチェックし、コメントを送るという日課がある。スマートフォンからデータ共有ソフトにアップされた今日の演奏音源にアクセスし、イヤホンで聴く。冒頭、演奏を始める前の四人の会話が聞こえる。

次のテイクを美咲先生に聴いてもらおう。今日のベストテイクにしよう。そんなことを口々に言い合っている。

彼女たちの曲を聴く度に、軽音楽部の顧問を引き受けてよかったと思える。

そして、私もこんな風に音楽と向き合えていたならばよかったと、少しうらやましく、泣きたいような気持ちにもなる。

〈ベースの音がいつもより丸過ぎる感じがしたから、本番に向けて音作りに気を付けて。千里のリードギターは絶好調だね。ドラムはテンポもリズムもＯＫだけど、バスの踏み込みがもう少し。ボーカルは全体的にほんの少し低めにずれてる。モニターで自分の声が返ってくるよう、本番前のリハーサルをぬかりなく〉

入力すると〈よっ、名コーチ〉というコメントがすぐに返ってきた。

全国大会へ導いたのは私ではない。彼女たち自身の、素直に音楽を楽しむ心だ。

私はただ毎日、彼女たちの音楽に寄り添いたいと思ってやってきただけだ。少しずつでも上手くなれば、音楽はもっと楽しくなるはず。それを一緒に感じたくて、毎日の練習を積み重ねてきた結果、彼女たちが自らを全国レベルへと引き上げた。

職員室の電話がまた鳴った。

帰り支度をしていた学年主任の長浜は「あなたが電話を取りなさい」といった体で、電話機を指差している。

受話器を上げて応答するなり〈あ、出た！〉という男性の声が聞こえた。

〈あ、もしもし、有村さん？　俺、一緒のクラスだったヤマダだけど〉

真偽のほどは定かでない。ヤマダと名乗っているのも、適当な偽名かもしれない。ただの悪戯《いたずら》電話かと、内心ほっとした。ここのところ私宛ての電話が山ほどかかってくるため、感覚が麻痺《まひ》していた。悪戯電話であれば対応する必要もなく、電話を切ればよい。

「どちらのヤマダさんでしょうか」

〈棚丘《たなおか》高校のヤマダだよ〉

受話器を持つ手が震えた。通っていた高校名まで特定されている。恐怖のあまり私は受話器を置いた。

まさかと思いスマートフォンを取り出し、巨大匿名掲示板で自分の名前を検索した。昨夜確認したスレッドの投稿数が物凄《ものすご》い勢いで伸びていた。

〈有村美咲先生の高校時代の卒アルだよ〉

やっぱり、やられていた。私の卒業写真が名前入りでネット上にアップされていた。

〈中学の卒アルと違って柔らかい笑顔やな……。やはり美し過ぎる〉

〈よく分からんが、悟りか何か開いてらっしゃるの？〉

忌わしい過去からいったん解き放たれた後の私だ。

〈ビフォアアフターで並べてみた〉

ご丁寧に、中学時代と高校時代の卒業アルバムの私の写真が並んで晒されていた。十五歳の私と十八歳の私。この二つの写真の間に、絶対に知られてはいけない過去が横たわっている。

俄かに、ジュリーの勝ち誇った顔が脳裏に浮かび上がってくる。早く行かなければ。残務に見切りをつけて校舎を後にし、約束の店へと急いだ。

二十一時過ぎ、ジュリーが指定した店に到着。女性店員に待ち合わせの旨を告げると予約者の名前を訊《たず》ねられた。本名を知らないため「横分けで眼鏡をかけた男性はいますか」と聞き返すと、怪《け》訝《げん》な顔をされた。

ジュリーは店の奥の半個室のボックス席で待っていた。

「さあ、再会を祝ってごちそうするから、食べて食べて」

「遠慮させていただきます。お水だけで結構です」

最低限の約束だけは守り、できる限り不服従を貫く。私は椅子に浅く腰掛け、コップの水をひと口飲んだ。

「食べてくれないと、どうしちゃおうっかなあ。さあ、注文しよう」

ジュリーは『カップルコース』と記された二人前のコースメニューを手にしていた。コースなどを注文されれば、おぞましい時間が長引くことになる。私は通常メニューを開き、ほとんど見ることもなく、カルボナーラの単品を選んだ。

私は、できるだけ食事を短く切り上げるため、カルボナーラを手早く平らげた。
昔の思い出話を繰り返すジュリーに相槌《あいづち》を打つこともなく、ひたすら食べ、五分も経たないうちに食べ終えた。

「ごちそうさまでした。では、失礼します」

テーブルに千円札を二枚置いて席を立とうとすると、ジュリーが私より先に素早く席を立った。

「ちょっと待って、ミクリちゃん」

ジュリーはこちらの席に回り込み、私の左隣に座った。壁が右側にあるため、外へ出られない。

「いひひ、横並びで座るとなんだか、カップルみたいだね」

「触ったら、声を上げますよ」

「そんなことしないから大丈夫。ひとつお願いがあるんだ」

いやらしい笑みを浮かべ、ジュリーは耳元で囁《ささや》いた。

「昔みたいに、パンツを売ってくれないかな」

「なんのことでしょうか」

「また、とぼけちゃって。ぼくの車の中で、目の前で脱いで渡してくれたでしょう。夏の暑い日に一日中穿《は》いてた、使用済のほかほかパンツ」

そう言ってジュリーは私の使っていたフォークを手に取った。フォークの先を口に含んで出し入れし、ホワイトソースを舐《な》め回した。

あまりの嫌悪感に激しい吐き気を催し、すんでのところでこらえた。

「約束通り、触ってないでしょ？　どうなの、どうなのー？」

とにかく席を立ってこの場を立ち去りたい。

「お手洗いへ行きたいので、通していただけますか」

「お、リクエストに応《こた》えてくれる気になった？」

「おっしゃっている意味が分かりませんが」

「トイレで脱いできてくれるんでしょう」

ジュリーは声を潜め、私の反応を楽しむかのように顔を覗《のぞ》き込んでくる。

「有村先生の、汗とかおしっこの付いたパンツ、売って欲しいな。三万でどう？」

「もうあなたとお話しすることはありませんので、帰らせてください」

「つれないなあ。でも、今度は簡単に逃がさないからね。ミクリちゃん、逃げ切ったと思ってたでしょう。どうなの、どうなのー？」

そうかもしれない。時の流れが全てを洗い流してくれると信じていた。

「あんなに仲良くしてたミクリちゃんが急に音信不通になって、裏切られたみたいで悔しかったなあ。この写真だって、すぐにばらまいてやってもよかったんだ。でもね、ぼくは使わずに大切に持っていた。なんでか分かる？」

　ジュリーはスマートフォンを手に取り、十七歳の頃の私の写真を表示させた。

「株や投資と同じ。一番いい売り時が来るまで、待つの。分かるかな」

「そういったお話には興味ありません。帰ります」

　ジュリーは「いいねえ、先生の毅然とした態度。興奮しちゃうなー」と鼻で嗤《わら》った。

「有村美咲先生、二十五歳か。大人になったつもりかもしれないけど、ぼくから見たらまだまだ、こ、ど、も。お小遣いあげたら言うこと聞いてくれてた十七歳のミクリちゃんと、なーんにも変わってないよ」

　お小遣いが欲しくて言うことを聞いたのではない。私の動機はもっと不純だった。

「分かる？　大人をなめると痛い目に遭うんだよ。でもさ、できればぼくも、痛いことはしたくないな～。ミクリちゃんだって、痛いことされたくないでしょう。どうなの、どうなのー？」

「何を要求されているのでしょうか」

　八年の時を経てわざわざ私の前に再び現れ、過去の恥ずかしい写真をちらつかせ、接触を求めてくる。

「やだなあ、記事を見て嬉しくなって、会いたくなっただけだよ。うーん、でも『何を要求されているのでしょうか』なんてズバリ訊《き》かれちゃうと、困っちゃうなあ……」

　今の私を脅かして手に入れたいものは何だ。欲望の正体は何だ。

「じゃあたとえば、ひと晩だけ付き合ってくれたら何もしないよ。ワンナイト・アバンチュール、チュールチュルっと」

それならば死んだほうがマシです。喉元《のどもと》まで出かかり、はっと口をつぐんだ。

「なんちゃって、冗談だよ、このチャットサービスで話すだけ」

ジュリーが差し出したメモ用紙には、ミミズの這《は》ったような字でチャットサービスの名前とID番号が記されていた。WEBカメラを使ったライブチャットだ。

「そういったものは使わないので、よく分かりません」

「嘘はよくないなあ。昔はいろんなおじさんたちとチャットして稼いでたのに。相手してくれないと、どうしようかなあ」

余裕の笑みを浮かべるジュリー。メモ用紙をテーブルの私の前へと滑らせてくる。私は拒む気持ちと裏腹にそれを手に取り、ポケットにしまった。

「最近、仕事が立て込んで忙しいもので」

「忙しいからこそ、チャットで話そうって言ってるの。夜中でも、お互い自分の部屋で誰にも邪魔されずに会えるでしょう。昔みたいにね。どうなの、どうなのー？」

こうやって要求を少しずつエスカレートさせていくのが、ジュリーの手口だ。

「ところでミクリちゃんさ、高校生の時にアイドル活動をやってたこと、生徒さんたちには話してあげてる？　バンドの子たちも、きっと参考になるんじゃない？　どうなの、どうなのー？」

ジュリーは私をいたぶるように訊ねてくる。

「ねえ、女子高生地下アイドルのトップスター、ミクリちゃん」

触れられたくない過去の最も芯の部分を知っているかのように、ジュリーは言った。

その言葉は、どんな卑劣な言葉よりも私を痛めつけた。

私はハンドバッグを手に取り、テーブルの下にもぐって向こう側へ抜けた。一刻も早くこの場を立ち去りたくて、店の出口へと小走りで駆けた。

後ろから「あら、怒らせちゃってごめんね」という軽薄な声が聞こえる。

「明日の夜、チャットルームに来るんだよ！」

きっと私はまた明日の夜、不服従の意思表示をしながらも、ジュリーの指示に従いチャットルームの鍵《かぎ》を開けるのだろう。

あの過去さえなければ……。後悔ばかりが頭の中をぐるぐると巡り、情けなくなる。

外の駐車場に、ジュリーのライトバンが停まっていた。私は咄嗟《とっさ》にスマートフォンのカメラでライトバンのナンバープレートを撮影した。

ジュリーと別れて帰宅後、いつものように匿名掲示板をパトロールした。

美人過ぎる非常勤講師という言葉が独り歩きし、ネット上の騒ぎはまだ続いている。

女子高生地下アイドル・ミクリとして活動していた過去が晒されていないか、くまなく確認する。夢を追いかけていたのに、無知だったばかりに道を踏み外してゆく日々だった。

〈そこのアイドル顔負けだな〉

〈じきにスカウトされたりして〉

アイドル、スカウト。触れられたくない過去にひたひたと魔の手が忍び寄ってくるような気がして、息が苦しくなる。

小さな頃から歌手になりたかった。

父親の仕事の都合上、小学生の後半三年間はオーストラリアのシドニーで暮らし、不自由なく育ったが、父親は仕事で飛びまわって家にいない上、子供の私にも分かるぐらい常に他の女性の影がちらつく人だった。母親も奔放な人で、シドニーから東京に戻ると、顔だけが取り柄のような若い男を公然と家に連れてくるようになった。

私は両親から、愛情以外の多くのものを与えられて育ってきた。

家の離れに与えられた自分の部屋で歌を作り、レコーディングするのが私の心の支えだった。たくさんのオーディションに音源を送り、声が掛かるのを待った。

高校生になってからは時折、池袋のライブハウスで歌った。

老舗《しにせ》のライブハウスのオーディションに合格し、週一回キーボードの弾き語りで歌うようになった。高校二年生になったばかりのある日、出演後の小さな楽屋で、レコード会社の社長を名乗る男から名刺を手渡された。

社長は、小さなレーベルだが売り出し中のアイドルを何組か抱えていて、メジャーデビューをバックアップしていると熱く語った。

小さなレーベルとはいえ、自分の曲がプロの目に留まってスカウトされた。天にも昇る心地だった。

〈小さな場所でのアイドル活動からスタートしてファンを増やすやり方が成功を収めている。地道なライブとファンサービスが報われる時代なんだ〉

その日から私はミクリという芸名でレーベルに所属して活動することとなった。

学校が終わると池袋へ直行し、ステージに上がる毎日が始まった。

ミクリのデビュー曲『ときめきシンドローム』はディスコ調のポップソング。事務所の作曲家が書きおろしたものだと言われた。自作の曲を歌いたいと社長にお願いしてみたが、提供された曲を歌いこなすことから始めようと諭された。

甘ったるい歌詞とメロディで、最初は歌うのが恥ずかしかったが、演じて歌い切るのがプロだと自分に言い聞かせた。

こうして私はアイドル・ミクリを演じるようになっていった。自分ではない自分になれた気がした。歌と踊りのレッスンを受けながら、夢への階段を少しずつ昇っている実感があった。

ステージは池袋の外れにある雑居ビルの地下のライブハウスで、毎日四、五組のアイドルグループが出演していた。

共通していたのは全員、現役の女子高校生だったということ。

ライブに来るファンの多くは中年の男性で、週に三回以上足を運ぶ常連もたくさんいた。ただ、よくテレビで取り上げられるアイドルオタクという人たちとは違っていた。ステージに向かって踊ったり叫んだりするイメージとはかけ離れた、仕事帰りらしきスーツ姿の男性が多く、ほとんどの人が一人で来ていた。出演したアイドルが代わる代わるステージに上がり、その周りを、カメラを持ったファンが取り囲む。撮影会の参加券は十五分で三千円。

私は、撮影会で大勢の男性に取り囲まれるようになった。

〈ミクリちゃん、こっち向いて〉

〈ミクリちゃん、こっちにも視線ちょうだい〉

猥褻《わいせつ》なポーズを要求するファンに対しては、その場で運営スタッフが厳重に注意した。ちゃんと守られていると感じた。

ただ、金銭面に関しては最初から不信感を抱いていた。レッスン料の名目で公演収入はほとんどピン撥《は》ねされ、ただ働き同然だった。

それでも、夢のためならばと自分に言い聞かせ、日々頑張った。

撮影会が終わると、特別ファンサービスのメニューが設定された。

特別ファンサービスのテーマは「二人きりの時間」だった。

〈ミクリちゃんと二人きりでお話ししたい方はチケットをお求めください！〉

客席の隅に設けられたブースに行列ができた。ファンはアフターサービスチケットと称したチケットを買い求めた。ライブのチケットは三千円なのに、ミクリのアフターサービスチケットには一万円もの値が付いた。

私は雑居ビルの地下のステージからそのままの衣裳《いしょう》で一階の事務所へ連れて行かれ、二畳ぐらいの狭い部屋に入れられた。ノートパソコンが一台置かれていた。

画面の向こうには、一番乗りでアフターサービスチケットを購入したというファンの男性が待っていた。

君と五分間話すために一万円払っているんだ。

改めてそう言われ、信じられなかった。

私のアフターサービスチケットは恐ろしいぐらい売れた。画面を通して五分間ずつ、代わる代わるファンの男性と話をした。

なぜたった五分間がこんな値段で売れるのか、私には分からなかった。ただ大人たちの差配に従って、私は高額な商品となっていった。

なぜみんなこんなにお金を払うのか。社長に訊ねたことがあった。

〈アイドルとしてステージに立つ。それだけで価値が生まれるんだ〉

この時、まだ社長の考えている「価値」が何なのか、私は知らなかった。

社長は、手が届きそうで届かない隔たりこそがファンの心に憧《あこが》れを宿し、その憧れを売ることがつまりは「夢を売る」ということなのだと私たちに説いた。

女子高生であること、アイドルであること。それが彼らにとってかけがえのない価値であり、憧れであり、夢なのだと諭された。

ファンサービスとレッスン料を稼ぐためと言い含められ、パソコンの画面越しに、ファンの男と毎日話した。

ファンとの絆《きずな》を深めるための大事な仕事だ。ファンたちにとって、君たちと一対一でお話しできる時間が至福の時間なのだ。プロのエンタテイナーになるための訓練にもなると言われ、私もそう信じてやってきた。

夜ごと『ときめきシンドローム』一曲を二回繰り返して歌っては、アフターサービスにどっぷりと浸《つ》かる日々。

一日で平均二十万円を売り上げたミクリのアフターサービスに、ある日、新しいメニューが設定された。

〈二人きりの撮影会。ミクリちゃんを独占してみませんか？〉

ミクリのプラチナ撮影会には十五分で三万円の値が付いた。

さすがに売れるはずがないと確信した。売れて欲しくないとさえ思った。しかし結果として、私は自分の十五分間が三万円で売れることを知った。

事務所の別室で男の人と二人きりにされ、カメラを向けられた。きわどいポーズを要求されても、今度は誰も止めに入ってくれなかった。

特別サービスに惜しげもなく金を落としてゆく男たち。

その中で、ジュリーと名乗る横分け眼鏡の男は、何をして稼いでいるのか分からないが、とにかく羽振りがよかった。

初めて訪れた日、ジュリーは他の客をかき分けて言った。

〈十万円出すから、ミクリちゃんの三十分をくれるかな。どうなの、どうなのー？〉

運営スタッフはこの申し出に簡単に応じてしまった。二人で個室に入ると、ジュリーは見るからに高級なカメラで、ひたすら私を撮り続けた。

ジュリーはしばらくするとカメラを置き、それから突然、何食わぬ顔でズボンを脱ぎ、パンツを下ろし始めた。

〈見てるだけでいいから〉

助けて。

防犯カメラに向かって声を出さずに私は懇願した。運営のスタッフが駆け付けてくれるはずだった。だが、来ない。

〈運営の人たちには言ってあるんだ。ミクリちゃんには触らないから、それ以外は好きにさせて欲しいって〉

ジュリーが自分の右手で果てるまでの間、私は目を逸らし続けた。その様子を見たジュリーは「いいねえ」「すごく可愛いよ」とますます興奮するばかりだった。

吐きそうになるのをこらえながら、三十分間のプラチナ撮影会を終えた。支払われた対価の分だけファンのリクエストに応えるのがプロだと叩き込まれていた私は、我慢した。私はその夜、社長に恐る恐る訊ねた。

〈私がされていることは、いんこう、というのではないですか？〉

社長は優しげな笑みを浮かべて答えた。「大丈夫。君には指一本たりとも触れさせないから。君はただファンの側で優しく見守っている。それだけだ」と。

その後もジュリーは度々ライブに訪れては、プラチナ撮影会で必ず私を指名した。

少し脱いでみせてほしい。次は胸までシャツをたくし上げてほしい。惜しげもなく金を積みながら少しずつエスカレートしていくジュリーの要求に、感覚が麻痺していた。

そればかりか、ある日、社長から信じられない指示を受けた。

〈ミクリちゃんはステージ出演を免除するから、撮影会のほうに専念して〉

歌手になりたかった。その夢に向かっているはずだったのに、いつの間にか中年男に半裸の写真を撮らせるだけの少女になっていた。

〈君はもうわざわざステージに立ってアイドルという箔《はく》を付けなくても、十分な価値を付けられるから〉

道を踏み外したことに気付くまで三ヵ月かかった。いや、きっと早くから気付いていたけれど認めたくなかったのだと思う。夢を追いかけていたのにいつの間にか道を踏み外してしまった事実を、認めたくなかったのだ。

社長に「私を育てて、メジャーにしてくれるのではなかったのか」と訊ねた。

〈君みたいな大切な子を手放すわけないだろう。うちの稼ぎ頭なんだから〉

自分で作った曲を歌わせてほしい。せめてもの願いを伝えた。三ヵ月間、与えられた曲を二回歌うだけのステージで何の変化もない。十分間のステージの後には三時間にも及ぶチャットや撮影会などのファンサービス。夢のためと言い聞かせて自らを欺いてきたが、搾取されるばかりの日々がいつまで続くのか。せめて自分の曲を歌わせてもらえたらというかすかな希望を託し、私は社長に食い下がった。

ライブハウスで声を掛けてくれた日に歌っていた、自分の曲を歌わせてほしいと。

だが社長は面倒臭そうに答えた。

〈素人が作った説教臭い歌なんて売れないよ〉

最初から育てて送り出す意思などなかったのだと気付き、その瞬間、熱が引いたかのように冷静になった。

辞めます。はっきりと伝えた。初めて逆らった私に、社長は言い放った。

〈顔が可愛いだけの女の子が、そう簡単に何者かになれるほど甘くないんだよ。そんな考えじゃ、どこに行っても生きていけないよ〉

捨て台詞に、私の中の何かがプツリと切れた。

自分の夢を大人たちの食いものにされた。

怒りは屈折した感情となり、大人たちに対する復讐《ふくしゅう》、男たちに対する復讐へと私を駆り立てた。

私は一転、従順なふりをして事務所に所属し続け、プラチナ撮影会専用のアイドルとして毎日、男たちに際どい姿を撮らせた。

そして撮影会の裏で、男たちと個別に〝取引〟をした。

〈運営さんには絶対に内緒だよ〉

耳打ちしてチャットルームの隠しアカウントを手渡した。

〈十五分一万円で、ミクリのお部屋と繋《つな》がらない？〉

こんなメモを手渡すと、ほとんどの男が一万円を差し出してきた。

事務所で禁止されていた、ファンとの直接の連絡だ。自宅のノートパソコンの画面で男たちと向き合った。みな欲望と期待に目を血走らせていた。

勘違いをした男が、あわよくば関係を持とうとする。

〈見るだけならいいよ〉

大金を払った挙句、見られながら果てる情けない男たちを内心で嘲笑《あざわら》い、復讐心を少しずつ満たしていった。

個人的な取引を始めた後も、ジュリーは一番の得意客だった。ジュリーは若い女性の使用済の下着を収集するという特殊な性癖を持っていた。話しているだけで嫌悪感が湧いてくるような男だったが、原価数百円のパンツにどれだけお金を出すか試したい一心で、私はジュリーとの取引に応じた。

黒いライトバンの後部座席で、私はパンツを脱いでジュリーに手渡した。

プラチナ撮影会の度にジュリーは、私の使用済パンツに一万円、十五分のチャットサービス券に一万円を払った。

　ある時、ジュリーから〝ビジネス〟を持ちかけられた。

〈ミクリちゃんのならもっと高く売れるよ。顔をちょっと隠した顔写真を載せるの。ぼくのサイトでやってみる？　どうなの、どうなのー？〉

　ジュリーは女性の使用済下着を収集して自分の欲望を満たす傍ら、売買を斡旋《あっせん》する裏サイトを運営していた。本人曰《いわ》く、趣味と実益を兼ねたビジネスで月に三百万円を超える売上を得ていると、得意げに語った。

　ジュリーのサイトで商品として利用されるなど、絶対に嫌だった。

　でもどこまで高く売れるか、試してみたかった。正確には、大人の男がこんなバカバカしいものに対してどんな間抜けな金額を出すのか、確かめてみたかった。

　ＳＮＳで捨てアカウントを作り、試しに投稿してみた。ジュリーに言われたとおり、マスクで口元を隠した顔写真を付けて載せると、取引希望の投稿が何百件も殺到した。会って直渡しなら一万五千円、会って目の前で脱ぐ「生脱ぎ」なら二万円。オークションのように値段が吊りあがっていった。相場と言われる額の倍だった。

　何人かの中年男と直接取引した。カラオケルームや車の後部座席で会って、パンツを脱いで手渡すだけで、あっという間に三十万円を超えるお金が手に入った。

　少しやってみただけで、世の中には女子高生の下着を欲しがるおじさんが相当数いるという事実を知った。そしておじさんたちを相手に「売り子」をしている子もたくさんいることが分かった。使用済の下着や、唾液《だえき》、糞尿《ふんにょう》までもが商品として売りに出されていた。女子高生の売り子は皆、一様に十八歳の高校三年生だった。条例で十八歳未満の青少年から下着その他を譲り受けることが禁じられているためだ。

私も十八歳とサバを読み、使用済の下着を売りに出した。原価数百円のパンツを一度穿いて渡すだけで大金が入る。しかも汚れているほど高値で売れる。価値観が倒錯し、なにもかもがバカらしくなった。

一万円札と引き換えに汚れたパンツをくれてやる度、えも言われぬ優越感に浸った。

事務所とも連絡を絶ち、私は個人的に「売り子」を始めた。ライブや撮影会を放棄したため、事務所の社長からは「契約違反で訴える」とか「このまま逃げられると思うな」とか「この先まともに生きられないようにしてやる」といった脅迫まがいのメールが山ほど送られてきたが、全て無視した。

自暴自棄になっていた私には「やれるものならやってみればいい」ぐらいの感情しかなかった。

ネットの匿名掲示板を通じて、同じような「売り子」をしている仲間ができ、染《し》みのついた下着をありがたがる男たちを散々こき下ろした。

〈人間のクズ。早く死ねばいいのに〉

他の子たちがどんな事情で売り子をしていたのかは分からないが、私にとっては、家庭が貧しいといった切迫した事情があったわけでもなく、屈折した復讐心を満たすためのゲームのようなものだった。

それが後々の自分に跳ね返ってくることなど、考えもしなかった。

蓋《ふた》をして、永遠に葬り去りたい過去だ。

八年前のある夏の日を境に、私は売り子を止めた。

あの人が……ピアノマンが、止めさせてくれた。

その日の明け方、私はライブチャットで五十代の中年男と話していた。前の日に池袋駅近くで車の後部座席でパンツを取引した男だ。バーコード頭で貧相な見た目の上、会うと目も合わせられないような気弱な男だった。翌朝五時にチャットルームで十五分間会う約束をして、三万円を受け取った。パンツ一枚と十五分間のチャットで三万円。

このバーコードの男は女子高生に見られながら果てるのが好きな制服マニアの常連客で、取引は三回目だった。

私はバーコード男の要求に応え、寝巻から制服に着替えた。バーコード男は、私から買ったパンツを左手で鼻に押し当て、聞くに堪えない幼児語を甘え声でわめき散らしながら、自分の右手で果てた。

相手が醜悪で情けないほど、愉快だった。

バーコード男が果てた後、私はネットの巨大掲示板を開いた。チャット仲間のスレッドに、バーコード男のネタを書き込んだ。

他の仲間の投稿をひと通り眺めた後、私はSNSを開いた。中学生の頃から、ミュージシャンやオーディション情報サイトなどのアカウントをフォローし、時々チェックしていた。音楽に関わるものがほとんどだった。

私のタイムラインには、フォローしているミュージシャンたちの投稿が並んでいた。

そんな中、ひとつの投稿に目が留まった。

アカウント名は『六畳間のピアノマン』。久しぶりの投稿だった。

投稿文には「てるてる坊主。明日天気になあれ。視聴はこちら」と記されていた。

『六畳間のピアノマン』は、動画投稿サイト『マイチューブ』の音楽チャンネルだ。ピアノマンと名乗る朴訥《ぼくとつ》な男子大学生がアパートの六畳間「ピアノマンスタジオ」から、シンセサイザーで色々な音楽を面白可笑《おか》しくアレンジして演奏する映像を投稿していた。

彼の演奏技術やアレンジセンスは相当高く、アマチュアバンドの情報掲示板でも「ピアノマンは何者だ」と噂になるなど、ちょっとした有名人だったのだ。

技術もさることながら、私はピアノマンの発想が好きだった。

たとえば『笑点《しょうてん》』のテーマ音楽をボサノバ調で弾いたり、『ドラえもん』のテーマソングを短調で暗くして弾いてみたり。私は一人のシンセサイザー奏者としてピアノマンに敬意と親近感を抱いた。『六畳間のピアノマン』には週一回ぐらいの頻度で新作が投稿され、それを私は楽しみにしていた。

そして毎回、動画のコメント欄に「ピアノガール」と名乗って感想を投稿していた。

親近感が湧いたもうひとつの理由は、奇《く》しくも彼が近所の住人だったからだ。彼の六畳間のガラス窓越し、ベランダの向こうにはいつも『逆瀬川小児科医院』という病院の看板が映り込んでいた。私の家から歩いて十分ぐらいの距離にある病院だった。ピアノマンは近所のアパートに住む大学生だったのだ。

就職するという宣言を境に動画投稿が途絶えていたが、久しぶりに新作を発表したのだろうかと期待しながら私はＳＮＳに添付されていたリンクをクリックした。

新着の動画投稿を示すメッセージが表示されていた。

〈ＬＩＶＥ配信　てるてる坊主〉

画面の中、あぐらをかいた坊主頭のピアノマンが虚《うつ》ろな目でカメラを見つめていた。様子がおかしい。座卓の上にはバリカンが置いてあり、髪の毛が散乱していた。

〈ベランダのロープを使って、てるてる坊主になりますので、お楽しみに〉

ピアノマンは缶ビールを勢いよくあおり、なるべく多くの観客を集めてからてるてる坊主になるのだということを繰り返し説明していた。

銀色の空き缶が背後の床に散乱していて、相当飲んでいるように見えた。一言ふた言喋《しゃべ》る度に銀色の缶を画面に向かって掲げ、「乾杯」とうわごとのように呟いていた。

〈死ぬ死ぬ詐欺か。かまってほしいんだね〉

〈キモい顔した兄ちゃんだな。早く死ねよ〉

〈死なないに百円賭《か》けてもいい〉

冷やかしの書き込みにより、物凄い勢いでコメント数が伸びていた。

だが私は、ピアノマンが本当に死ぬつもりだと直感した。それまでに私が見てきた、欲望で目を血走らせた男たちとは、漂う気配があまりに違う。心のなにもかもを消し去ったような目をしていた。生きる意欲すら感じられない、虚無の目だった。

〈止めて……〉

私は画面に向かって、声に出して呼び掛けた。しかしチャットではなく一方通行のストリーミング配信。こちらの声は届かない。

〈止めて。まずはビールを飲むのを止めて、少し落ち着いて　ピアノガールより〉

〈ピアノマンは本当に死ぬ気です。みんなで止めなきゃ　ピアノガールより〉

立て続けに書き込んだが、真面目な反応が返ってくるはずもなかった。

〈自演おつかれさま〉

どうすれば止められるか。警察に通報すればよいのか。震える手で携帯電話を摑《つか》み、一一〇番を押そうとしたが、上手く押せない。

ピアノマンの後ろにはベランダが見えていた。外の景色も見える。

『逆瀬川小児科医院』

ベランダの向こう側の看板が目に入った。

そうだ。ピアノマンは近所に住んでいるのだ。助けられる。私が助けるのだ。

私は下駄箱からスニーカーを取り出して履き、玄関を飛び出した。無我夢中で走った。

住宅街の細い道の曲がり角をいくつも曲がり、駅へ向かって続く小さな商店街へと出る。逆瀬川小児科医院の看板の前で立ち止まると、道を挟んだ向かいに古いアパートを見つけた。ベランダに、ピアノマンが立っていた。

〈止めて！〉

私はあらん限りの声で叫んだ。目が合った、ような気がした。

間に合った。止められる。

でも次の瞬間、ピアノマンは首にロープをかけ、ベランダの手すりを乗り越え、外へ身を投げた。ピアノマンの身体はベランダの外で宙吊りになった。

私は腰から砕けるようにその場に崩れ落ちた。早く身体をロープから外して下ろさなければ。そう念じるほど足腰が立たない。金縛りに遭ったかのように、声も全く出ない。失禁してへたり込んだまま、どうすることもできなかった。

その後の記憶は、途切れ途切れになっている。後になって、その時の私は放心状態で泣き続けていたと聞いた。

ただ、断片的に、しかも強く残っている声や言葉がある。

〈大丈夫ですよ、もうすぐ女性の警察官が来ますから〉

若い男性の声。

〈ナツノは、ナツノはどこですか！〉

叫ぶ別の男性の声。ピアノマンの名前はナツノ。彼の友達が駆け付けたのだと知った。

駆け付けてくれる友達がいるのに、どうして死んでしまったのか。止められなかった自分が悔しかった。

パニック状態だった私は、気が付くと女性警察官に付き添われて警察署の一室に保護され、グレーのジャージを着ていた。女性警察官に服をあてがわれて着替えたのか、あるいは着替えさせてもらったかしたのだろう。

母親は男の家に入り浸っていたため連絡が付かず、迎えに来てくれたのは高校の先生だった。

陸上部の朝練のため早朝から出勤していた岸岡《きしおか》先生という二十代の女性国語教師で、警察から学校に連絡が入り、署まで駆け付けてくれたのだった。

岸岡先生は別の学年を担当していたため、授業を受けたことも話したこともなかった。もとより、私は最低限の日数しか学校に通っていなかったため、初対面に等しかった。それなのに岸岡先生が来てくれた時、言い知れぬ安堵《あんど》感が湧き起こり、私は抱きついて泣いた。警察署の一室で、お姉さんぐらいしか年の離れていない岸岡先生に背中をさすられながら、私は初対面同然の彼女に、全てを話した。

地下アイドルの活動、撮影会のこと、自暴自棄になったこと、おじさんに下着を売っていたこと、自殺を予告する男性、止めたかったのに止められなかったこと。

叱られそうなことばかりなのに、岸岡先生は「そうだったんだね」と相槌を打つだけ。最後に一言だけ、岸岡先生は言った。

〈有村さんは、勇気を出して走ったんだね〉

この言葉で、私は救われてしまった。

ピアノマンの死に立ち会い、私は生まれ変わった。止められなかった後ろめたさよりも、生きなければならない、生まれ変わらなければという思いのほうが勝った。後の一年半、私は憑《つ》き物が落ちたかのようにごく普通の高校生活を送った。学校の同級生とも言葉を交わすようになった。

音楽活動からは離れた。諦めたという悲痛な感覚は無かった。全てを一新して生まれ変わるために、一番打ち込んできたものを捨てる必要があったのかもしれない。

岸岡先生とは校内ですれ違えば挨拶《あいさつ》を交わし、時折「元気？」などと声を掛けられるようになった。でも彼女は決して深く立ち入ってはこなかった。

こういう形の思いやりもあるのだと知った。

大学受験の際に志望学部を決める時、まだ何を学ぼうかなど決まっていなかった。少し考えて教育学部にしようと思ったのは、岸岡先生がいたからだ。

都内の大学の教育学部に進んだ私は、教員免許を取り、卒業後、池袋女子学院に非常勤講師として勤めることになった。そこで、部員が七人しかいなかった軽音楽部から顧問を頼まれて引き受けた。

新任の英語教師として授業もおぼつかなかった初年度の五月、まだ一年生だったブクロ少女の四人が真剣な眼差しで職員室に押し掛けてきた。

〈先生、軽音楽部の顧問になってもらえませんか〉

　四人はまだブクロ少女を結成したばかりだった。前任の顧問が体調を崩し、顧問を続けられなくなったのだと言う。

　これは何かの運命だと感じた。シンセサイザーで編曲をしていた経験が活《い》きた。彼女たちの感性や曲調に合ったアレンジを加えてアドバイスすると、歌も演奏もどんどん良くなった。

　二年間、彼女たち四人は全国大会を夢見て練習してきた。

　その夢の舞台での演奏を来月に控えている。

　私は、夢を食いものにされた自分の過去と、まさに夢に向かおうとしている彼女たちの今を重ね合わせた。彼女たちには、悲しい思いをさせてはいけない。ジュリーのような男に、彼女たちの夢まで壊されて堪《たま》るものか。

　私はスマートフォンで撮影した車のナンバーを確認する。迷惑電話の電話番号検索をする要領で、検索サイトのキーワード欄にジュリーの車のナンバーを入力してみる。

　逆転の突破口はないか。過去の犯罪歴、盗難車情報……。立場を逆転させられるような情報にかすかな期待を抱き、検索ボタンを押す。

　だが、目ぼしい情報は何も出て来ない。

　あの黒いライトバンはジュリーが取引をするための密室。あの場所で、私自身の力で決着をつけるしかない。

私は意を決し、ジュリーに通話アプリからメッセージを送った。

〈昔のこと、だんだん思い出してきました。チャットではなく会ってお話ししたいです〉

十秒も経たないうちにジュリーから返信がきた。

〈本当？　いつにする？〉

〈来週の五月二十二日、学校の創立記念日で一日休めるので、お昼から会ってお話しできませんか〉

〈もちろん、オッケー！〉


創立記念日の昼、指定された店に行くと、ジュリーは先に来て待っていた。

「お待たせしました」

私は生理的な嫌悪感を押し殺し、できる限り親しげに話しかけた。

「あ、ミクリちゃん。嬉しいな。座って、座って」

向かいの席に座るよう勧めるジュリー。

「あの、今日も車でいらしてますか」

「そうだよ。どうして？」

「先日お願いされたこと、もしよろしければこれから……」

私はジュリーに認識されるよう、スカートの裾《すそ》を手の甲でなでた。

「え？　本当に？　いいの？」

声を弾ませるジュリー。私は口の前に人差し指を立てた。

「その代わり、私の過去の秘密を守ると約束してくださるなら」

「もちろんだよ、ミクリちゃん。ぼくは仲良くして欲しいだけなんだから」

ジュリーはコーヒーをひと息に飲み干すと、ポケットから車のキーを取り出して席を立った。

店を出て、すぐ近くのコインパーキングに停めてある車の前に着くなり、ジュリーは後部座席のドアを開けて言った。

「カーテンがあるから使って。ぼくの車、更衣室の代わりだからさ」

私は促されるまま後部座席に座った。車内にはレモン系の消臭剤の香りが漂っていた。

「着替えはそのトランクの中にあるから」

ジュリーは一刻も待てないといった様子で私を急《せ》かす。

この後部座席で何百人もの少女が下着を穿《は》き替えたのだろう。私もかつて、その一人だった。

「すみません……ここ、学校が近くて誰が見ているか分からないので、車で少し離れた場所へ行きませんか。もう少し落ち着ける場所というか……」

「あ、ごめんごめん。紳士としての気遣いが足りませんでした～。少しドライブデートでもしちゃう？」

ジュリーは運転席に移り、エンジンをかけた。

　車は池袋の街を走り、すぐに駅前に差し掛かった。池袋駅前は人でごったがえしていた。ジュリーは「ここじゃさすがにまずいよね、なんちゃって」と戯言《ざれごと》を口にする。私は調子を合わせて「さすがに」と笑った。

「ねえ、ジュリー」

　ジュリーは「あ、名前を呼んでくれた」と声を弾ませた。

「私の写真は大事にとっておいてくださったんですよね。他の子と比べて特別だったんですか」

「それはもう、特別だよ。高く売れる時を待っていたから」

「ひどい」

「うそ、うそに決まってるでしょう、ミクリちゃん」

「他の子のは、どのぐらいで売れるんですか」

「たいした金額じゃないよ。少し可愛い子の写真をパンツに付けて売ると五千円ぐらいにはなるけどね」

「今の私だったら、なんというか……いくらぐらいですか」

「いやだな、もう。ミクリちゃんはプライスレスだよ。今やその名も轟《とどろ》く、美人過ぎる非常勤講師だからね」

　この男は何も変わっていない。女子高生、アイドル、美人過ぎるなんとか。ブランドの付いた女性から下着を手に入れることで性的な欲求を満たしたいだけなのだろう。

「私のはその……、転売したりしませんよね」

「え？　当たり前でしょう。ミクリちゃんは、別格なんだから。ぼくのものにしてずっと持っておくから」

「嬉しい、のかな……。恥ずかしくてよく分からない、変な気分になってきちゃいました。あ、着替えを先にお借りしておいていいですか？」

「いいよ。そのトランクの中に新品がたくさん入ってるから」

トランクには鍵がかかっていなかった。開けると、中には大量の下着と写真が収納されていた。

「ビニールに密閉されてるやつは、開けちゃだめだよ。売り物だから。パックされた匂《にお》いが命なんだ」

使用済と思われるパンツは、少女の写真とセットでビニール袋の中に一枚ずつ包装されていた。

「女の子の写真は、どうやって手に入れてるんですか」

「撮影会だよ。色々なところで、ＪＫ撮影会っていうのをやってるんだ」

この車で取引したパンツと、都内各所の撮影会で撮った半裸の写真を組み合わせ、ネットの取引サイトでマニアからの注文を受けて発送しているという。下着の主と写真の子は全くの別人ということになる。

「今だから言えるんですけど、私、ジュリーさんとお会いした頃、十七歳だったんです。

本当はいけないんですよね」

「知ってたよ。大丈夫、大丈夫。世の中、中学生のじゃないとだめっていう変態マニアもいるんだから。そんな変態と比べたらぼくなんて可愛いものでしょ、どうなの、どうなのー？」

　得意げに語るジュリー。過激な話に恥じらうそぶりを見せると、ジュリーはますます昂揚《こうよう》した様子で裏ビジネスの〝武勇伝〟を語った。

「ジュリーさんは、中学生のものも、その……取引はされてるんですか」

「まあ、ぼく自身は興味ないけど、中学生のは高く売れるから」

　ジュリーは車を住宅街の道の端に停めた。

「白昼の閑静な住宅街だよ。ここなら大丈夫でしょう。どうなの、どうなのー？」

「そうですね、人通りも少なそうですし……」

　私は後部座席の窓のカーテンを閉め、スカートの中に手を入れるふりをし、身をよじらせた。ジュリーが生唾《なまつば》を飲み込みながら、ルームミラー越しに凝視している。

「もお……ミラー越しに見るのは反則ですよ。恥ずかしいので」

　ジュリーの呼吸が荒くなっている。

　この男には、恥じらう様子を見て激しく興奮する性癖がある。私はルームミラー越しにジュリーとチラチラ目を合わせながら、スカートの中に手を入れるのをためらうふりをする。

「やっぱり視線が気になっちゃいます。前と後ろ交替してもいいですか？　そのほうが恥ずかしさも和らぐので」

「運転席で脱ぐの？　ミクリちゃん、大胆だなあ。カーテンあるから使って」

それぞれ車の外へ出て、前後を交替する。私が運転席に座り、ジュリーが後部座席に座った。私は前座席の両側面に備え付けられたカーテンを引き、フロントガラス越しに外の様子を窺《うかが》いながら「うーん」と唸った。

「思ったよりも人通りがありますね……」

「大丈夫だよ。カーテンがあるから」

「でも、やっぱりここだとまだ恥ずかしいです。落ち着ける場所を自分で選んでもいいですか」

「運転できるんだ？」

「できますよ。私も、大人になったんですから」

私は財布から運転免許証を取り出してみせた。

「よーし、ミクリちゃんがどんな場所を選ぶか、楽しみだなあ」

「じゃあ、ちょっとだけ移動しますね」

私はゆっくりとアクセルを踏み、車を発進させた。それからいくつかの場所で車を停めては、理由を付けて恥じらった。その度にジュリーは興奮を高めていった。

「ミクリちゃん、もう待ちきれないよ」

ジュリーは膝の上に大きめのタオルをかけている。明らかに、ズボンとパンツを下ろしている。

私は目的地へと車を進め、停めた。

「ここなら落ち着けます」

運転席も後部座席も、側面の窓はカーテンが閉じられていて外が見えない。

「どこなの、どこなのー？」

「池袋警察署の前です」

私はサイドブレーキを引き上げ、エンジンキーを引き抜いた。

「大人をなめると、痛い目に遭いますよ」

運転席のドアを開け、外へ飛び出した。ちょうど署の前にバイクを停めていた男性警察官に助けを求めた。

「助けてください」

振り返った警察官は、私と目が合うなり「あ、先生」と声を上げた。つい先日、道路使用許可の申請に行った時に対応してくれた「脇見さん」だった。

この人ならきっと助けてくれる。なぜか強い確信をもって、そう思えた。

「男の人に脅されています。助けてください」

私は、過去の秘密をネタに男性から脅されていることを脇見さんに話した。気が動転し、声が震えた。

「大丈夫、大丈夫ですから。お話を聞かせてください」

脇見さんに付き添われ、私はジュリーの車の側へと戻る。

ジュリーは後部座席で平静を装っていた。既に衣服は整え終えていた。

脇見さんはジュリーへ目を向けると、免許証の提示を求めた。

「池袋警察署、交通課総務係の脇見と申します。いま、こちらの女性の方から、あなたとトラブルになっていると相談を受けまして、失礼ですが、免許証をご提示いただけますか」

「なんで免許証なんか見せなきゃいけないの？　ぼくはこの人に車の鍵を取られて困っているんですよ」

ジュリーは私を指差して言った。

「身元の確認のためです」

ジュリーは渋々といった体で免許証を手渡した。脇見さんは免許証を見ながら、メモしている。そのメモを、騒ぎに気付いてやってきた女性警察官に渡した。

女性警察官は警察署の中へと戻っていった。

それからしばらく、私たちは脇見さんから聴取を受けた。私が助けを求めた経緯や、車の中で何が起こっていたのかなど。

そうこうしているうちに、女性警察官が戻ってきた。スーツ姿の男性も一緒だった。

「藻《も》庭《にわ》順志郎《じゅんしろう》さん、ですね？」

　スーツ姿の男性が、後部座席に向かって語りかけた。

「そうですけど」

「後部座席のトランク、中身を見せていただいてもよろしいですか」

「駄目ですよ。おまわりさんって、人の車の中を勝手に覗く権利があるんですか。それより、この人に車の鍵を返させてくださいよ。窃盗じゃないですか」

　私を指差しながらまくしたてるジュリー。

「その前に、後部座席のトランクの中を見せていただけますか」

　スーツ姿の男性は穏やかな口調で切り出した。

「なんで見せる必要があるんですか。早く鍵を返してください」

「こちらの女性の方から、あなたに脅されているという申告がありましたので、状況を確認する必要があるんですよ」

　スーツ姿の男性とジュリーとの間で押し問答が続く。

「見せていただけないのであれば、署に同行していただいて、ご面倒をおかけすることになりますが、よろしいですか」

「分かりましたよ！　何も疚《やま》しいことはありませんから」

　ジュリーは開き直ったかのように、憤然とトランクを開けた。

「藻庭さん、すごい量の下着ですね。これ、何に使うんですか」

「個人的な趣味ですよ！　自分で楽しむために持ってて、何がいけないんですか」

スーツ姿の男性は「そうですか」とあしらうように相槌を打ち、質問を続けた。

「女の子の写真を、ずい分たくさん持ってますね。この子たち、高校生か中学生ぐらいですかね。この写真の女の子たちは知り合いですか」

スーツ姿の男性の口調が一段と鋭くなる。

「あ、ええ、知り合いですよ。姪《めい》っことか親戚《しんせき》の子供とか……。グラビアアイドルになりたいなんて言うもんで、練習のためカメラマンになってあげたりして」

引きつった笑みで苦しい言い逃れをもくろむジュリー。

「こんなにたくさん姪っこさんがいるんですか。みんなグラビアアイドル志望で。すごいですね。それに、姪っこさんの写真と下着を集めるなんて、ずい分変わったご趣味ですね」

「悪いですか。誰が何をどう楽しもうと、自由でしょうが」

狼狽《ろうばい》した様子でなおも何か言い返そうとするジュリー。私はそれを遮って、警察官に向けてスマートフォンの画面を差し出した。

録音アプリの再生ボタンを押すと、ジュリーと私の車内での会話が流れ出す。

〈たいした金額じゃないよ。少し可愛い子の写真をパンツに付けて売ると五千円ぐらいにはなるけどね〉

〈ビニールに密閉されてるやつは、開けちゃだめだよ。売り物だから。パックされた匂いが命なんだ〉

〈まあ、ぼく自身は興味ないけど、中学生のは高く売れるから〉

先ほどまでの車内での発言が再生される。

みるみるうちにジュリーの口の端から笑みが消えた。

「私も十七歳の時、半分裸の写真を撮られました。それをネタにして、職場にばらまくと脅されています」

私は震える声で、スーツ姿の男性に告げた。

「おい！　美人過ぎる非常勤講師だかなんだか知らないけど、勘違いするなよ。お前だって昔はいかがわしいことやって小銭を稼いでただろう。同じ穴のムジナだって言うんだよ。教師なんかになれる人間じゃないんだよ」

錯乱した様子のジュリーは、感情にまかせて私を罵倒《ばとう》する。

「おまわりさん、この人、元はぼくらみたいな中年男にいやらしい写真を撮らせたりパンツを売ったりして、小銭稼ぎやってたんですよ。パンツ売ってた女子高校生が高校の教師になるなんて、おかしいですよね。おまわりさんは、そんな人間の言うことを信じるんですか？」

「すみませんが藻庭さん、いま悪質な違法サイトの捜査中なんです。それでね、レンタルサーバーのプロバイダに情報開示請求して出てきていたリストに、あなたの名前も載っているんですよ。このトランクの下着と写真、売り物ですよね」

「言いがかりだろう！　証拠はどこにある」

「下着と写真がセットでビニール袋に小分けされていますし、こちらの女性から提供のあった音声の内容からも、この下着と写真は販売目的で持っているものと断定せざるを得ませんので」

「個人的な……」

スーツ姿の男性はジュリーの言葉を遮るように、横から腕を取り押さえた。

「藻庭順志郎、十三時三十九分、わいせつ図画販売目的所持の現行犯で逮捕します」

暴れるジュリーを脇見さんとスーツ姿の男性が押さえつけ、二人がかりで後部座席から引きずり出し、手錠を掛けた。

「逃げ切ったと思うなよ！　お前の人生、滅茶苦茶にしてやるからな」

ジュリーは涙目で捨て台詞を叫びながら、署に連行されていった。

「私はもう逃げ切りました」

誰にともなく、そう呟いていた。半月後にあの子たちが全国大会で演奏できさえすれば、逃げ切ったも同然だ。

極度の緊張から解き放たれた私は、脱力感でへなへなとその場にしゃがみ込んだ。

「大丈夫ですか」

最初に対応してくれた交通課の脇見さんが、隣にしゃがんで声を掛けてくれた。この状況に既視感を覚えたが、記憶の中ではっきりとは像を結ばない。

「対応してくださって、ありがとうございました」

「いえいえ、仕事ですから。この車をいったん署の駐車場に移しますので、車の鍵をください」

私は、ジュリーの車の鍵を脇見さんに手渡した。

パンツを売っていた女子高校生が高校の先生になった。ジュリーの言葉の一部始終を脇見さんに聞かれていた。

「お恥ずかしいところを……すみません」

「先生、大変でしたね。勇気を出して走ったんですね」

その言葉に背中を押されるかのように、私は自分の足で立った。

半月後、池袋女子学院のブクロ少女は関東ブロックの代表として大阪城音楽堂での決勝に臨んだ。最高の演奏だった。入賞こそ逃したものの、演奏を終えてすぐに全員が舞台袖で感極まり、抱き合って泣き崩れた。

帰りの新幹線まで少し時間があるため、宿舎の民宿の一室で、お菓子や飲み物を買い込み、ささやかな打ち上げパーティーを開くことになった。

四人で近くのスーパーへ買い出しに行くと言うので、私も付き添った。

沙耶が私のためにと銀色の缶を二本、買い物カゴに放り込んだ。アサヒスーパードライの三五〇ミリリットル缶だった。

飲み物やサンドイッチやお菓子などをどっさりと買い込み、宿舎に戻った。

みんな演奏のすぐ後に泣くだけ泣いたので、あとは達成感と共に楽しく騒ぐだけ。待つのも惜しいといった様子で各々がペットボトルのお茶やジュースを手にした。

「先生はビールで乾杯ね。はい、どうぞ」

千里が銀色の缶を私に手渡してくれた。私は「ありがとう」とお礼を言ってプルタブを上げた。

「どのビールが美味しいとか全然分かんないから、とりあえず缶のデザインがロックな感じのやつ選んでみたよ」

沙耶が銀色の缶を指差して言った。

「じゃあ、美咲先生から乾杯の言葉を」

奈々子が私を促す。四人の視線が私に集まる。

「みんな、よかったね」

月並みだが、心の底からの言葉だ。

「あんな素敵な舞台で最高の演奏ができて、よかったね……。夢がかなって、本当によかった」

「ちょっとヤバい、また泣いちゃうから早く乾杯してー」

愛が急かし、皆も「ヤバい」と口々に言う。

「全国大会でのベストな演奏を祝って、乾杯！」

私は、銀色の缶を高く掲げ、彼女たちの栄光を祝った。

あの夏の日、坊主頭のピアノマンが、画面越しに「乾杯」と銀色の缶を掲げていたのを思い出す。彼にもきっと、誰かと乾杯した楽しい思い出があったのだろう。

「乾杯」

私はもう一度小さく声に出し、銀色の缶を勢いよく傾けた。喉で炭酸が弾《はじ》けてヒリヒリと痛み、少し涙目になる。

捨ててしまった夢も、知られたくない過去も、あの夏の日に通じていた。そして、あの夏の日があったからこそ今の私がある。ピアノマンの死に立ち会って、私は精一杯生きようと思い直したのだ。自分勝手かもしれないけれど、私はそう思い続けていたい。

「美咲先生、いい飲みっぷり！　ロックだね」

「卒業して大人になったらさ、先生と飲もうよ」

「えー、ビールとか不味《まず》そう」

「いや、沙耶は絶対に大酒飲みになるって。ねえ、美咲先生」

皆、口々に言い合い、少し先の未来に思いを馳《は》せている。そして思い描くその未来で、私と一緒にいてくれている。

「そうだね。みんなと一緒に飲める日を、楽しみにしてるよ」

またひとつ、ささやかな夢ができた。

「そうだ、先生、八月のアタマに池袋西口公園のイベントに誘ってもらったんだ」

奈々子が唐突に切り出した。他の三人も思い出したかのように「そうだ、そうだ」と呼応する。

「本当に？」

「この間、練習帰りに西口公園でだべってたら、商店会の会長さんとかいう人に声掛けられてさ。先生に聞いてから返事しますって言っといたんだけど、出てもいい？」

「もちろんだよ！　念願の池袋での野外演奏じゃない」

「やった！　引退かと思いきや、あと一ヵ月半がっつり練習しないとね」

彼女たちの音楽を聴いていられることを、嬉しく思う。

「次が本当の最後だからさ、先生も一緒に演奏しようよ。キーボードで」

千里の提案に他の三人がやろう、やろうとジュースを片手に盛り上がる。

「カバー曲もひとつやろうよ。先生の好きな曲でいいよ。何がいい？」

私は少し考え込む。が、答えはすぐに決まった。

「ビリー・ジョエルの『ピアノ・マン』がいいな。私がハーモニカとキーボードをやるから、愛が歌って、千里と奈々子と沙耶がギターとベースとドラムでアレンジを付けて」

ピアノマンがいたから、今日の私がある。生徒たちから「先生」と呼ばれ、一緒に音楽に触れ、ささやかながら幸せな時間を生きている。

あの夏の日、私に大きなものを遺してくれたピアノマンに、ビリー・ジョエルの『ピアノ・マン』を捧《ささ》げたいと思う。

第六章　無双社員

勤務初日。データ入力のノルマを終えたところで、十七時五十五分になった。

今回の派遣先は、求人情報サイト大手の関連会社。企業や店舗に営業をかけ、求人広告を獲得するための営業会社だ。

派遣社員のぼくに課された仕事は、いわゆる営業サポート事務。見積書・請求書のデータ入力や取引先からの入稿データを仕分けして保存管理する作業といったルーチンワークだ。

営業社員たちが一人、二人と外回りから帰ってくる。

ぼくは今日の作業の区切りがついたので、机の上を片付け、付箋《ふせん》に明日の仕事を箇条書きにして整理していた。

その時、俄《にわ》かに営業社員たちが一斉に立ち上がった。

「お疲れ様です！」

皆、叫びながら深々と頭を下げている。本社の会議に出ていた部長が帰ってきたのだった。四十がらみの大柄な男は机の上に黒革のビジネスバッグを放り出し、大仰な仕草で肘掛《ひじかけ》椅子に腰を下ろした。

「本社の腐れ役員からのありがたいお言葉を一応伝える」

部長は背もたれに身体を預け、皆をギロリと見回した。

「執拗《しつよう》な営業電話や契約トラブルで本社への苦情が続いているらしい。その大半がうちの営業所の強引な営業のせいだとよ」

少しの沈黙の後、社員たちが「申し訳ございません」と絞り出すような声で詫《わ》び、深々と頭を下げる。

「お前ら、バカか？　何を詫びてんだよ」

みな恐る恐る顔を上げる。まるで、殿様から「面を上げよ」と言われた民のようだ。

「たかが苦情ごとき、営業成績で吹っ飛ばせって言ってんだよ。バカ役員を黙らせろ！　二度と俺に恥かかせんじゃねえぞ」

違和感の正体はこの一日ではっきりと分かった。部長が不在の間も社員たちは「部長のご意向は」「部長に説明がつかない」など、部長の影に脅《おび》え、追い立てられるかのように仕事をしていた。ぼくには分かる。きっと八名の営業部員たちは、この柄の悪そうな男に精神の中枢まで支配されている。

「おい、バイト！　なにに勝手に帰ろうとしてんだ」

突然、支配者の怒鳴り声がぼくに向かって飛んできた。

「帰ろうとしていません」

「嘘つけ。机の上、ずい分きれいに片付けてるじゃねえか」

「今日の分の作業は終わりましたので、明日の仕事の整理をしているところです」

「まだ今日の勤務時間が終わってねえだろうが。バイトは時給で雇ってんだよ。一分たりともちょろまかしてもらっちゃ困る」

あなたに雇われた憶《おぼ》えはない。それに、バイトではなく派遣社員ですが。まあ、どちらでもよいので訂正はしない。

「明日の段取りを付けるのも仕事です」

「口答えするか」

「いいえ、口答えではなく事実をお話ししているだけです」

本心だった。口答えしようなどという気は毛頭ない。ただ関わり合いたくないだけだ。

「勤務時間はあと五分残ってるだろうが。この見積書、検算しておけ」

ニドウ部長は机上の決裁ボックスに入っている見積書の束を顎《あご》でしゃくった。ぼくがつい先ほど入力し、金額をチェックした上で提出したばかりのものだ。

これをもう一度同じ人間が検算することに、意味があるだろうか。だが反論するだけエネルギーの無駄だから、素直に従っておく。

「かしこまりました」

ぼくの座右の銘は「面従腹背」。表面上、従順であればよい。反抗したり争ったりすることはすなわち、相手と濃密な関わり合いを持つことに他ならない。これほどバカバカしいことがあるだろうか。だから表面上だけ従い、心の底では決して誰にも従わない。誰からも支配されずに生きるためのコツだ。

この会社は居心地が悪い。契約期間は三ヵ月だが、早々に見切りを付けて逃げ出そう。

ぼくの座る末席の向かい側で、電話を終えた若い男性社員が何やら小さくガッツポーズをした。大学生と言っても通用するぐらい若い。おそらく二十代前半だろう。

「タナハシ主任、データクリエイト社の月極《つきぎ》め求人広告ですが、来月の契約継続が決まりました」

若い男性社員は、小太りの先輩社員に報告した。

「やったじゃん。頑張った甲斐《かい》があったな」

先輩社員は我が事のように喜んでいる。なかなかいい先輩ではないか。そう思った矢先、部長の怒声が飛んだ。

「ナガツ、ちょっと来い」

ナガツと呼ばれた若い男性社員は「はい！」と応答するなり跳ねるように席を立ち、駆け足で部長の前へと進み出る。

「継続を決めたぐらいでいい気になってんじゃねえぞ。今週、新規は何件取った」

「申し訳ございません……」

「何件取ったかって聞いてんだよ、日本語分からねえか、あ？」

部長は机を何度も叩《たた》きながら問い詰める。

「ゼロ件、です」

ナガツ君は消え入りそうな声で答えた。

「お前ら聞いたか。今週もゼロ件だとよ。ナガツの指導社員は誰だっけ。前に出ろ」

部長の前に進み出たのは、先ほどナガツ君を励ましていた小太りの先輩社員だ。

「タナハシ、お前、さっきナガツのこと褒めてたよな。『やったじゃ～ん、がんばったかいがあったな～』とかさ」

「はい、ナガツも自分なりに頑張って、粘り強く提案しておりましたので」

「自分なりに頑張った……前向き過ぎて虫唾《むしず》が走るなあ。ポジティブシンキングってやつか？　薄気味悪いんだよ、あ？」

部長はタナハシ主任の前髪を掴《つか》み、前後に揺さぶった。

「ナガツは給料泥棒だ。ということは、給料泥棒を甘やかす先輩もまた給料泥棒だ」

「申し訳ございません」

「給料泥棒には、ちゃんと給料泥棒だと言ってやらないといけない。俺はこの部署を預かる責任者として、心を鬼にしてはっきりと言う。そうだろ、タナハシ」

「はい、おっしゃる通りです……」

タナハシ主任は俯《うつむ》きながら手を前に組んで畏《かしこ》まっている。

「分かったなら、タナハシもちゃんと口に出してナガツに言えよ。『お前は給料泥棒だ』と」

「え？」

「え、じゃねえよ。ちゃんとナガツの目を見て、言ってやれよ。それが思いやりっていうもんだろう、なあ」

なかなか陰湿なやり口だ。ナガツ君は唇を噛みしめている。ところが、予想外のことが起きた。

「ニドウ部長のおっしゃる通りです！」

ナガツ君が、タナハシ主任のほうへ向き直って叫んだ。

「私は給料泥棒です。タナハシ主任、ご指導をお願いします」

タナハシ主任は少し大きく息を吸い込んだ。

「お前は……給料泥棒だ」

「声が小さいなー。そんな声じゃナガツの心に響かねえぞ」

ニドウ部長がタナハシ主任を煽《あお》る。ナガツ君は「ご指導お願いします！」とタナハシ主任に向かって頭を下げた。

「お前は給料泥棒だ！」

「声が小さい！」

「お前は給料泥棒だ！」

タナハシ主任が顔を紅潮させて叫ぶ度、ナガツ君が「申し訳ございません！」と頭を下げる。薄笑いを浮かべるニドウ部長。

急に気分が悪くなってきた。忘れかけていたおぞましい記憶がフラッシュバックする。

周りはなぜ止めない？　などという愚問は無しだ。止めに入ろうものなら、次は自分が標的にされるのだろう。

過呼吸の前兆だろうか。動悸《どうき》がする。ぼくはペットボトルの水を口に含み、ゆっくりと喉《のど》に通して呼吸を整える。明日にでも他の派遣先へ移してもらいたい。

だが一方で、看過してはいけないという強い衝動がぼくを引き留める。

ぼくは末席に座ったまま「ちょっとよろしいでしょうか」と手を上げた。

「給料泥棒が云々《うんぬん》とおっしゃいますが、社員に給料を払っているのは会社であって、あなたではありませんよね」

口答えしてしまった。自らに課した戒めを破り、くだらない人間と関わってしまった。

ニドウ部長は何が起こっているのか分からないといった体で、口を魚のようにパクパクさせた。きっと今まで口答えする人間などいなかったのだろう。

強圧的な支配者は予期せぬ反抗に脆《もろ》い。

「お前、明日から来なくていいぞ。消えろ」

威厳を保つための虚勢なのか、ニドウ部長は背もたれに身体を預け、羽虫を追い払うかのように右手の甲を左右に振った。

「私が明日来るか来ないか。それも、あなたが決めることではありません」

「腐れアルバイトが」

「アルバイトではなく、派遣社員です。念のため」

「どうでもいい。派遣元にお前をクビにするよう怒鳴り込んでやるからな」

どうぞご自由に、と心の中で呟《つぶや》くに止《とど》める。

「ナガツ、新規のアポイントが取れるまで電話を掛け続けろ。五件取れるまで帰るな。徹夜してでも五件だ。優しいだろう。お前が無能なことはよく分かっている。だからたった五件、身の丈に合ったノルマだ」

ニドウ部長の命令にナガツ君は「承知致しました！」と直立不動で答える。

「決まった時間だけ働いてるふりをして給料がもらえると思ったら大間違いだ。時間を切り売りして小銭を稼いでるこいつとは責任の重さが違うからな」

ニドウ部長はぼくを指差して言った。

向かいの席では思い詰めた表情のナガツ君が受話器を上げ、電話を掛け始めた。ナガツ君の語気が急に荒くなった。

「いつまで席外してるんですか？　あなた嘘をついてますよね。席にいる時間を教えてくださいよ。その時間にもう一度掛けますから」

どこかで聞いたような言葉だと思ったら……以前ぼくが使っていた常とう句だ。

「おお、六時過ぎたな。全員タイムカード押せ」

ニドウ部長の指示で、営業部の面々は席を立ち、タイムカードの機械の前に並ぶ。

ナガツ君が受話器を耳に当てたまま、ぼくにタイムカードを手渡してきた。口の動きだけで「お願いします」と言っているようだ。

全員のタイムカードを定時に押させた後、サービス残業をさせるということか。

タイムカードの定時打刻。他の派遣先でも何度か目にしてきた光景だから特に驚きもしない。ぼくはナガツ君からタイムカードを受け取り、列の後ろに並んだ。

「ニドウ部長って、すごく厳しい方ですね」

かなり言葉を選びながら、タナハシ主任に探りを入れる。本当は「筋金入りのサイコパスですね」と言ってやりたいが。

「部長、口は悪いですが、仕事の面では尊敬できる方なので」

タナハシ主任の口から信じられない言葉が出た。

ニドウ部長がこちらへ向かってくる。ぼくもタナハシ主任も口をつぐみ、タイムカードの列に並ぶ。

「タナハシ、さっきは憎まれ役をやらせて悪かったな」

耳打ちするニドウ部長にタナハシ主任は「いえ、そんな、とんでもございません」と恐縮してかぶりを振る。

「飲みに行くぞ。サシで」

ニドウ部長は右手でおちょこを傾ける真似をする。

「申し訳ありません、アポイントが残っていて、外回りに出なければならないので」

「そうか。なんなら俺と一緒に回るか。終わったら飲みに行く。どうだ」

「ありがとうございます、喜んで」

　タナハシ主任の目が涙で潤んだのを、ぼくは見逃さなかった。ニドウ部長のアメとムチによるマインドコントロールがかなり進んでいるようだ。

　ぼくは席に戻って鞄《かばん》を手にした。他の営業部員は当然のごとく仕事を続け、一向に帰る気配はない。

「みなさん、タイムカードを押したのに、帰らないんですか」

　ぼくはとぼけたふりをしてナガツ君に訊《たず》ねた。

「他の人は、これから夜の外回りがあるので」

　営業マンそれぞれが法人や店舗に電話を掛けてアポを取り、訪問して求人広告掲載の商談をする。相手の業態によっては夜の時間帯のほうが好都合な場合も多いのだという。

「私は、アポイントすら取れていません。これから、死ぬ気で電話を掛けますので」

　死ぬ気で。その言葉をぼくは聞き流すことができなかった。受話器を上げようとするナガツ君の手をつかんだ。

「たかがこれぐらいの仕事で、死ぬ気になんてなるものではありません」

「これぐらいの仕事って、バカにしないでください。私は会社に対して責任を負っていますから」

「それって、死ぬほど重い責任ですか」

「そうですよ。私はこの会社でやっていけなかったら、生きていけないんです。ニドウ部長は、そんな私を鍛えてくださっている。だからその恩に応《こた》える義務があります」

どこにも就職できなかった自分を拾ってくれて恩を感じている。ニドウ部長からはここでダメなら、どこへ行っても生きていけないと厳しくご指導いただいている、だから死ぬ気で仕事するのだと、思い詰めた表情で語る。

　思った以上に重症だ。間違いなくあのニドウという支配者に洗脳されている。

「仕事で死んでも、会社の人間は誰も褒めてくれませんよ」

　ぼくはナガツ君のパソコンを借り、他社の求人サイトを開いた。現在求人広告を出している会社に営業を掛けるのが一番の近道だ。

「お手伝いします。ナガツさんのお名前を使ってアポを取りますので」

「結構です。そんなに簡単な仕事じゃないので」

「私も以前、似たような仕事をやっていたことがあります。どちらが先に多くアポを取れるか、勝負しませんか。私が勝ったら、すぐに仕事を切り上げてください」

　ナガツ君は「派遣さんは残業無しですよね。どうぞ上がってください」と受け流す。

「アポ五件ぐらい、そんなに時間はかからないでしょう」

「すごい自信ですね。でもお手伝いいただかなくて結構です。お疲れ様でした」

「ナガツさん、もしや私と勝負して負けるのが怖いんですか」

わざと挑発的な口調で訊ねた。ナガツ君は顔を上げ、ぼくの目を見ると、面倒臭そうに溜息《ためいき》を吐いた。

「いいですよ。やりましょう」

ぼくは他社の求人サイトの一番上に表示された会社に電話を掛け、ナガツ君の名を借りて明日のアポイントを申し入れた。まずはお話しだけ、十分程度でも結構です、と。

約三十分の間に十件電話を掛け、五件のアポイントが取れた。

「五件取れました。ナガツさんはどんな状況ですか」

「まだ、ゼロ件です……」

ナガツ君は唇を嚙《か》んだ。

「そんなに落ち込むことはないですよ。たかがこれぐらいの仕事です。命をかけるようなものですか」

「どうしてそんな簡単にアポイントが取れるんですか」

「経験です。以前、アポ取りの仕事をやっていたこともあるので」

何度かコールセンターに派遣された中で、求人広告媒体の営業サポート業務としてアポ取り電話をしたことがあった。その時の経験が活《い》きているだけだ。

それに、何千万円という高額な物件を売り付けるための飛び込み営業に明け暮れた経験もある。

「五件アポが取れたので、約束どおり今日の仕事は切り上げてください」

ナガツ君は机の上に目を落として黙り込んだ。会社に居残る理由を探しているのだろうか。

「飲みに行きましょう」

約八年間の派遣生活で、派遣先の社員とは仕事以外のことで一切関わらないようにしてきた。歓送迎会の類《たぐい》も断ってきたし、昼食を一緒に食べることもなかった。ましてや、社員を飲みに誘うことなどあるはずもなかった。

だが、ナガツ君とは飲んで話さなければならない気がした。

ここで見て見ぬふりをして通り過ぎてしまっては、また八年前と同じ過ちを繰り返すことになる。八年前の夏、親しかった同期が命を絶った時、ぼくは何もできなかった。あの時自分に何ができたか、彼の命を救えたか分からないが、少なくともぼくは、毎朝の朝礼でボロ切れのように扱われて命を磨《す》り減らしていった彼に対して、何もしようとしなかった。

助けなければ。

今ぼくがナガツ君を助けたからといって、八年前の償いになるとは思えない。それでも、何らかの行動を起こしたかった。

狭い世界で「役立たず」や「給料泥棒」の烙印《らくいん》を押されていた人間だって、なんとかこうして生きているという事実を伝えたかった。

「すみません、まだお名前を伺っていなかったような……」

「村沢といいます」

今日この派遣先に来て初めて自己紹介をした。どうせ短期間の派遣だが、名前ぐらいは憶えておいてもらわないと、仕事上さすがに不便だろう。

後ろ髪を引かれるナガツ君を半ば強引に連れ出し、池袋の街へ繰り出す。派遣社員として生活し始めてから八年目になるが、池袋の事務所に派遣されたのは初めてだ。

時刻は十八時三十五分。サンシャイン通りは池袋駅方面へ歩く勤め人で、ごった返していた。

「この時間の池袋って、こんなに人通りが多いんですね」

ナガツ君がポツリと呟いた。

「帰宅ラッシュの時間ですからね。ナガツさん、いつも帰りは遅いんですか」

「毎日終電ギリギリなので、人気のない街を駅までダッシュして帰ってます」

辛《つら》そうな語気の向こうに、ほんのわずかな誇らしさが見え隠れする。夜遅くまで会社にいることが、彼の心の支えになってしまっているようだ。

「家にはただ寝るためだけに帰っているようなものです」

終電で家に帰れるなら八年前の自分より遥《はる》かにマシな生活だが、そんな不幸自慢をしたところで何も始まらない。

「ナガツさんは、そんなに膨大な仕事を抱えているんですか」

「仕事量が多いのではなく、私の能力がないんです。能力不足は、稼働時間でカバーするしかないんです」

その気持ち、痛いほど分かる。植え付けられた無力感を、怒濤《どとう》の長時間労働で忘れようとする。かつて自分も同様のループにはまり込んでいた。

お前は無能だと言われ続け、会社で生活するような日々を送っていた。

サンシャイン通りの街並みは、あの頃とさほど変わっていない。

「昔いた会社の新人研修で、道行く人から名刺を二百枚集めて来いって言われて、池袋のこの辺で必死に集めました。同期と三人一組になって」

「村沢さんは、営業マンだったんですか」

「営業マンだったんでしょうか……一番しっくりいく表現は、奴隷ですね」

本当は奴隷以下の、生ける屍《しかばね》だった。半分死んだような朦朧《もうろう》とした頭で一日二十時間ほど働き、死体のように会社の床に転がって眠る日々。食事は五分で済ませろという社訓があったため、毎日コンビニのおにぎりやサンドイッチを詰め込むようにして食べていた。

「奴隷、ですか。どんな生活だったんですか」

「なんでもないような日常生活が懐かしく思えるというか、まるで異世界に隔離されたような生活でしたね」

うっかり不幸自慢を始めそうになるのを戒め「ここら辺の店に入りますか」と、通りの両脇を物色する。

餃子《ぎょうざ》一皿二百円を売りにするチェーンの中華料理屋に入った。高い棚の上に据え付けられた十四インチの小さなテレビから、夕方のニュース番組が流れている。

なんとなく、カウンター席へ足が向いた。横並びで話したかった。

「ぼくから声を掛けたので、おごります」

「割り勘でいきましょう。さくっと食べたら会社に戻りますので」

「いいえ、おごります。少なくとも、ナガツさんよりは稼いでいるはずなので。あと、会社に戻るのは無しですよ。勝負の前の約束です」

生ビールと餃子をひとつずつ注文すると一分も経たぬうちに無表情な女性店員が中ジョッキを二つ運んできて、カウンターの上にドンと置いて行った。ナガツ君は戸惑いつつ「よろしくお願いします」とジョッキを差し出してきた。

ビールは、あまり冷えていなかったが、ナガツ君は美味《うま》そうに喉を鳴らして飲み、それから「ふう」と息を吐いた。

「ナガツさんは入社何年目ですか」

「まだ半年です。大学卒業前に就職が決まらなくて、第二新卒で去年の秋に入社しましたので」

半年か。洗脳されているとしても、まだ日は浅い。

店のテレビから、ニュース番組のジングルが流れ、ＣＭに切り替わる。チョコレートのＣＭで音楽に合わせて踊るアイドルグループを見上げながら、ナガツ君が呟いた。

「この時間にテレビなんか観るの、久しぶりだなあ」

土日も仕事漬けで、家には寝に帰るだけだという。

「久しぶりだなあ」

ナガツ君はテレビを眩《まぶ》しそうに見上げている。

強いデジャヴが胸に迫る。八年前のあの夏の夜に似ている。深夜の居酒屋で何気なく流れるＣＭが眩しく見えたあの夜に。

「社会に出ていきなり厳しい会社と厳しい上司。大変ですね」

「いやいや、ありがたいと思っています。ニドウ部長は、一年間はいじめ倒してお前を鍛えると、入社初日から宣言してくださいました。部長がぼくに厳しく当たるのは、ぼくを鍛えるためです」

最初からいじめを部下教育の手段として正当化するあたり、ますます悪質だ。

無愛想な店員が餃子を二皿運んできて、またカウンターの上にドンと置いて行った。

ぼくらは各々、小皿にタレをさした。餃子は焼き方が雑なのか、焦げ目が薄い。二人とも、ひとつ目を箸《はし》で取って、タレにつけて食べた。

「安い割には美味いですね」

ナガツ君は本当に美味そうに頬張り、もうひとつを箸で取った。

ぼくは同意しない。何の変哲もない、つまらない餃子だ。美味いと思って食べれば美味いのかもしれない。だがぼくは、美味いとは思わない。

「ニドウ部長は、普段は恐ろしい人ですけど、時々、サシで部下を飲みに連れて行ってくれたりするんですよ」

典型的な洗脳の手口だと直感する。もっとも初対面のぼくが「あなたは洗脳されている」と言ったところで信じてはもらえないだろう。

「ナガツさんは、ずっと今の会社で仕事を続けようと思っていますか」

「少なくとも三年は頑張りたいです」

テレビを見上げながら、ナガツ君はジョッキを勢いよく傾けた。充血した眼には疲れが色濃く滲《にじ》む。

「どうして三年なんですか。今のまま三年も続けたら、心も身体も潰《つぶ》れますよ」

「最初の会社で長続きせずにドロップアウトすれば、その後はどこにも雇ってもらえませんから。つまり生きていけない」

「生きていけますよ。ぼくは四ヵ月でドロップアウトした後、ずっと派遣社員です。かれこれ八年になります」

「派遣社員ということは時給制ですよね。村沢さんはこの先もずっと時給で働くんですか。不安じゃないですか」

「ぼくは、ひとつの会社に居続けるほうが危険だと思います。特定の場所や人に依存する暮らしは絶対にしたくないです」

ナガツ君にこの考えを押し付けるつもりはない。ただ、ぼくは社会人になって最初に経験した地獄のような四ヵ月間を経て、「特定の場所や人に依存しない」と強く心に決めたのだった。

「正社員は安泰で派遣社員は不安定。それって、ナガツさんの思い込みじゃないですか」

「でも、失礼な言い方ですが、派遣社員の方に割り振られる仕事って主に単純作業ですよね。スキルアップに繋《つな》がらないような気がしますが」

「スキルアップというのは、会社の中でしかできないものでしょうか」

ひとつの会社で身に付けたスキルとやらは、その会社のルールの中でしか通用しないものが多い。一歩会社を出ればほとんど役に立たない。ぼくは色々な仕事を流転することで、ひとつの場所や特定の誰かに依存せずに生きる術《すべ》を見出《みいだ》した。

「じゃあ、村沢さんはどんなスキルアップをしてきたんですか」

「潰しがきくように、資格をたくさん取りました。簿記とか宅建とか色々。あとは翻訳とか本の校正とか、在宅でもできる仕事を不定期で請けています」

「資格試験に在宅ワーク……どこにそんな時間があるんですか」

「派遣の仕事は夕方まで。その後は自分の時間ですから」

「村沢さんは、すごい努力家なんですね」

「そんなたいしたものではありません。転々と根なし草のように生きていけるよう、最低限の力を身に付けているだけです」

全ては、特定の場所に依存せず、他人と深く関わらずに生きていくためだ。

「ナガツさんは、今の会社でスキルアップとやらができると思いますか。あんな風に非人間的な扱いを受けながら毎日深夜まで働かされて、何かいいことあるんですか」

自分の口調が挑発的になっていくのが分かる。

「簡単に逃げ出したくないんです。ひとつの仕事で使えない人間は、ニドウ部長のおっしゃる通り、何をやってもダメな人間になると思うので」

ナガツ君は俯いて唇を噛みしめ、心底悔しそうな口調で言った。

「たかが営業ひとつで、どうしてそんな話になるんですか」

ぼくもかつて、ナガツ君と同じように洗脳されていた。

お前のような機転の利かないクズは、どこに行っても通用しない。学生気分の抜けない弱っちい人間だから、俺が鍛えてやっている。骨の髄まで会社に従属し、依存するよう、繰り返し叩き込まれた。追い込まれ、思い込まされ、視野が狭められる。あの四ヵ月間、ぼくにとっての世界は会社だけになっていた。

ナガツ君に伝えたい。今すぐにでも逃げ出すべきだ。喉元まで出かかり、言葉を飲み込む。

誰とも深く関わるなという自戒が頭をよぎる。いくら過去の自分と今のナガツ君が重なって見えるからと言っても、深入りは禁物だ。

「すみません、色々と出過ぎたことを言ってしまって」

　少し頭を冷やそう。ふとテレビを見上げた。

　ＣＭが終わり、ニュース番組が再開される。アナウンサーがニュースを読み上げる。

〈今日午後一時半頃、東京・渋谷のスクランブル交差点に、全裸の男が現れ、道路交通法違反及び公然わいせつ罪の現行犯で逮捕されました〉

　テレビから流れてくるニュースに、テーブル席の客たちから嘲笑《ちょうしょう》が漏れる。

〈逮捕されたのは住所不定無職・上河内秀人容疑者、四十二歳。上河内容疑者は渋谷駅前の雑踏で突然ロングコートを脱ぎ、全裸で交差点に突入。横断歩道の中央で仰向《あおむ》けに寝転んだため、交差点は一時騒然となりました。警察の調べに対し上河内容疑者は『俺は宇宙だ』などと意味の分からない言葉を叫んでいるということです〉

　逮捕されたのは住所不定無職・上河内秀人容疑者、四十二歳。

　カミゴウチ、カミゴウチ、カミゴウチ。

　ぼくの耳の奥に繰り返し反響する。どこかで死んでいると思うことにしていた人間の名前が、唐突に飛び込んできた。

　同姓同名の人間ではないか。画面を見上げていると、警察車両の後部座席で暴れる男の顔が、カメラのフラッシュで一瞬、鮮明に映し出された。

　間違いなく、あの上河内だった。

　上河内がこの世界に生きているという事実を突きつけられ、恐怖が蘇《よみがえ》る。あの男だけは、空想の中だけでも死んでいてもらわねばならなかった。この世にいないと思い込むことで、ぼくは自らを納得させ続けてきたのだ。

「村沢さん、大丈夫ですか？」

ぼくの異変に気付いたナガツ君が、顔を覗《のぞ》き込んでくる。人のことなど気遣っている場合か。

今すぐ逃げろ。殺されるぞ。

「ナガツさん、今すぐ会社を辞めてください」

心の叫びがほとんどそのまま口を衝《つ》いて出た。

「はい？」

ナガツ君の声が裏返った。ぼくはコップを手に取って水を飲もうとするが、手が震えて上手《うま》く飲めない。

「今の会社からは、すぐにでも逃げ出すべきです。ここでだめなら何をやってもだめだなんて、全くのでたらめです。どこへ行っても、やり直しはいくらでも利きますから」

「ちょっと待ってください。今日会ったばかりの人になぜそんなことを言われなければならないんですか」

「言わないと分からないからです。ナガツさんは、あのニドウという男に洗脳されています。今のあなたは、ニドウのために生きているんです」

「村沢さんの言っていることのほうが、よっぽど洗脳じみていますよ。ぼくに水晶か壺《つぼ》でも売り付けようとしてませんか。この壺を買えばあなたの人生は救われます、みたいなやつですかね」

　ナガツ君は語尾に嘲笑を滲ませ、吐き捨てた。生半可な言葉では聞き入れてくれない。

「今のあなたの生活は、人間の生活ではない。一日も早く、人間に戻りましょう。こんな会社に三年もいたら、あなたは殺されます」

「殺される？　そんなわけないじゃないですか」

「いいえ、ぼくの友達が実際に一人殺されたんです」

　ぼくは八年前の生き地獄と、死んでいった夏野のことをナガツ君に話した。これは決して不幸自慢ではない。ぼくにはきっと、闇の歴史を伝承する義務があるのだ。

「死んだ彼は言っていました。この過酷な環境で三年間耐えられれば、無敵になれるんじゃないかって。最後は『てるてる坊主になる』『明日天気になあれ』というメッセージを残して、命を絶ちました」

「首吊《くびつ》り自殺ですか……」

「いいえ、自殺ではありません。他殺です。殺されたんです。何もできなかったぼくも、間接的に彼を殺したんです」

　ナガツ君は「そんな……」と呟き、箸で餃子を取ってタレにつけた。

「同期が命を絶った日の朝、彼を追い込んだ上司の男は『仕事が辛くて首を吊るような弱い人間はどうせどこへ行っても生きていけない』とせせら笑いました」

「ひどい奴ですね」

「その男は今日、スクランブル交差点に全裸で突入したそうです」

「何の話ですか」

「先ほどのニュースで報道されていた男は、ぼくがかつて四ヵ月間だけ正社員だった時の上司だった男です」

お前など他へ行っても使えない、生きていけない。ぼくたちを罵倒《ばとう》し、恐怖で支配し、洗脳し続けた男のなれの果てだ。

八年前の夏の朝礼の一場面が、ありありと脳裏に蘇る。

〈死んでお詫びすればいいでしょうか……〉

〈誰も止めねえし、死んだって誰も悲しまねえよ。その代わり、見えないところで勝手に死ね〉

あの時ぼくは本当に死んで詫びるしかないと思い詰めていた。

「よかったじゃないですか。いいザマで」

「全然よくないです。生きているんですから。なぜ死んでいないのか、悔しくてならない。あの男だけは正真正銘、人間のクズです」

ナガツ君は「人のことを簡単に『クズ』なんて言うのはよくないですよ」とぼくを宥《なだ》めながら席を立ち、トイレへと向かっていった。

彼はきっといい青年なのだ。だが彼のようないい青年は、ニドウのような人間にとって格好の餌食《えじき》でしかない。

カウンターの上で、ナガツ君の携帯電話が鳴った。ディスプレイには「仁堂部長」と表示されている。

ぼくは携帯電話を手に取り「応答」のボタンをタップした。声の違いを悟られぬよう「はい」と短く応答した。

〈なんで会社にいねえんだよ〉

「アポイントは取り終えましたので」

〈お前、バイトの奴にアポ取り手伝ってもらってたらしいな。恥知らずが〉

ニドウはナガツ君の携帯電話にかける前に、事務所へ電話を入れて状況を他の社員から聞いたようだ。

〈おい、聞いてんのか～。ナガツ、てめえ、どこをほっつき歩いてんだ、勝手に帰ってんじゃねえぞ〉

GPS付きの携帯を買わされ、監視されていた日々を思い出す。公園のベンチで缶コーヒーを飲んでいたら上河内からの電話が鳴り、職務怠慢の咎《とが》で罵倒された。あの時は心の底から申し訳なく思い、休息を取った自分の弱さを責め、歯がみしたものだ。

「この会社は、業務時間外に街を歩くのにも部長の許可が必要なんですか」

押し寄せる怒りの波を止めることができず、言葉が口を衝いて出た。

〈お前、ナガツじゃねえな。誰だ〉

「派遣社員の村沢ですが。ナガツさんはニドウ部長から課されたノルマを終えたので、退社しました」

ナガツ君がトイレから戻ってきた。ぼくが電話に出ていることに気付くと、血相を変えて摑みかかってきた。

「ちょっと、なんでぼくの電話に出てるんですか」

ナガツ君がぼくの手から携帯を取り上げた。それから受話口を耳にあて「ナガツですが」と名乗る。みるみるうちにナガツ君の表情が強張ってゆく。

「申し訳ございません！　今すぐ会社に戻ります」

電話を切るとナガツ君は「だから言ったじゃないですか！」と怒りを爆発させた。

「帰っちゃいけなかったんですよ。ぼくは無能で仕事ができないんですから、こんな時間に帰ってはいけない人間なんですよ！」

ナガツ君はポケットから千円札を二枚取り出し、カウンターに叩きつけた。

「今後一切、ぼくに関わらないでもらえますか」

「いいえ、ナガツさんを絶対に辞めさせてみせます」

「何なんですか、あなたは」

なんと言われようが構わない。殺されたら元も子もないのだから。

あの夏、ぼくは殺されていった夏野に何もできなかった。

八年の時を経た今、殺されるかもしれない青年に出会った。ここで見て見ぬふりをして通り過ぎれば、ぼくはまた同じ過ちを繰り返すことになる。

翌日、八時五十五分に出社。

セキュリティカードを入口のリーダーにかざそうとして、手を止めた。中からニドウの怒鳴り声が聞こえる。

「バイトの素人にアポ取りをやらせて仕事をしたふりをしている。お前はやっぱり給料泥棒だよ。仲間に謝れ！」

「申し訳ございませんでした！」

ドア越しにナガツ君の叫びが聞こえた。泣き声になっている。

「謝ってる割にはずい分頭が高いなあ。そう思わないか、みんな」

ニドウ部長に賛同を求められ「はい！」とか「うい！」とか意思を持たぬ返事がこだまする。

「もっと誠意のある謝り方があんだろうが！　あ⁉」

ドアの向こうで執り行われている、吊るし上げの儀式。見せしめとして特定の社員をいじめ倒し、他の社員に「明日は我が身」と恐怖心を抱かせる、典型的な支配の手法のひとつだ。記憶がまたひとつ掘り起こされ、動悸がする。

このまま踵《きびす》を返して帰り、二度と来なければいい。関わらなければいい。

だがぼくは、ドアを開けてしまった。震えを抑え「おはようございます」と平静を装って入る。全員の前でナガツ君が今にも土下座を敢行しようとしていた。その隣に、ぼくはひざまずいた。

「ナガツさんの仕事を勝手に手伝ってしまいました。申し訳ございませんでした」

ぼくは床に頭をこすりつけた。面従腹背の精神さえ揺らがなければ、形ばかりの土下座をするぐらい、なんでもない。

「ニドウ部長、これでよろしいでしょうか」

「バイトが出しゃばるんじゃねえよ。責任のないお前の謝罪など、なんの価値もない」

隣でナガツ君が「申し訳ございませんでした！」と目一杯卑屈な体で頭を床にこすりつけた。

「今すぐ、外回りに行って参ります！　掲載契約が取れるまで、絶対に帰りません！」

頭を上げる刹那《せつな》、ナガツ君はぼくに向かって憎しみに満ちた視線を投げてよこす。

「ぼくに一切関わらないでください」

そう言い捨てると、ナガツ君は目の前の一点を凝視するような思い詰めた表情で、外回りへと出掛けていった。

八年前のぼくも、きっと彼と同じような表情をしていたのだろう。

営業社員の出払ったオフィスで、ぼくは決められた仕事を淡々とこなし、昼休みを迎えた。

休み時間にもかかわらず、内勤の社員たちはパンやサンドイッチを食べながら作業の手を止めない。

社員たちの間に、休んではならないという暗黙の了解があるのだろうか。時給で働いているぼくは、構わず定められた休憩を取る。

外へ出て、西口公園のベンチで弁当を広げた。

乱れた心を鎮め、呼吸を整える。

上河内が生きていた事実。八年前の自分たちを彷彿《ほうふつ》とさせる、池袋の小さな営業所。八年前と今とが一本の線で繋がり、忌わしい記憶と共に押し寄せる。誰かに話さなければ自分を保っていられないという感覚に襲われる。

この記憶を共有できる人間といえば、一人しかいない。

ぼくは携帯電話を取り出し、株式会社ソーシャルアプリケーションのＷＥＢサイトを呼び出す。採用情報のページに設けられた「先輩社員紹介」のコーナー。

〈アプリ開発部　大友啓介《けいすけ》〉

彼は八年前と変わらぬ、どこかニヒルな笑いを浮かべ、ものづくりの仕事について考えを語っている。

「村沢と申しますが、アプリ開発部の大友さんはご在席でしょうか」

〈どちらの村沢様でしょうか〉

電話に出た女性に訊《き》き返され、言葉に詰まる。ぼくは「古い友人です」といかにも怪しまれそうな答えを返した。「少々お待ちくださいませ」という訝《いぶか》しがるような声の後、受話口から保留音の『レット・イット・ビー』が流れる。

〈替わりました、大友ですが。どちらの村沢様でしょうか〉

仲の良い同期だったとはいえ、八年も前のことだ。こちらから連絡を絶って疎遠になった手前、忘れられていてもおかしくない。

まずは思い出してもらおう。ハッピーインベストメントで同期だった村沢。忌わしい会社名を口にしようとしたその時。

〈マンション投資には興味ありませんが。ウォーターサーバーも間に合っています〉

言い終わった後、わざとらしい溜息が聞こえた。

〈ずい分ご無沙汰《ぶさた》だったな。八年ぶりか。何してたんだよ〉

大友の問いに正面から答えれば長電話になる。

「あいつが、生きてた」

伝えたい用件を単刀直入に伝えた。

大友は「あいつって、あいつのことか？」とおかしな言葉で応じた。ぼくも「あいつのことだ」と返す。名前を口にすることすら忌々しい。

「ああ、ニュースで見たよ」

とにもかくにも一度、久しぶりに会おうと、連絡先を交換し、手短に電話を切った。

週末、大友が住む名古屋へ向かった。首都圏から外へ出るのは学生の頃以来だ。人との関わり合いを最小限に留め続けた結果、旅に出る意欲も必要性も感じなくなっていた。

東京駅から東海道《とうかいどう》新幹線『のぞみ』で約一時間半。社会保険労務士のための実用書を三章ばかり読んでいるうちに、名古屋に着いた。

桜通口《さくらどおりぐち》の改札で待っていると間もなく、大友が現れた。

「おお、お待たせ」

八年ぶりの再会だというのに、あっさりしている。この雰囲気、変わっていない。

大友はベビーカーを押していた。ベビーカーには、二、三歳ぐらいと思われる女の子が座って眠っている。

大友の隣には妻と思《おぼ》しき女性が寄り添っている。

ぼくは大友の幸せそうな表情に対し、はっきりと負の感情を抱いた。妬《ねた》みなどではない。おそらく反感や不信感、失望といった類の感情だ。

「奥さんと娘」

大友は照れくさそうに笑いながら妻と子供の名前も紹介したが、その声はぼくの耳を素通りしていった。

大友の妻は親しみのこもった笑顔で「はじめまして」と頭を下げた。

「村沢と申します」

ぼくはお愛想のひとつも口にせず、大友の妻に向かって慇懃《いんぎん》無礼に頭を下げた。

大友の妻は、ぼくが何の興味も示さないことを感じ取ったのか、やや事務的に「では、ごゆっくり」と言い残し、ベビーカーを押して地下鉄乗り場のほうへと歩いていった。

「とりあえず、茶でもするか」

ぼくは大友の歩くまま、その後ろに付き従い、駅の地下街に入っていった。軽やかな足取りで歩いてゆく大友の背中を見ながら、彼に対する反感が募ってゆく。大友は夏野を助けられなかったことを悔やみ、自責の念にさいなまれながら生きているはずだった。八年間、ぼくはそうやって生きてきた。大友もきっと同じだろうと思い込んでいた。自分と同じであるという前提で、ぼくは名古屋まで会いに来たのだ。

大友は、店頭に大きなガラス張りのショーケースをしつらえた昔ながらの喫茶店の前で立ち止まった。ショーケースにはトーストやサンドイッチ、パフェなどの食品サンプルが並んでいる。

「ここの店、モーニングのボリュームがすごいんだよ。十一時までだからもう終わっちゃってるけど。まあ、コーヒーの種類も豊富だから、ここにしよう」

モーニングのボリュームもコーヒーの種類も、ぼくにとってはどうでもよい。大友との間の温度差に苛立《いらだ》ちが募る。

禁煙スペースのテーブル席に通され、大友はドリンクのメニューをめくる。『トラジャ』という聞いたことのない銘柄のコーヒーを注文した。ぼくはメニューを見ることもなく「アイスコーヒー」と告げた。

大友はおしぼりで顔を拭《ふ》きながら「いやあ、お互いもう三十か」と呟いた。夏野も、生きていればもう三十だった。

「あの後、どうしてたんだよ」

ぼくたちの間で「あの後」といえば、八年前のあの夏の日の後のことだ。

「ネットで『村沢憲治《けんじ》』って検索してみても、出てきやしないし」

ぼくはSNSの類に一切登録していないため、ネット上での人格を持たない。

「いま何の仕事してんの？」

「派遣で色々やってるよ」

なぜ大友はこんなにお気楽なのか。なぜ夏野の話をしないのか。

混乱する頭で、ぼくは咄嗟《とっさ》に今の状況を整理した。

大友は夏野を救おうと手を尽くした。間に合わなかったが、彼は全力を尽くしたのだ。

一方、ぼくは何もしようとしなかった。夏野を心の中で二度殺したも同じだ。

ぼくと大友は同じではない。

大友には夏野がいなくなった世界で幸せに生きる資格があり、ぼくにはその資格がないのだ。

「あの時はすまなかった」

「なんだよ、突然。謝られることなんて、憶えがないぞ」

夏野が死んだことを、殺されたことを知りながら、ぼくは上河内の指示に従って押し売りの電話を掛け続けた。

「おかしいことを、おかしいとはっきり言えるまともな人間は、大友だけだった」

「俺は前の日に退職届を出して、既に部外者だったからね。だから言いたいことも言えたんだ」

夏野が死ぬ前の日、大友は退職届を出していた。まともな判断力を持ち、まともな行動に出たのだ。

そして夏野が死んだ日の朝、大友は会社に乗り込んできた。上河内の所業を糾弾するためだ。

だがあの時のぼくは、大友を一人で逃げ出した卑怯《ひきょう》者、裏切り者だと思った。夏野は自殺したのではなく殺されたのだと主張する大友に向かって、上河内は薄笑いを浮かべながら言った。

〈仕事が辛いから首吊って死んじゃいましたってか？　笑わせんな。この世の中、どっちにしろそんな弱い人間は生きていけねえよ〉

今でもこの言葉が脳裏に焼き付いている。激しい怒りと共に蘇る。上河内に対する怒りではなく、あの時の自分に対する怒りだ。

夏野の死を知った時、ぼくは自分を正当化することを何よりも優先させた。自分は夏野とは違う。弱い人間ではない。どんな状況でも平静を保ち、仕事を全うできる人間だ、動じることなく仕事を続けることこそ正義なのだと、自らに言い聞かせた。

何事もなかったかのように装い、努めて粛々と電話を掛け続け、上河内への忠誠心を示そうと躍起になっていた。他の社員も同様だった。

何かが、いや、何もかもがおかしいと気付いていたはずなのに、誰も声を上げようとしなかった。

行動に移したのは大友ただ一人だけだった。夏野は上河内に殺されたのだと声高に主張し、ぼくには逃げろと促した。ぼくは「ここ以外に行く場所がない」と答えた。心の底からそう思い込んでいた。

夏野が死んだ翌日、ハッピーインベストメント社に投資者からの電話が殺到した。

上河内が社員を罵倒する音声がインターネット上に晒《さら》されたのだった。

〈株式会社ハッピーインベストメント　地獄の朝礼〉と題された十件以上の音声ファイルは延べ三時間にもわたるもので、その凄惨《せいさん》な内容により、瞬く間に世間に広がった。内部にいる者、あるいはいた者にしか入手し得ない音源であり、大友の仕業であることは明白だった。

ぼくは自分や夏野や大友が罵倒される音声を聞き、自分たちが置かれていた状況を初めて客観的に認識した。毎日受け続けた「ありがたいご指導」は、パソコンのスピーカーを通しただけで全く別物に聞こえた。

ネット上で無数に拡散してゆく自分の音声を聞いた上河内は取り乱し、荒れ狂った。

〈あのクズを連れてこい。ぶち殺してやる〉

ぼくは命じられるがまま携帯電話から大友の番号を呼び出そうとした。だが、手を止め、そのまま連絡先から削除した。上河内には「裏切り者の連絡先は削除しました」と報告をした。

　初めて上河内の命令に背いた。まだ「恩のある上司」に対する良心の呵責《かしやく》にさいなまれていたが、洗脳状態から脱《ぬ》け出すための大きな一歩だった。

鳴りやまぬ電話の中、ぼくはその対応に追われた。上河内はただ狼狽《ろうばい》し、社員たちに怒鳴り散らすばかりで、決して矢面に立とうとはしなかった。

〈でっち上げの音声を削除しろ〉

〈あの声は俺の声ではない。クズに嵌《は》められたんだ〉

〈裏社会のエージェントがあのクズをスパイとして送り込んだ〉

〈俺は全て正しい。俺は宇宙だ〉

　上河内は睡眠障害に陥り、日に日にやつれ果て、言動が支離滅裂になっていった。一週間後、上河内は入院した。

「ようやくぼくは疑問を抱き始めた。自分はこの人間のどこを尊敬していたのだろうかと。尊敬の対象として、あまりに見苦しい有様だった」

「そうだったんだ。あんなに偉そうだったのに、意外と脆い人間だったんだね」

「高圧的な人間は、一度折れると驚くほど弱く、見苦しい」

「で、村沢も洗脳から解かれて、無事に解放されたというわけか」

「いや、そう簡単ではなかった。しばらくの間、最後の一人になるまで残ったよ」

経営陣は蜘蛛《くも》の子を散らすように逃げ出した。社長が国外へ脱出したらしいという噂が流れ、社員たちも次々と逃げ出した。入院していたはずの上河内もどこかへ姿をくらました。

誰もいなくなり、営業不能の状態に陥ってようやく、ぼくは会社へ行くのを止めた。

入社から四ヵ月余り。強制的に発生した、初めての休日だった。茫然《ぼうぜん》自失の状態でアパートへ戻り、せんべい布団に身体を横たえた瞬間に気を失い、三日間にわたって断続的に眠り続けたのを、はっきりと憶えている。

目覚めて水を飲み、弁当を買うために外へ出た。

近所のスーパーで比較的栄養価の高そうな弁当を買い、公園の木陰のベンチでゆっくり、時間をかけて食べた。夏を夏として感じ、蟬の声を蟬の声として聞いた。元の世界に戻ってきた、生還したのだと実感した。

図らずも洗脳から解き放たれ、それまでの四ヵ月を振り返るにつれ、自分がどれだけ非人間的であったかを思い知り、戦慄《せんりつ》した。何をもって非人間的とするか、上手く具体的には表せないのに、とにかくあらゆる面で非人間的だった。

下宿のアパートで一週間、二週間と引きこもりながらも、ゆっくりと、少しずつ人間に戻ってゆく過程で、なぜあんな人間に骨の髄まで支配されていたのかと歯がみした。

精神状態が元に戻るにつれ、夏野は殺されたのだということに思い至った。あれは紛れもなく殺人だった。

そして本当は夏野ではなく自分が殺されていたはずだったということを、はっきりと自覚した。

「大友も、内心分かっているだろう。夏野は、ぼくの代わりに殺されたんだ」

「は？　何がどうなるとそんな話になる」

「本当は、何日か前にぼくが死んでいたかもしれない」

夏野が死ぬ少し前、ぼくは上河内の勘気に触れ、朝礼で毎朝、全社員の前で罵倒され続けていた。アポイントすら取れないまま成果ゼロが続き、盲信していた上河内から人格の根底まで否定され続ける日々に、ぼくの精神は死んでいった。

上河内はぼくに問うた。お前に生きている価値があるのか、と。ぼくは死んで詫びればよいかと訊き返した。上河内は勝手に死ねと言った。

今となっては信じられないことだが、ぼくはもう、本当に死ぬしかないと思った。

その時、出掛け際に夏野が、ぼくに一枚のメモを差し出した。夏野が取り付けたアポイントの、訪問先が記されていた。

藁《わら》をもつかむ思いでぼくは夏野の優しさを受け取った。その日の昼休み、夏野に譲ってもらった客を訪問し、強引な営業で前向きな返事を取り付けた。

次の日の朝礼で報告すると、ぼくは上河内から激賞された。差し出された上河内の右手を、ぼくは号泣しながら握り返した。一生この人に付いて行こうとさえ思った。貶《おとし》めてから持ち上げる。洗脳の手口であることが、あの時のぼくには分からなかった。

翌日以降、上河内の標的は、ぼくから夏野に変わった。

罪悪感にさいなまれたが、上河内に認められたいという承認欲求がそれを凌駕《りょうが》した。

「夏野は死にかけたぼくを救ってくれた。その夏野を、ぼくは見殺しにした」

そればかりか、上河内の言葉に感化され、自分は夏野のような弱い人間にはなりたくないとさえ思ったのだ。

もしあの時、ぼくが夏野の優しさを受け取らなかったら、夏野は死んでいなかったかもしれない。死んでいたのはぼくかもしれない。

ぼくは夏野の犠牲の上に、生き残ってしまったのだ。

あの会社がなくなり、半月ほどの引きこもり生活を経た後、ぼくは家の周りを散歩するようになった。ある日の夜、どぶ川にかかる橋の欄干に腰掛け、街灯に照らされたどす黒い水面をぼーっと眺めていると、変な気持ちが頭をもたげた。このまま腰を前へずらして欄干から手を離せば、自分は死ぬのだろうかと。その時、背後から酔った男の声がした。

〈おい、落っこちんなよ。この川、俺がさっきションベン垂れてきたからよ〉

バカバカしくなった。そして、こんな風にバカげた言葉のひとつでも投げかけていれば、夏野は死ぬことを思い留まったかもしれないと悔やんだ。

夏野が殺された後の世界で、自分は辛くも殺されることなく生き残った。その事実を自覚する度に、自分は生きていてよいのだろうかという疑念が頭をよぎる。

「のうのうと生き続けるならば少なくとも、笑ったり、何かを楽しんだり、美味い物を食べたりしてはいけないような気がした」

ここまで話したところで、大友は呆《あき》れたように笑った。

「お前、相変わらず極端な奴だな。ニュータイプのサイボーグ村沢か。美味い物を飲み食いして、美味いと感じて何が悪い。なあ、ここのアイスコーヒー、美味いだろう？」

「なんとも思わない。注文せざるを得ないから注文しただけ。水分補給だ」

「嘘つけ……じゃあ話を変えよう。彼女とかいないの？」

「そういう感情は一切持たないようにしている」

「やっぱりお前はあまりにも極端だよ。いくらお前が禁欲を貫いたって、夏野は戻ってこないぞ」

「言われなくても分かってる」

「村沢の基準に当てはめたら、俺なんか重罪だぞ。美味いものは美味いし、楽しいことは楽しい」

「大友は夏野を救おうと最善を尽くした。ぼくは夏野を犠牲にして自分だけ助かり、見殺しにしたばかりか、彼を弱い人間として軽蔑《けいべつ》さえした。大友とぼくとは、違うんだ」

「あのさ、楽しく生きて悪いことなどあるか。結局、生きていかなきゃならないんだからさ」

「ああ、そうだよ。生きていかなくちゃならない」

生きてゆく当座の金を稼ぐため、派遣会社に登録した。

最初の派遣先は時給千三百円のインターネットプロバイダのコールセンターで、仕事は滞納料金の支払督促業務。一時間あたり千三百円がきっちり支払われ、社会保険も完備。交通費も、事務用品もちゃんと支給された。

当たり前のことなのに、全てが新鮮で、ありがたく感じられた。

ハッピーインベストメント時代は、月に六百時間ぐらい働いて月給が十八万円。時給に換算すると三百円程度。さらに「自己投資」の名のもと、あらゆる経費が自腹だった。あの状況下で何の疑いもなく従順であったことは、恐怖に値する。

人間は簡単に洗脳されるということを、ぼくは身をもって知ったのだ。特に、自分は洗脳されやすい性質の人間であるということを自覚した。

そして洗脳されないためのいくつかの戒めを自らに課した。ひとつのところに留まらない、特定の人間と深く関わらない、何人《なんぴと》たりとも尊敬しない、心酔しない。

それらの戒めを着実に実践していくうちに辿《たど》り着いた座右の銘が「面従腹背」だ。

派遣先で決められた期間、決められた仕事だけを従順にこなす。「面従腹背」こそが、ぼくの流儀だ。

「洗脳から解かれた後はとにかく、何事にも深く関わらないようにして生きてきた」

ぼくの話をひと通り聞き終えると、大友は「へえ」と大げさに感心してみせた。

「そうか、派遣社員をしながら他に手に職を付けてるんだな。仕事の面ではそういう生き方もありだな」

　そんな話をしたいのではない。

「大友には、感謝してるよ。大友が、ぼくを洗脳から解き放ってくれた。恩人だ。尊敬はしないけれど、恩だけは忘れないつもりだ」

「そんな、大げさな」

「おかげでぼくは、自分の生き方らしきものを見つけられたのだと思う。ひとつの会社に一年を超えて勤めないこと、特定の誰かを尊敬しないこと、派遣先の会社の人間とはプライベートで一切繋がらないこと。この三点を頑《かたく》なに守ってきた」

「支配されないため、洗脳されないために、ということか」

「ああ。どうしてあんな奴に支配されてたんだろう」

　大友は「なるほど」と呟き『トラジャ』にミルクを足して、美味そうにすすった。

「色々話を聞いて思ったんだけどさ、村沢は、まだあいつに支配され続けてるよ。洗脳も解かれていない」

　断定的な口調に、ぼくは一瞬怯《ひる》んだ。

「ぼくはもう、誰からも支配されていない」

「いや、八年間、上河内っていうちっちゃい人間の記憶に追い立てられ、抗《あらが》い続けてるじゃんか。で、あいつの支配から逃れたくて、わざわざここまで来たんだろう」

　ぼくは首を振って否定する。だが返す言葉が見つからない。

「自分を罰するように生きたからって、夏野が喜ぶと思うか」

「それは死者の心情を勝手に美化しただけの都合のいい解釈、ありきたりな美談だね。危害を加えた人間は同等の報いを受けるべきであり、そうでなければ殺された人間は報われない」

「報いを受けるって、村沢が何の報いを受ける必要がある？」

「夏野を見殺しにした報いだよ。ぼくは間接的に夏野を殺したのだから、その報いを受けて当然だろう」

「何もできなかったのは俺だって同じだ。結局助けられなかった。村沢だけが罪の意識をしょい込んでどうする」

　大友がもどかしそうに反論する。

「大友は違う。夏野を救おうと思ったんだろう」

「ああ、でも間に合わなかった。あの音源をあと一日早く世間に晒していたら、夏野は殺されずに済んだかもしれないって、悔しかったよ」

「それでも大友は、夏野の無念を晴らそうと思って、やってやったんだろう」

「そうだな。会社ごと吹っ飛ばして夏野の仇《かたき》を取ってやろうという気持ちで投稿ボタンを押した。もちろん、上河内のクソ野郎も社会的に抹殺してやろうと思った。あいつ、俺が退職届を出した時に言ってたよ。『転職なんかできると思うなよ。お前の人生、滅茶苦茶にしてやるよ』って。できもしないくせにさ。逆に、こっちは本当にやってやろうと思った」

「ならば、その目的は達成されたよ。あいつのなれの果てが、スクランブル交差点に全裸で突入だ」

「そうだろうか。あのニュースを見た時、特に胸のすく思いはしなかったよ。びっくりはしたけどね」

ぼくも決して胸のすく思いはしなかった。むしろ思い出したくないものを鮮明に思い出してしまったという負の感情しかなかった。

「どの道、生きていかなくちゃならない。どうせなら、人と関わり合ってなんぼだろう」

大友は諭すように言った。

「特定の場所で特定の人間と長い間関わり続け、しがらみに搦《から》め捕られる人生。生きていて楽しいのだろうか」

「村沢、その言葉、そっくりそのまま返すよ。生きていて楽しいか？　誰とも繋がらない人生って、楽しいのか」

大友の口調は穏やかだった。心の奥底から湧き出してきた素朴な疑問をそのまま投げかけている印象だ。

「楽しいか否かは問題ではない。二度と洗脳されないためだ」

「お前もある意味、無敵になろうと肩肘を張っていないか」

「ぼくは誰とも、何とも戦わない。なぜなら、はなっから関わらないからだ」

「それは結局、無敵になりたいからじゃないのか。向かうところ敵なし」

「違う」

「いや、違わないよ。誰とも関わらなければ確かに敵は生まれない」

誰とも関わらない人生は、楽しいか。大友の歯に衣を着せぬ物言いに、ぼくは怯んだ。懐かしい感覚だ。こうやって大友に言い負かされそうになる度、ぼくはムキになって何かを言い返していた。

「最近、一人だけ深く関わっている人間がいる」

ぼくは今派遣されている会社のこと、ナガツ君のことを話した。目下、彼を辞めさせることが自分の使命であると。

「やっぱりお前は極端な奴だなあ」

大友は、今度は呆れ笑いではなく、心底楽しそうに笑った。

「他人の人生に土足で踏み込むことにもなりかねないけどな」

「命を助けるためには土足も何も関係ない。なりふりかまわず踏み込むべきだ。そういう勇気がなかったから、ぼくは夏野を助けられなかった……」

「俺も同じだよ。助けられなかった。でも一方で、助けられたはずだと思うのも、思い上がりなのかもしれない。残された者の勝手な思い込みかもしれないとも思ったよ」

「少なくとも、大友はぼくを救った。ぼくは救出してもらったんだ。でも、ぼくは誰も助けられなかった」

「だからその派遣先のブラック上司から新人君を助けたいっていうわけか？」

「勝手な思い込みでもいい。ぼくは彼を辞めさせなければならない。彼を助けなければならないんだ」

「ほどほどにしとけよ」

大友はまた嬉《うれ》しそうに笑った。

喫茶店のメニューには瓶ビールもあったが、二人とも頼まなかった。

八年前の夏の日の夜、夏野と大友と三人で飲んだのは、凍《い》てつくほどに冷えた中ジョッキの生ビールだった。

月曜の朝、派遣会社からの電話で目覚めた。

今回の派遣先からクレームが入ったため、今週いっぱいで他の登録社員と交替してほしいという連絡だった。

以前のぼくなら、言われるがままに受け入れただろう。だが、今は困る。

「反省しますので、もう少し今の派遣先で働かせていただけないでしょうか」

ぼくは派遣会社の担当者に泣きついた。「そうおっしゃるなら」と担当者はニドウ部長に掛け合ってくれることとなった。

ぼくはクローゼットの奥からスーツを取り出して身にまとい、担当者と一緒に、ニドウ部長に謝罪しに行った。

　始業前の小会議室でニドゥ部長の貴重なお時間をいただく。上座に座って足を組むニドゥ部長に対し、ぼくはこれ以上ないぐらい卑屈な態度で頭を下げ、涙声で謝罪の言葉を繰り返した。

　一度盾突いた人間を自分の権力で服従させるのは、このタイプの人間にとってたまらない快感だろう。

「今度変な動きをしたら、契約は解除させてもらうからな」

　渋々の体でニドゥ部長は言った。内心は溜飲《りゅういん》を下げ、ほくそ笑んでいるはずだ。

「それと、ナガツに変な情けはかけるな。俺には俺の社員指導があるから、邪魔されたら迷惑なんだよ」

　俺には俺の社員指導、か。スケープゴートを一人作り、他の社員を恐怖と猜疑《さいぎ》心でまとめ上げる、ある意味典型的な指導法だ。

　始業前の謝罪を終え、ぼくも自《おの》ずと朝礼に合流する形となった。ニドゥ部長は訓示を終えると、突然ぼくに話を振った。

「おいバイト、アポ取りぐらいはできるんだっけか」

「はい。少しならできます」

　できる限り謙虚な口調で答える。

「よし、やってみろ。ナガツと勝負だ。負けたほうが丸刈りにしろ。駅前に千円の散髪屋があるからよ」

悪趣味極まりない。早速ぼくの忠誠心を試そうという魂胆か。

「三件一本勝負だ。先に三件アポを取ったほうが勝ち。手加減するんじゃねえぞ。手を抜いたら、今度こそクビだからな」

「もちろん、ご指示のとおり全力でやらせていただきます」

ニドウ部長は「頼もしいじゃねえか」と満足げに頷《うなず》いた。一度盾突いた人間を服従させたことに対する、至福の表情だ。

始業と同時に、ぼくとナガツ君は見込み客リストに沿って一斉に電話をかけ始めた。

勝負はあっさりとついた。

ナガツ君が一件もアポを取らない間に、ぼくは三件のアポを取り終えた。

「散髪代は俺が出してやるよ。バイト、お前から渡せ」

ニドウ部長は自席に座ったまま財布から千円札を取り出し、ぼくに向かって掲げた。

ぼくは駆け寄ってうやうやしく受け取った。

「さあ、渡してやれ。『お前の負けだ。丸刈りにしてこい』って」

どうしても口が動かない。ぼくは「約束なので」と言葉を濁し、ナガツ君に千円札を渡した。

「ちゃんと口に出して言えよ。『お前の負けだ。丸刈りにしてこい』って」

面従腹背だ。心はニドウに従っていない。自らに言い聞かせ、ぼくはニドウの指示通りの言葉を口にした。

「お前の負けだ。丸刈りにしてこい」

ナガツ君は「行ってまいります」と抑揚のない声で言って千円札を受け取った。

「中途半端な丸刈りで済ませるんじゃねえぞ。二ミリ以下にしてこい。悔い改めて、一からやり直すつもりでな。いいな」

ニドウ部長がナガツ君の背中に向かって言う。ナガツ君は「承知しました！」と涙声で応じた。

二十分も経たぬうちに、ナガツ君は戻ってきた。剃《そ》られたばかりの丸刈り頭は青々としている。

「少しはインパクトのある見てくれになったな。それで飛び込み営業に行って来い」

ニドウ部長の嘲笑に、他の社員たちも乾いた声を上げて笑った。笑わないと次は自分が標的にされるかもしれないという恐怖のためだ。

よりにもよってなぜ丸刈りなのか。自らバリカンで髪を刈って、てるてる坊主になった夏野のことが頭をよぎる。

ぼくは動悸と身体の震えを抑えながら、ニドウ部長の仕打ちを事細かに記録し、メモに残した。

一週間後、ぼくはナガツ君と共にニドウ部長から呼び出された。

別室に入ると、ニドゥ部長は机の上に書類を放り投げた。

「このでたらめの作文、お前が送り付けたのか」

Ａ４縦書きの『パワーハラスメント差止依頼書』と題した文書だ。ニドゥ部長による所業が時系列で淡々と記されている。

「私が送りました。でたらめではなく、事実を列挙したものです」

苛烈《かれつ》な仕打ちほど、淡々と記したほうが真に迫る。内容証明郵便の書き方のコツだ。

文末には「行政書士　社会保険労務士　村沢憲治」と記した。

本社の法務部に送り付けたが、予想通りニドゥ部長のもとに転送されたようだ。現場で握りつぶせということだろう。筋金入りのブラック企業だ。話が早い。

「俺がやっていることはいじめではない。指導だ。こんなものを送り付けて、クビで済むと思うなよ」

ニドゥ部長は会議用テーブルに両足を乗せ、虚勢を張る。心中の怖くてたまらない様子が、手に取るように分かる。

「それにしてもお前さ、小賢《こざか》しいことやる割にバカだな。この作文をざっと読んだところ、お前はナガツへの加害者だよな。お前が『丸刈りにしてこい』って、はっきりと言い渡してるぞ。なあ、そうだろう」

「おっしゃる通り、私は加害者です。ニドゥ部長の強制により心理的に追い込まれ、ナガツさんにひどい仕打ちをしました。私は一次被害者、ナガツさんは二次被害者。二人を代表してこの書面でニドゥ部長の悪質な行為を記録し、内容証明郵便にまとめました」

「もう、何をやってくれてんですか、あなたは！」

ナガツ君がぼくの言葉の語尾を遮るように机を叩き、半ば錯乱状態で叫んだ。

「なあナガツ、これを読んでみてどう思う。ここに書いてあることは事実か？」

ナガツ君は全く読もうともせず「このような事実はありません」と言い切った。

「そうだよな。じゃあ、今すぐこのでたらめの作文を取り下げろ」

ニドゥ部長はナガツ君に向かって言い放つと、話は終わったといった様子で、机に乗せていた足を下ろした。

「ナガツさんに取り下げる権利はありません。この文書の作成者はナガツさんではなく私です。私がニドゥ部長の悪質な行為を事実として列挙し、その内容を証明するための文書ですから。取り下げるか否かは私の判断です」

「粘着野郎が。薄気味悪い奴だなあ。何がやりたい」

「この生き地獄のような会社からナガツさんを救出します」

ナガツ君は両肘を突き、両手で頭を抱えている。何も見たくない、聞きたくない、自分は関係ないとでも言いたげな様子だ。

「何だか知らねえけど、もう関係ねえな。こんな紙切れで、何かできると思ったか。バイト一人ごとき、俺の一存でどうにでもできるんだよ。何をやろうと、お前は負け犬だ。今すぐ消えろ」

ニドウ部長は勝ち誇った声で言い放つと席を立った。

「あなたと勝ち負けを争う気など毛頭ありません。狭い世界でどうぞ、あなたの勝利とやらを謳歌《おうか》されればよろしいかと」

「定職にも就かずフラフラしてるクズに言われる筋合はねえよ」

余裕の笑みを浮かべ、ニドウ部長は『パワーハラスメント差止依頼書』をナガツ君の目の前に放り出した。

「ナガツ、そのイカれたでっち上げの作文は、お前が記念に持っておけ」

ニドウ部長は言い捨てると、会議室を出て行った。

「おしまいですよ……。ぼくも、この会社にいられなくなる」

「これでおしまいならば最高の結果だと思いますが、残念ながら、ナガツさんを辞めさせてくれるようなことは絶対にありません。そう簡単には逃がしてくれませんよ」

「あなたの言っていることは、いちいち意味が分からないんですけど」

「ナガツさんはニドウ部長にとってなくてはならない存在です。彼はナガツさん一人を貶めることで、他の営業部員を統率し、支配しています。だから、自らの意志で逃げない限り、ナガツさんは人間には戻れません」

救われる方法はふたつにひとつ。自分の意志で逃げ出すか、会社がなくなるか。かつて大友は自分の意志で逃げ出すことにより救われ、ぼくは会社がなくなったことで救われた。夏野だけが救われなかった。

派遣先でたまたま出会ったこの青年に、夏野と同じような道を辿って欲しくない。

「ナガッさん、これを読んでみてください。今の状況を客観的に直視すれば、自分のやるべきことがはっきりと見えてくるはずです」

ぼくは内容証明郵便の文面をナガッ君の前に差し出した。ナガッ君は呆然と窓の外を見つめている。

「読むんです。目をそむけず、読んでください」

八年前に大友が身を挺《てい》してインターネット上に晒した音源を聞いた時もそうだった。客観できる形に置き換えると不思議なことに、見えなかったものが見えてくる。当たり前だと信じ込んでいた毎日がどれほど陰惨であるか。

「結構です。読むいわれはありません」

止むを得ない。ぼくはテーブルの上の紙を手に取り、会議室から出た。

営業部の社員たちは外回りへ出掛ける準備をしている。

「ニドウ教信者の皆様！　おはようございます」

ぼくが大声で呼び掛けると、社員たちが一斉に会議室のほうを向いた。扉の開け放たれた会議室を背に、ぼくは営業部の島に向かって告げた。

「先日、ニドウ部長のパワーハラスメント差止依頼書を提出しました。ナガッさんに対する行為と、それに伴って強いられた深夜にわたる長時間労働の実態を記録したものです。皆さんに真偽のほどをご確認いただきたく、ここに読み上げます」

「仕事の邪魔だ。帰らないなら叩き出すぞ」

ニドゥ部長が声を荒らげた。

「では、これを読ませていただいてから、存分に叩き出してください。事実でないとおっしゃるならば、皆さんにも確認していただきましょう」

ぼくは、背後で頭を抱えるナガツ君に向けて文面を読み上げた。

自分は、呪いが解ける瞬間を知っている。洗脳という名の呪いが。

「さあ、こいつの読み上げた作文、事実か？　タナハシ、答えてみろ」

「いいえ、全て事実ではありません。虚偽の内容です」

タナハシ主任は飼い馴《な》らされた直立不動スタイルで答え、飼い馴らされた動作できれいに頭を下げた。

「いいか、腐れアルバイト。ここでは黒いもんも俺が白だと言えば白になるんだよ」

軽薄な人間だ。勝ち誇る余り、自分の所業が黒であることを白状している。

「ナガツ！　ちょっと来い！」

ドアが開け放たれたままの会議室に向かって、ニドゥが怒声を上げた。会議室で頭を抱えていたナガツ君は反射的に立ち上がり、全速力で部長席の側へと駆けてきた。

「同情を誘ってバイトにこんな作文させたんだろう？　情けない男だなあ。キンタマ付いてんのか？」

「私は一切関わっていません。申し訳ございません」

「謝れなんて言ってねえぞ。まだ日本語が分からねえか。キンタマ付いてんのかって聞いてんだよ。どっちだ、答えろ」

「……付いてます」

「なんだそれ。『付いてまぁす』だとよ。つまらねえなあ、お前は」

ニドウが笑えと言わんばかりに侮蔑すると、営業部の社員たちは声を上げて笑った。目だけは誰一人として笑っていない。

「おい腐れバイト、どこへ行っても働けないようにしてやる。覚悟しとけ」

どこへ行っても働けないように……。どこかで聞いたような言い回しに、思わず噴き出した。

「つまらない人間ですね」

ふっと口を衝いて出た。自分の意思にかかわらず、誰かに言わされたような、不思議な感覚だった。つまらない。とにかくつまらない。

「まったく、『どこへ行っても働けないようにしてやるぅ～』ですって？　チンピラ風情のえせビジネスマンの常とう句なんでしょうか。できもしないくせに、みんな同じこと言いますよね。ワンパターンで実につまらない。もっと気の利いた脅しはないものでしょうか」

ニドウの目の色が変わった。怒れ。うろたえろ。取り乱せ。

「あなたが立派に洗脳した従順な部下たちが、不安そうに見ていますよ。ご主人様、よそ者の腰掛け派遣社員にバカにされっぱなしで大丈夫だろうか、って。示しが付かないんじゃないですか。部下たちになめられて、言うことを聞かなくなってしまったら、まずいですよね」

ニドウのような類の人間は、自分を貶める言動に対して異常なまでに敏感だ。盾突く者は潰しておかねば、絶対的な優位が揺らぐ。だから周りの者、時には特定の誰かを徹底的に貶め、自らの力を誇示する。臆病《おくびょう》者の亜種だ。

「お前、殴られたいか」

「おや、ニドウ部長は私を殴りたいのでしょうか。それで気が済むなら、どうぞ殴ってください」

ニドウは顔をぼくの目の前ギリギリまで寄せると首を上下に揺らした。つまらない人間だ。凄《すご》みを利かせようとする仕草まで徹底的につまらない。

「今のはどういった意思表示でしょうか。殴るのか、殴らないのか、どちらでしょうか。口だけですか。殴るのが怖くなったのでしょうか。あなたこそ、キンタマ付いてますか？」

「いいから、さっさと消えろ」

左胸に鋭い衝撃が走り、二、三歩後ずさった。ニドウの手が出たのだ。

いよいよ、本当に殴られるかもしれない。身体が強張《こわば》り、足が震えた。

「ニドウ部長、日本語もご理解いただけませんか。睾丸《こうがん》は付いてございますかと伺っておるのですが」

　ワイシャツの襟元にニドウの手が掛かった。

「何の役にも立たねえごく潰しの戯言《たわごと》など、クソ食らえだ」

「ありがとうございます。こちらこそクソ食らえ、いや、みんなの教祖様に向かって大変失礼致しました、言い改めます。どうぞ大便をお召し上がりくださいませ」

　次の瞬間、頬に鈍い衝撃が走った。身体ごと、右側になぎ倒された。口の中に鉄のような味が広がってゆく。

「傷害罪ですね。警察に通報させていただきます」

　ぼくはズボンのポケットから携帯電話を取り出した。ニドウの顔から血の気が引いてゆくのがはっきりと分かった。

　ぼくは携帯電話のボタンを操作し、送話口に向かって上司に殴られた旨を話した。

「外回りがあるから出掛ける。ナガツ、こいつをもう一発殴っとけ。警察が押し掛けてきたら、お前が対応しろ」

　ニドウは鞄を手にすると、小走りで事務所から逃げ出していった。

　やはり徹頭徹尾、人間のクズだった。

「さあナガツさん、ぼくを叩き出してください」

　ぼくはナガツ君を部屋の外へと引っ張って行った。

「あなたのせいで、もう全ておしまいです」

「ええ、おしまいにして逃げるんです。分かっていただけたでしょうか。これが、ナガツさんの半年間生きてきた世界です。よく半年間も耐えました。でももう耐えてはいけません。手遅れになる前に、今すぐ、勇気を持って逃げ出してください」

「だから、逃げ出しても他に行く場所がないんですよ」

ナガツ君はもどかしげに坊主頭をかきむしった。

「ぼくも、同じ事を毎日のように言われていました。お前は今まで見てきた中で一番使えない人間だ、逃げ出したところで、どこへ行っても通用しない、生きていけないと」

ナガツ君は思い詰めた表情で床の一点を見つめている。きっと、八年前の自分も同じような目をしていたのだろう。

「何の根拠もなく、バカのひとつ覚えのように下の者を脅して、支配して、洗脳しているだけです。あんなつまらない人間と戦って大事な命を磨り減らす必要はない。大事なあなたの世界や人生を、狭くて底の浅い人間の支配下に閉じ込めてはいけません」

言葉が溢《あふ》れて止まらなくなりそうだ。届いて欲しい。これは思い付きのお説教ではなく、八年前のぼくの叫びだ。上河内がしつらえた檻《おり》の中に閉じ込められ、心の底でおかしいと感づいていながらも、無理矢理押しとどめていたぼくの叫びなのだ。

「鳥かごの中の世界だけしか見せず、外の広大な世界への恐怖を植え付けることで、逃げられなくする。彼らの常とう手段です。でもひとたび鳥かごから逃げ出してはばたけば、どこへでも行けます」

確信を持って言えた。でもなぜだろう。投げた言葉が自分の胸にも跳ね返り、突き刺さったような気がした。

果たしてぼくは、はばたけているだろうか。どこへでも行けるのではなかったのか。

「いまぼくがお手伝いできるのは、ここまでです。あとはどうか、自分の意志でここから逃げ出してください」

ぼくは昨日作ったばかりの名刺をナガツ君に差し出した。

「困ったことがあれば、こちらまで連絡をください」

〈社会保険労務士・行政書士　村沢憲治〉

「では、短い間でしたがお世話になりました」

ぼくはセキュリティカードをナガツ君に手渡して辞去しようとした。ナガツ君がぼくを呼び止めた。

「あの、これから警察が来るんじゃないんですか」

「いいえ、来ませんよ」

「え、さっき一一〇番通報してましたよね」

「ぼくは通報などしていません。彼のようなつまらない人間に関わる時間は、最小限にしたいので」

ナガツ君は力なく笑った。その諦《あきら》めたような笑顔を見て、きっと洗脳を解かれたと直感した。

その日、ぼくは派遣会社に立ち寄り、暴行を受けた事実の報告だけは済ませ、ついでに登録解除の手続きをした。今の派遣会社に登録してもうすぐ二年になるところだった。そろそろ移り時だと思っていたので、ちょうどよかった。

※

八年目の夏が来た。

夏野の命日を前に、ぼくは大友と再会することとなった。

土曜の夕方五時、池袋駅で待ち合わせ、まずは飲みに行こうという話になっていた。

ぼくは少し早く着いたので、池袋の街をぶらつくことにした。

西口公園へ行ってみると、ステージでバンド演奏が繰り広げられていた。ステージ後ろの横断幕には白地に赤で「全国大会お疲れ様　池袋女子学院高等学校　軽音楽部」と書かれている。

ぼくは足を止め、大友にメールで「西口公園にいます」と送った。

さすが全国大会に出たバンドとあってレベルが高い。彼女たちのオリジナル曲が終わり、大きな拍手が起きた。

「次は、先生が好きな曲のカバーです！」

リードギターの少女が紹介すると、袖から顧問らしき若い女性教師がステージに上がり、キーボードの前に座った。首からハーモニカホルダーを下げている。

　女性教師の指がキーボードの上で踊り出した瞬間、その旋律に全身を貫かれた。短いジャズ風のキーボードソロから始まるイントロ。それから女性教師はキーボードとハーモニカを鳴らし、あまりにも有名な三拍子の旋律を奏でた。

　ビリー・ジョエルの『ピアノ・マン』だ。

　ピアノ・マン。夏野はインターネット上で『ピアノマン』と名乗り、動画のオープニングで毎回この曲のイントロの一節を演奏していた。奇《く》しくも、なんとなく立ち寄った西口公園で『ピアノ・マン』を聞くなんて、ただの偶然とも思えない。今夜は夏野を偲《しの》ぶ夜なのだ。

　聴き入っていると、後ろから「よお」という声と共に、肩を強く叩かれた。

「おい、すげえな！　『ピアノ・マン』だよ！」

　着いたばかりの大友が興奮した様子で叫んだ。心なしか大友は涙目になっている。

「そうだな」

「これは何かの巡り合わせだな」

　高校生バンドと先生が演奏する『ピアノ・マン』を清冽《せいれつ》な気持ちで聴き終えると、警察のマスコットキャラクターが警察官に付き添われながら、ステージに上がった。

　交通安全の啓発運動らしい。

　付き添いの警察官が「池袋警察署交通課総務係の、ワ、キ、ミと申します」と名乗ると、観客が皆ざわつき始めた。

「コントみたいな名前だな」

ぼくと大友は笑いながら西口公園を後にした。

「せっかくだから、あのビルに行ってみるか。店は無くなってるだろうけどな」

大友の提案で、ぼくら二人は西武池袋線で西へと向かった。

夏野と三人で束の間、ジョッキビールを飲んだ場所を目指す。あの夜行った店は酒樽屋というチェーン店だったが、今は他のチェーンに吸収されているらしい。

雑居ビルの外観は変わっていなかったが、各フロアには雑貨屋やネットカフェが入り、居酒屋は一軒もなかった。

「ここ、居酒屋ビルだったのに、すっかり変わっちまったなあ」

このビルに入っていた何の変哲もないチェーン店の居酒屋で、ぼくらは人生で一番美味いビールを飲んだ。

八年も経てば雑居ビルのテナントが様変わりするのは当然だが、一抹の寂しさを共有しながら、ぼくらはビルを出た。

駅前のロータリーから一本脇道に入った。飲食店が何軒か並んでいる。

「この辺りでどこかの店に入るか」

大友が言った。すると、小さな居酒屋の入口のボードに書かれたキャッチコピーが目に飛び込んできた。

〈What can I do?　世界一美味いアサヒスーパードライ、飲ませマス〉

「なんだこれ。世界一美味いスーパードライって言われちゃ、入るしかねえだろう」

店の軒先を見上げると、屋号の看板が掲げられていた。

『世界料理　ワッカナイ』

「この屋号、謎しかないな。世界だか北海道だか、どっちか分からん」

二人でぶつぶつ喋《しゃべ》っていると、引き戸が開いた。中からアフリカ系と思われる長身の男が出てきた。

「コンバンハ、イラッシャイマセ！　ワッキャナイドゥ？　ニメイサマデスカ、ドウゾドウゾ」

名札には「店主　ギニア生まれのワッカナイ」と書かれている。この陽気なギニア人が店主らしい。

「世界一美味いスーパードライって、マジですか？」

大友が軽い調子で訊ねると、ワッカナイは「モチロン」と軽く応じた。

「マジデスヨ、セカイイチ、マチガイナイネ」

ぼくと大友は、ワッカナイに招き入れられて奥のテーブル席に座った。カウンターの向こうには女性が一人、料理の最中。フロアには同年代らしき男性が待機していた。

初めてなのに懐かしい感じのする、不思議な店だった。

「シンジサン、ニメイサマ、ナマビールフタツ、ヨロシクデース！」

ぼくらはまだ注文していないのに、ワッカナイは男性店員に向かって生ビールのオーダーを入れた。

シンジさんと呼ばれた店員はお冷やとおしぼりとお通しの小鉢を持って来た。

「ご来店ありがとうございます。そそっかしい店主が勝手にオーダーを入れてしまい大変失礼しました。お飲み物は、ビールでよろしいでしょうか」

「世界一美味いスーパードライを二つお願いします」

大友が迷わず注文する。「かしこまりました」と戻ろうとするシンジさんを、ぼくは咄嗟に引き留めた。

「いや、世界一美味いなら、三つでお願いします」

ぼくの注文に大友は「なんで」と突っ込みかけて「そうだな」と納得した。

「三つで、よろしいですか」

「もう一人、連れて来たかった友人がいるので」

大友が答えると、シンジさんは視線を宙に漂わせ、何かを思い浮かべるような素振りを見せた。

「かしこまりました。三つ、お持ちします」

開店祝いの花がカウンターの端に置かれていた。メッセージボードには一ヵ月程前の日付が記されている。まだ開店して間もない店のようだ。

「そういえば今、何してんの」

大友が顔をおしぼりで拭《ぬぐ》いながら、切り出した。

「こういう仕事を始めたよ」

〈佐藤社会保険労務士事務所　社会保険労務士・行政書士　村沢　憲治〉

名刺を見て大友は「ほお」と感心したようにのけぞった。

「村沢、社労士事務所に就職したのか」

「近所の事務所に押し掛けて頼みこんで、籍だけ置かせてもらえることになったんだ」

「相変わらず、思い込んだらすぐ行動だな。行動力だけは変わってない」

「まだ見習い中で、自分でクライアントを持たせてはもらえないよ。派遣の仕事で稼ぎながら、徐々に士業にシフトしようかと」

資格を持っているだけで、実績は無い。だが、ぼくには生え抜きの社労士たちが決して知ることのない、過酷な環境での労働経験がある。勤め人を経て社労士資格を取った人もいるが、ぼくのような経験を持つ人は稀《まれ》だ。

あの奴隷以下の日々、支配者に洗脳された経験を持つぼくにしかできない、手助けの方法があるはずだ。

「有名な歌の歌詞にあっただろう。ナンバーワンじゃなくても、オンリーワンだ、みたいなやつ。つまりは無敵にならなくても、皆それぞれ無双なんだということだ」

ビールを待っていると、ぼくの携帯電話が鳴った。

「クライアント第一号から電話だ」

ナガツ君からの電話だった。応答するとナガツ君は開口一番、弾んだ声で言った。

〈次の就職先が決まりました〉

オフィス用コーヒーのルートセールスだという。車の運転が好きな自分には適職だと、ナガツ君は嬉しそうに話してくれた。

近いうちに祝杯を上げようと約束し、電話を切った。

「クライアントからの目出たいお知らせだったよ」

ぼくはナガツ君の顛末《てんまつ》を大友に話した。

ニドウの支配から逃げ出す決意をしたナガツ君は、想定どおり、この世で考えうる罵《ば》詈《り》雑言の限りを浴びせられたらしい。だが洗脳を解かれた者にとっては、脱出するための通過儀礼、いや事務手続きみたいなものだ。

ぼくはナガツ君が会社を辞めるまでの後押しをした。どんな脅しを受けようとも、迷わず逃げ出してよいのだと。そしてナガツ君は自分の意志で逃げ、新たな道を切り開いたのだった。

「他人の人生に土足で踏み込む、ヤバい社労士だな」

話していると、カウンターの向こうからワッカナイが話に割り込んできた。

「シャローシ？　ドンナオシゴトデスカ」

白い歯をニカリと出しながら訊ねてくる。

「はたらくひとの、みかたです」

噛んで含めるように説明すると、ワッカナイは大げさに感心してみせた。

「シンジサン、コノオキャクサマ、ハタラクヒトノミカタダッテ。ゴクアクテンチョウニコキツカワレテ、ナミダチョチョギレマスッテ、ゴソウダンゴザリマシタラ？」

ワッカナイがちゃちゃを入れると、シンジさんは「それは名案だ」と投げやりな口調で応じ、投げやりな笑いを浮かべた。

「コノミセ、ブラックキギョウ、タスケテクダサイッテ、ソウダンシタライイネ」

「白か黒かは自分で決めるよ」

シンジさんはワッカナイに向かってややムキになって言い返すと、ぼくらに「うるさい店主なもので、大変失礼しました」と微笑んだ。

それから少し経って、シンジさんはジョッキに入ったスーパードライを三つ持ってきて、繊細なガラス細工でも扱うかのように、そっとテーブルの上に並べた。

「お待たせしました」

ジョッキの表面が氷の被膜で覆われている。

ぼくは大友と顔を見合わせた。あの日のことを思い出す。

「じゃあ、再会を祝して乾杯」

大友の音頭で、ビールがこぼれないようにテーブルの真ん中でジョッキを寄せ、軽くぶつけ合った。

白くきめ細かな泡が表面張力でジョッキの縁からこんもりと盛り上がっている。

泡を吸い、ジョッキを傾け、黄金色のビールを喉に流し込む。

ビールの気泡が身体中に沁《し》み渡り、心地よく弾《はじ》けてゆくような感覚だ。

「美味い」

思わず唸《うな》った。本当に美味い。心の底から言えた。美味いものを美味いと感じる自分を許してよいものか、少し迷った。ぼくと大友はもう一度、ジョッキを夏野の分のジョッキにぶつけた。

「ぼくはまだ線香も上げていないのに、先に夏野と乾杯した気になって、なんだか順序が逆のような気がするな。いいのかな」

明日の朝、大友に連れられて夏野の家に線香を上げに行く。八年ぶりに、夏野に会いに行く。

手柄を譲ってもらったこと、その直後に標的にされた夏野を助けられなかったこと。それらが喉に刺さった小骨のようにずっと心に引っ掛かっていた。

「あの会社がなくなる前、夏野のお父さんが、会社に怒鳴り込んできたことがあったんだ。その時、ぼくは上河内は外出しているの一点張りで、他に何も言えなかった」

申し訳ございません、上河内は外出しております。申し訳ございません、いつ戻るか分かりません。激昂《げきこう》するお父さんを前に、ぼくは心のないロボットのように繰り返すばかりだった。

せめて、自分が夏野に助けられたことや、短い間ではあったけれど、夏野と親しかったことだけでも伝えたかった。だけど後ろめたさのほうが勝って、何も言えなかった。

「じゃあ明日、会って直接伝えたらいいじゃん」

大友が軽い口調で言った。

「堅苦しく考えることはない。夏野だって、畏まって家に来られる前に、こんな風に外でざっくばらんに飲んだほうがいいに決まってる」

「そんなの、本人に聞いてみないと分からないだろう。線香を上げる時ぐらい、きちんとけじめをつけろって思うかもしれない」

「本人に聞いてみないと、か」

大友はそう呟くなり、急に真顔になって黙り込んだ。

「どうした。何か気に障ることでも言ったかな」

「いや、そうだよな。確かに、何もかも、本人に聞いてみないと分からないんだよな」

「今度は大友がシリアスになって、どうしたんだよ」

「夏野が死んだ後、考えても仕方のないことを色々考えたよ。『夏野を助けられたんじゃないか』とか、『こんなことをしても夏野は喜ばない』とか、『夏野の分まで生きる』とか、勝手に考えて。俺がどうこう考えたところで、何の足しにもならないのにね」

大友は溜息交じりに言った。

「それを言うならぼくも同じだ」

「何を思っても、何をしても、生き残った者の勝手な思い込みなんだよな」

あの地獄から大友は自ら逃げ出し、ぼくは強制的に外へ放り出された。

「ただ確かなのは、生きていて欲しかったと思うし、ずっと忘れないでいたいと思う」

夏野を助けられなかった。もとより、ぼくにできることなどなかったのかもしれない。

あの日の夏野のような目に遭っている人を助けたい。そのために働いていたいと思う。

たとえその思いが、生き残った者の勝手な意味付けだとしても。

大友がアサヒスーパードライを喉に流し込んで唸った。

「いやあ、美味いなあ」

ぼくもつられて二口、三口と喉へ流し込む。

「人生で二番目に美味いな」

「そうだな、人生で二番目だ」

ぼくと大友は、夏野のジョッキに向かって「人生で二番目！」「二番目、乾杯」と声を掛けた。

すると突然、シンジさんがぼくたちの席へと駆け寄ってきた。

「人生で二番目ですか？」

そう訊ねるシンジさんの表情があまりに真剣だったので、ぼくらは少し戸惑った。

「はい、そうです。間違いなく人生で二番目です」

大友が答えた。素晴らしく美味いという意味には違いないが、一番と言えないのが申し訳ないような心地になる。

「では過去に、人生で一番があるんですよね？」

初対面なのに、なぜこうも踏み込んで訊いてくるのだろう。訝しく思う反面、どうしてだろうか、正面から受け止めて、ちゃんと答えなければいけない気がした。

「一番は、八年前の夏に彼と三人で飲んだビールです」

ぼくは隣に置いた夏野の分のジョッキに目を遣《や》りながら答えた。シンジさんは「やはりそうでしたか」と独り言のように呟いた。

「そのビールを注いだ店員は、きっと今日もどこかでビールを注いでいます」

シンジさんは、笑顔で言った。どういう意味だろうか。

「もう一人の方は、今日は？」

シンジさんは夏野の分のビールに目を遣りながら訊ねてきた。答えに窮し、大友と目が合った。大友が「彼は」と言いかけたところで、咄嗟に言葉が口を衝いて出た。

「ここにいます」

シンジさんは夏野の分のビールをじっと見つめながら「そうでしたか」と察したように呟いた。それから改まった様子で「皆さんにまたお会いできてよかったです。ありがとうございました」と頭を下げた。

またお会いできて……。その言葉に、ぼくと大友は目を見合わせた。

大友は、何かを確信した目をしている。ぼくも同じだ。シンジさんに訊きたいことが、次々と頭の中を駆け巡る。

訊こうとした時には、シンジさんは足早にカウンターの向こう側の厨房《ちゅうぼう》へと入っていった。次の瞬間、店内のBGMのボリュームが急に上がった。

爆音で流れ出したのは、ビリー・ジョエルの『ピアノ・マン』だった。

ぼくらはもう驚かなかった。驚くことなく、もう一度夏野のビールにジョッキを軽くぶつけた。

夏野のビールは消えかかった泡を表面に湛《たた》えたまま、かすかに揺れた。

「いま『ピアノ・マン』が流れている事実にどんな思いを重ねるか、それもまた俺たちの身勝手な願望なんだろうな」

大友がビリー・ジョエルの歌声に負けぬよう、声を張った。

「そうだね」

ぼくは、夏野がここにいると思うことにした。ここにいて、人生で二番目に美味いビールを一緒に飲んでいると思うことにした。

そして、人生で一番美味いビールは、これからもきっと、ずっと変わらない。あの夏の夜に夏野と大友と三人で飲んだビールだ。

あの夏の夜のビールがずっと一番であって欲しい。そんな思いもまた、生き残った者の身勝手な願望なのかもしれない。

本書は、二〇一九年三月に小社より刊行された単行本『逃げ出せなかった君へ』を改題し、加筆修正のうえ、文庫化したものです。

本書はフィクションであり、実在の個人・団体とは無関係であることをお断りいたします。

六《ろく》畳《じょう》間《ま》のピアノマン

安《あん》藤《どう》祐《ゆう》介《すけ》

令和３年 1月25日　初版発行
令和５年 6月５日　再版発行

発行者●山下直久

発行●株式会社KADOKAWA
〒102-8177　東京都千代田区富士見2-13-3
電話　0570-002-301(ナビダイヤル)

角川文庫 22509

印刷所●株式会社KADOKAWA
製本所●株式会社KADOKAWA

表紙画●和田三造

ISBN 978-4-04-111131-4　C0193

◆◇◇

角川文庫発刊に際して

角川源義

第二次世界大戦の敗北は、軍事力の敗北であった以上に、私たちの若い文化力の敗退であった。私たちの文化が戦争に対して如何に無力であり、単なるあだ花に過ぎなかったかを、私たちは身を以て体験し痛感した。西洋近代文化の摂取にとって、明治以後八十年の歳月は決して短かすぎたとは言えない。にもかかわらず、近代文化の伝統を確立し、自由な批判と柔軟な良識に富む文化層として自らを形成することに私たちは失敗して来た。そしてこれは、各層への文化の普及滲透を任務とする出版人の責任でもあった。

一九四五年以来、私たちは再び振出しに戻り、第一歩から踏み出すことを余儀なくされた。これは大きな不幸ではあるが、反面、これまでの混沌・未熟・歪曲の中にあった我が国の文化に秩序と確たる基礎を齎らすためには絶好の機会でもある。角川書店は、このような祖国の文化的危機にあたり、微力をも顧みず再建の礎石たるべき抱負と決意とをもって出発したが、ここに創立以来の念願を果すべく角川文庫を発刊する。これまで刊行されたあらゆる全集叢書文庫類の長所と短所とを検討し、古今東西の不朽の典籍を、良心的編集のもとに、廉価に、そして書架にふさわしい美本として、多くのひとびとに提供しようとする。しかし私たちは徒らに百科全書的な知識のジレッタントを作ることを目的とせず、あくまで祖国の文化に秩序と再建への道を示し、この文庫を角川書店の栄ある事業として、今後永久に継続発展せしめ、学芸と教養との殿堂として大成せんことを期したい。多くの読書子の愛情ある忠言と支持とによって、この希望と抱負とを完遂せしめられんことを願う。

一九四九年五月三日

角川文庫ベストセラー